高橋修
Takahashi Osamu

主題としての〈終り〉

文学の構想力

新曜社

はじめに

「終末論」を直線的にのびた時間のある一点に「終り」を設けて、そこから世界を意味づけようとする壮大な「虚構」だとするフランク・カーモードは、著書『終りの意識――虚構理論の研究』（岡本靖正訳、国文社、一九九一・四）で時計のチック・タックという音をあげて、われわれの認識のありかたを説明している。単なる時計の反復音に、始め（チック）と終り（タック）というフィクショナルな意味を与えて、ひとまとまりの「プロット」であるかのような「調和」を見いだすのは、「時計を人間化」している、つまり単純な継起的な時間の流れを虚構によって「有意味化」しているというのである。

われわれが関連し合った二つの音の二番目の音をタックと呼ぶ事実は、われわれが虚構を用いて、終りをして時間構造に体制と形式を与えることを可能ならしめている証拠である。二つの音の間の、すなわちチックとタックの間の間隔はいまや有意味な持続をはらんでいることになる。私は時計のチック・タックを、われわれがプロットと呼ぶところのもの、すなわち時間に形式を与えることによって時間を人間化する体制のモデルと考える。そしてタックとチックの間の間隔は、われわれが人間化する必要を感じている種類の、純粋に継起的で混沌とした時間を表わしている。

比喩的で難解なカーモードの文章を、訳者である岡本靖正は「「始め」と「終り」との間に「虚構」によって「調和」を仮構し、「チックとタックの間に意味を与え」、現実を「意味づけ」ようとすることは、われわれの深い「欲求」のあらわれであると解説している。「終り」を仮構することで時間構造に秩序と形式を与え、「始め」と「終り」の中間項である「現実」を意味づけようとしているというのである。クロノス的な単なる時間の継起的な流れを、「人間化」し意味に満たされたカイロス的時間に変えるためには、「終り」を設定し、「始め」と「終り」を虚構によって「調和」させなければならない。世界は「終り」という地点が仮構されてこそ意味づけ可能になる。

しかし、こうした「終り」に関する認識は、宗教的神話的終末論に限らず、われわれの知のあり方とも重なっている。一見、終末論的な歴史観を相対化しているアーサー・C・ダントが提唱する「物語り文」(1)(narrative sentences)という考え方も、「始め」「中間」「終り」という物語の構造をベースにして歴史的事象の連関を説明しようとするものである。ダントによれば、歴史とは過去の出来事を回顧的に物語化する科学的言明のひとつであり、それは「物語る」という行為によって遂行されることになる。この意味では、歴史は必然的に「終り」から事後的・回顧的に語られざるを得ない。これは小説がすでに終った出来事を、終った時点から語るのと相似している。「終り」こそが起点であるという逆説もありえる。カーモードの言を踏まえて、大橋洋一が述べるように、「人間の文化とは、はじめもなければ終りもないカオス的なものに終わりを設けることによって意味をつくりだすいとなみ」[2]であるとすれば、「終り」を考えるとは世界観・歴史観に関わるような優れて文化史的な営為であるといえよう。「終り」を経験したいという欲求は、世界を意味づけたいという欲求に重なっている。

こうした「終り」の重要性に着目した、日本文学をめぐる研究書や雑誌の特集はいくつかあった。『終わりの美学――日本文学における終結』（上田真・山中光一編、明治書院、一九九〇・三）、「未完の小説」（『季刊文学』一九九三・一〇）、「特集〈終わり〉を読む――近代文学篇」（『国文学　解釈と鑑賞』二〇一〇・九）などがそれである。しかし、いずれもテクスト内部の論理、あるいは文学ジャンル内の論理を中心にして論じているようにみえる。例えば「終り」論の先駆となった『終わりの美学』では、共同研究の中心であった上田真は欧米の研究成果（トーゴヴニック『小説の結末』[3]）を紹介する形で、長編小説の終り方を次のように分類している。それによれば、①「環状終結」（作品の末尾がその起首と呼応して、全体からみると大きく円を描いている場合）、②「平行終結」（末尾の部分が書き出しだけでなく、小説中途の部分と呼応している場合）、③「不完全終結」（小説を終えるのに必要な要素が欠けている場合）、④「切線終結」（小説が終りに近づいたところへ新しい人物やテーマが出て来る場合)、⑤「接続終結」(作品の末尾に新しい小説に続く明らかな意志表示がある場合)ということになる。上田みずからが言及していることだが、「文学研究における終結の問題」は形態的な考察にとどまり、文化論的な意味づけには到っていない。また、「特集〈終わり〉を読む」古典文学篇と近現代文学篇を編んだ仁平道明は、近現代文学篇の巻頭に「〈開かれた結末〉〈閉じられた結末〉の二元論をこえて」という文章を掲げ、〈オープンエンド〉をめぐる二元論を相対化してみせるが、やはり「終わり」のもつ文化史的社会史的な側面はネグレクトしているようにみえる。

しかしながら、何をもって「終わり」と認識するか、どのように意識的な「終わり」が仕組まれているのか――「終わり」にはテクストの外部たるその時代の想像力が深い関わりをもっている。「終わり」のあり方にこそ同時代のイデオロギー、われわれの思考・行動や生活の仕方を根底的に制約している発想の枠組みが集中的に発現していると思われるのである。「終わり」が仮構される場には常にイデオロギーが渦巻いているのだ。

例えば、日清戦争後の社会状況をあげれば、戦争においては完璧な勝利だと思っていたが、三国干渉によって遼東半島還付の詔勅が発布され、一転して戦勝が敗北のように見えてしまう。「終わり」は先延ばしにされ、「臥薪嘗胆《がしんしょうたん》」というスローガンのもと国民は新たな戦いに駆り立てられていく[4]。そうした、時代の空気は小説の「終わり」方にも明瞭に表象されている。国民的想像力と共犯関係にあった徳冨蘆花『不如帰』の結末は、単なる悲劇では終れない。浪子の死(病死)を敗北のままにすることはできなかったのだ。それゆえに、後日談風のさらなる「終り」が必要とされることになったのである。

また、村上春樹『ノルウェイの森』では、演劇学専攻の作中人物「僕」（ワタナベ）の言として、「デウス・エクス・マキナ」と呼ばれる劇の終り方――最終場面で「カオス」に決着をつけるための神が登場して混乱を整序する――を紹介する一方で、小説では直子の死後も決着がもたらされず、「カオス」のままに物語が閉じられている。そこに記された「終り」のあり方には、生きる場所を失って失速する「僕」という一九八〇年代的な主体のあり方が色濃く表われているといえよう。

むろん、「終り」をめぐるイデオロギーといっても多層化しており、一義的に論ずることはできない。それらは、重層的に重なりながら「終り」の意識を作り上げている。本書では、プロットの論理またジャンルの掟にしたがって必然的にもたらされる「終り」だけでなく、①近代文学の解釈の場に機能しているイデオロギー、②政治的社会的な言説の場に機能するイデオロギー、③近代主体論的な人間観に関わるイデオロギーなど、それぞれの作品に即しながら近代文学の「終り」を論じていく。それをとおして、「終り」とはテクストの論理と読者の文学意識・同時代意識とが交差するところに浮上する歴史的な事象であるという考えの一端が明らかになることを願っている。

主題としての〈終り〉——目次

はじめに　3

第一部　主題としての〈終り〉

第一章　消し去られた〈終り〉――二葉亭四迷『浮雲』（1）……16
一　消し去られた「(終)」　16
二　受け容れられる〈終り〉　21
三　拒否される〈終り〉／〈モード〉としての自然主義　25

第二章　〈未完〉の成立――二葉亭四迷『浮雲』（2）……32
一　二葉亭の死　32
二　〈未完〉の成立　36
三　完結する〈未完〉　41
四　近代主体論的な〈終り〉　48

第三章　〈終り〉をめぐる政治学――二葉亭四迷『浮雲』（3）……56
一　解釈される〈終り〉　56

二　実証される〈終り〉　59
三　『浮雲』的な〈終り〉にむけて　66

第四章　探偵小説の〈終り〉――森田思軒訳『探偵ユーベル』……72
一　問題の発端　72
二　「周密訳」をめぐって　77
三　ユゴーの受容　81
四　「探偵小説」というあり方　86

第五章　同時代的な想像力と〈終り〉――徳冨蘆花『不如帰』……90
一　方法としてのメタファー　92
二　越境しない語り　98
三　片づけられた〈終り〉　105

第六章　オープンエンドという〈終り〉――夏目漱石『明暗』……111
一　大団円的な〈終り〉　111
二　オープンエンドという〈終り〉　113

三　漱石的な〈終り〉　117
四　『明暗』の〈終り〉に向けて　121

第二部　〈終り〉をめぐる断章

第一章　三人称的な〈終り〉の模索——坪内逍遙訳『贋貨つかひ』……128
一　物語の枠　131
二　〈人称〉の翻訳　139
三　言語交通としての〈翻訳〉　150
第二章　韜晦する〈終り〉——二葉亭四迷『平凡』……155
一　自然主義と『平凡』　155
二　語りと「描写」　158
三　教科書のなかの『平凡』　163
四　『平凡』の〈終り〉　170
第三章　勧善懲悪小説的な〈終り〉——夏目漱石『虞美人草』……175

一　「勧善懲悪」という枠組み　176
二　アレゴリー小説としての『虞美人草』　180
三　『虞美人草』の結末　186

第四章　〈暴力〉小説の結末――芥川龍之介『藪の中』……191
一　〈物語〉の〈場〉　191
二　〈藪の中〉の〈暴力〉　198
三　閉じられる〈眼差し〉　207

第五章　〈痕跡〉としての「楢山節」――深沢七郎『楢山節考』……211
一　作られた「民話」　211
二　「潜勢力」としての「楢山節」　213
三　物語の〈場〉としての「楢山節」　221

第六章　一人称小説の〈終り〉――村上春樹『ノルウェイの森』……231
一　自己療養としての語り　231
二　意匠としての語り　236

三　切断と結合　242
四　脱＝中心化された〈終り〉　246
注　251
あとがき　273
初出一覧　276
索引　284

装幀――難波園子

凡例

・引用文の漢字は新字に改めた。仮名遣は原文通りとした。
・引用文のルビ、傍点は適宜省いた。原文にないルビは〔　〕で括った。
・引用文中の引用者の注記は〔　〕で括って示した。
・書名、新聞名、雑誌名は『　』で示した。
・年代の表記は、明治大正期は元号を用い、それ以降は西暦で表わした。
大づかみな時代のイメージを示すためである。

第一部　主題としての〈終り〉

第一章　消し去られた〈終り〉——二葉亭四迷『浮雲』（1）

一　消し去られた「(終)」

二葉亭四迷『浮雲』の末尾、すなわち『都の花』二十一号（明治二二・八・一八）掲載の第十九回末尾に「(終)」と明記されていたことをどれだけの人が知っているだろうか。とくに二葉亭に関心の深い一部の研究者を除けば、この事実は周知のこととは言いがたいのではないか。それもそのはずで、われわれが目にすることができる『浮雲』のテクストにおいて、その末尾に「(終)」と記されているものはほとんどない。創元社から刊行された作品集を含め、『二葉亭四迷全集』は啄木が校正したとされる東京朝日新聞社版（明治四三・五～大正二・七）以来七回を数えるが、初出を底本にするものも含め、すべて「(終)」は記されていない。また、改造社『現代日本文学全集』はじめ十数種に及ぶ文学全集にも、絶版を含む四種の文庫本（岩波・新潮・角川・旺文社）にも、ただひとつ角川書店の『日本近代文学大系』第四巻（畑有三注釈、一九七一・三）を除いて、全く記されてはいない。[1] 角川版の『大系』で「(終)」を表記したのは一つの見識だと思われるが、それにもこの「(終)」は無視すべきである旨の注が付されている。(2) つまり、われわれが読むことのできるテクストでは、徹底して「(終)」が消し去られているのである。

無論、個人全集・文学全集ともに末尾に「(終)」を付すことは、慣例としてなじまないということがあるのかもしれない。(3) しかし、他の作家のすべての全集において「(終)」が省かれているわけでもない。また、「(終)」は単に連載の終結を示す〈しるし〉とも考えることができるのだが、当時の『都の花』連載の小説の末尾にもれなく「(終)」が記されていたわけでもない。そこに何らかの書き手の意思が働いていたという可能性を排除することはできない云々、という意味においてだけではなく、その〈しるし〉から読み手が一定の意味内容を引き出すのは当然のことではないか。だが、その機会が奪われているのである。

一方、同じ二葉亭の作でありながら『平凡』の末尾には「(終)」がそのまま明記されている。文学の毒にあてられた「私」が、慚愧の念をもって若き日を回顧しながら尻切れとんぼに語り終るその結末の部分は、個人全集、文学全集を問わず概ね次のように記されている。

(略) 況《いわ》んやだらしのない人間が、だらしのない物を書いてゐるのが古今《ここん》の文壇の、、、、
、、、、、、、、、、、、、、、、、、、、、、、、、、
、、、、、、、

(終)

二葉亭が申します。此稿本は夜店を冷かして手に入れたものでござりますが、跡は千切れてござりません。一寸お話中に電話が切れた恰好でござりますが、致方がござりません。

（筑摩書房版『二葉亭四迷全集』第一巻、一九八四・一一より）

ここでは、「(終)」の表記の後に、いわば虚構化された〈あとがき〉ともいうべき作者の自己言及が付されている。それ故「(終)」は本文の一部と理解されているのか、一、二の文学全集を除いてこの「(終)」はすべて刻されているのである。これを『浮雲』の問題と単純に重ね合わせて論ずることはできないが、「(終)」をめぐる表記には何らかの判断が働いていることはまちがいない。しかも、その表記はある根拠に基づく一つの判断であるにもかかわらず、あたかも何の判断もさし挟まない客観的な事実であるかのようにして、『浮雲』なるテクストを作り上げているのである。かつ、それは次のような今日の『浮雲』論における疑うべくもない根幹をなしている読み、すなわち、

『浮雲』は未完成の小説である。未完成といふことを忘れてはならない。この単純な事実を無視してこの小説は決して理解出来ないのである。何故なら、それは単に中絶したのみではない。この未完成といふ性格によつて全部にわたつて鋭く歪められた小説なのだ。

（中村光夫「二葉亭四迷論（一）」『文学界』一九三六・四）

第二十一號　三十六　都の花　第五卷　三十六

た。如何《どう》してか様子《やうす》が渝《かは》つたのか、其《これ》を疑《うたが》つて居《ゐ》るに遑《いとま》なく、たゞ何《なに》となく心嬉《こゝろうれ》しくなつて、莞爾《につこり》した。それからは例《れい》の妄想《ばうさう》が勃然《ぼつぜん》と首《くび》を擡《もた》げて抑《おさ》へても抑《おさ》へ切《き》れぬやうになり、種々《さま〴〵》の取留《とりとめ》も無《な》い事《こと》が續《ぞく》續胸《ぞくむね》に浮《ふか》んで、遂《つひ》には總《すべ》て此頃《このごろ》の事《こと》は皆文三《みなぶんざう》の疑心《ぎしん》から出《で》た暗鬼《あんき》で、實際《じつさい》はさして心配《しんぱい》する程《ほど》の事《こと》でも無《な》かつたのとまで思《おも》ひ込《こ》んだ。が、また心《こゝろ》を取直《とりなほ》して考《かんが》へてみれば、故無《ゆゑな》くして文三《ぶんざう》を辱《はづかし》めたといひ、母親《はゝおや》に忤《さか》ひながら、何時《いつ》しか其《その》いふなりに成《な》つたといひ、それほどまで親《したし》かつた昇《のぼる》と俄《にはか》に疏々敷《うと〳〵しく》なつたといひ、——どうも常事《たゞごと》でなくも思《おも》はれる。と思《おも》へば、喜《よろこ》んで宜《よ》いものか、悲《かなし》んで宜《よ》いものか、殆《ほとん》ど我《われ》にも胡亂《うろん》になつて來《き》たので、宛《あだか》も遠方《ゑんばう》から擦《こそぐ》る眞似《まね》をされたやうに、思《おも》ひ切《き》つては笑《わら》ふ事《こと》も出來《でき》ず、泣《な》く事《こと》も出來《でき》ず、快《くわい》と不快《ふくわい》との間《あひだ》に心《こゝろ》を迷《まよは》せながら、暫《しばら》く縁側《えんがは》を往《ゆ》きつ戻《もど》りつしてゐた。が、兎《と》に角物《かくもの》を云《い》つたら、聞《き》いてゐさうゆゑ、今《いま》にも歸《かへ》ッて來《き》たら、今《いま》一度《ど》運《うん》を試《ため》して聽《き》かれたら其通《そのとほ》り、若《も》し聽《き》かれん時《とき》には其時《そのとき》こそ斷然《だんぜん》叔父《をぢ》の家《いへ》を辭《じ》し去《さ》らうと、遂《つひ》にから決心《けつしん》して、そして一《ひ》と先《まづ》二《に》階《かい》へ戻《もど》つた　（終）

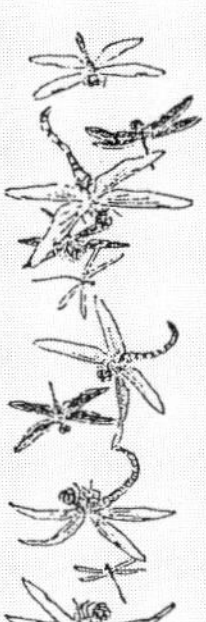

作花《つくりばな》

第十校

流鶯散史

話《はな》し換《かは》つて水野家《みづのけ》の車夫《しやふ》良助は、寃罪《えんざい》を受《う》けて書籍《しよせき》庫《くら》に押込《おしこ》められて情《なさ》けなき主人《しゆじん》ぢ。殘酷《ざんこく》な主人《しゆじん》だ。一寸《いつすん》の虫《むし》にも五分《ごぶ》の魂《たましひ》はあるものを、何時《いつか》この返《へん》報《ぱう》をとは思《おも》ひましたがいや〳〵今《いま》までの恩義《おんぎ》を忘《わす》れて斯《か》ばかりの事《こと》を恨《うら》んでは濟《す》まんと考《かんが》へ直《なほ》し、隅《すみ》の方《はう》に默然《もくねん》として居《ゐ》ますと、權助《ごんすけ》は怪《あや》しんで薄暗《うすくら》き火《ほ》影《かげ》を透《すか》して見《み》ますと、昨夜《ゆふべ》自分《じぶん》を乗《の》せて來《き》た車夫《しやふ》ですから不審《ふしん》に思《おも》ひ、

36

図１　『都の花』第21号に掲載された『浮雲』の末尾。

という半ば神話化された読みを、意図するせざるにかかわらず特権化し、他の読みの可能性を排除することになる。『浮雲』は「中絶」のただ一点から読みはじめられ、そのすべての意味は「中絶」に中心化され一義化されていく――。『二葉亭四迷全集』はじめ二葉亭四迷著『浮雲』と題され出版されている諸テクストそのものがこうした読みに深くコミットしているのだ。ここでは「(終)」に代って、まさに「中絶」という新たな〈終り〉が『浮雲』の意味の特権的中心に据えられているのである。

ただしここで、これまで何回となく繰り返されてきた『浮雲』の中絶／完結の議論を、改めて問題化する意図は全くない。どのようなテクストにも〈始め〉と〈終り〉があり、多かれ少なかれそれを理解の枠組みとして読み解いていくのであり、何をもって〈終り〉とするかは読み手の自由に属している。と同時に、その〈終り〉という枠の意識、あるいは終息の意識そのものにも時代時代の痕跡が刻み込まれており、歴史性を帯びた〈大きな物語〉のなかで判断されているはずである。この意味では、『浮雲』を「中絶」とし、それを必然的な〈終り〉とするのも間違いなく歴史的な一つの読みである。

〈終り〉とは何か――。ここでは、単に受容史というのではなく、こうした主題化する〈終り〉を検討することにより、『浮雲』というテクストの置かれてきた場所《トポス》を論ずることにしたい。それは、『浮雲』の「中絶」という問題にとどまらない、われわれが無意識裡に依拠してきた〈知の枠組《パラダイム》〉を改めて問い直すことにもなるはずである。

では、発表当時の『浮雲』がどのように受け取られていたのか。先ず、そこから考えていくことにしよう。

二　受け容れられる〈終り〉

周知のように、『浮雲』は第一篇と第二篇とをそれぞれ単行本で、続く第三篇を雑誌『都の花』に連載する形で発表された。(5) 物語内の時間は、わずかひと月余りであるが、三篇末尾の発表までに二年二ヶ月を要している。この二年の間に、『浮雲』に対する批評の力点も微妙に変化している。

第一篇では、その文体の新しさが注目されることになる。早くは『時事新報』（明治二〇・七・五）の「雑報」で、「第一篇丈けにては新奇妙趣もまだ」摑みようがないとしながら、「文章は俗言体に改良を加へたる趣向にして読み易く解り易く」、その点だけでも「近頃出色の小説なり」、とする。『國民之友』（明治二〇・八・一五）でも、やはり「文体」の「機軸」を取りあげ「句調、語格斬新」と評している。『浮雲』前篇の広告も同様で、文章の新しさを販売戦略の第一にしているのである。(6)

こうした批評群のなかで目を引くのは、繰り返される「油畫《あぶらゑ》」的という比喩であろう。『中央学術雑誌』（明治二〇・八・二〇）では、近来の小説の「人物《カタクタア》」が「錦畫」の人物であるのに対し、この小説のそれは「油畫の人物」であるとする。また、こちらは第二篇の批評であるが、大江逸

（徳富蘇峰）も「恰も油畫を見るが如く緻密精巧に描き出」（『國民之友』明治二二・二・一七）しているとしているのである。これらの比喩の起源が坪内逍遙にあるとするつもりはないが、『小説神髄』（松月堂刊、明治一八・九～一九・四）の客観描写の要を説くくだりで、「熱心なる油絵師《あぶらゑかき》は刑場《しおきば》なんどへも出張して斬らる、者のかほかたちはさらなり断頭手《くびきるもの》の腕《かいな》の働《はたらき》はた筋骨の張たるさまにも眼《まなこ》を注ぎて観察するとか」（「小説の主眼」）としているのと重なっている。いうまでもなく「油畫」は西欧から伝わった、当時とすれば新しい絵画のスタイルなのであるが、それを小説というジャンルの細密描写の評言とする発想は、明らかに共通しているのである。それはあながち偶然でもない。

思えば、『浮雲』第一篇、第二篇とも表紙・扉には「坪内雄蔵著」、また巻頭には「春のや主人 二葉亭四迷 合作」と記されていた。当時、著名な作家の名前を借りることがままあったにしても、少なくとも逍遙周辺の人物の作であると判断されていたと思われる。読み手が『浮雲』理解の参照体系の中心に、逍遙の著述を据えるのは考え易いことである。

例えば、発表当初の冷淡な批評に対して擁護の弁をふるい、『浮雲』をはじめて正当に評価したとされる石橋忍月の「浮雲の褒貶」[7]では、「褒誉す可きの点」として四項目をあげている。それによれば、第一は「人物を主として脚色《しくみ》（文章）を客」としている点、第二「性質《キアラクテル》、意想《アイデーア》を写し」それと「地位境遇」の「相関」を描いている点、第三「卑賤の風俗浮薄の人情及び言行不伴の社会を実写」している点、第四「平凡なる不完全の人物を以て主人公」とする点の四点とされる。また、「精緻なる観察」で「社会風俗人情の実際を忌憚なく畫」いている点を「賞賛」すべきともしている。これらがいかに逍遥的な問題意識に照応しているかは、改めて徴するまでもなかろう。『小説神髄』の著名な一節「小説は人情と風俗とを活《いけ》るが如くに叙しいだ」（「文体論」）す、また小説を編むに「脚色の如何を問ふよりはむしろまづ主公《しゅこう》の性質に注意」（「主人公の設置」）すべきという箇所を引用すれば十分であろう。それは、第二篇の広告で[8]「微妙の人情」が第一の売りへと力点が変更されていることとも重なっている。

さらに、ここで留意すべきは『浮雲』にとどまらぬ文学テクスト一般の享受のされようであろう。読書という行為を論ずる折にもしばしば引きあいに出される、R・ヤーコブソンのコミュニケーション・モデルによれば、発信者と受信者がコードを共有することでメッセージが読み解かれることになるが、実は文学テクストの受容においては読み手の側が一方的に選ぶ参照《レファレンス》、あるいは理解の〈枠組み〉に大きく依存しているのではないか。書き手と読み手は同一のコードを必ずしも共有しているわけではない――それでも読みは成立するのである。むしろ、それがより実態に即した読書行為であるともいえる。後年の研究者から二葉亭の意図とされるものはともあれ、逍遥の著述こそが当時の『浮雲』理解の第一のコードとされていると考えるべきであろう。

では、徹底した「傍観」によって「脚色」よりも「主公の性質」「人情」「風俗」を「模写」するのが新時代の「小説」であるという、逍遥流の模写小説論からすれば、小説の〈終り〉とはどのように想定されるのか。逍遥自身が実行できたか否かは別にして、心理描写・風俗描写論を論理に従ってつき詰めていけば、決定的な〈終り〉はありえるのだろうか。原理的には、〈心理〉と〈風俗〉のある限り、どこで区切ることも、どこで終ることも不可能ではない。逆にいえば〈終り〉はない、ということもできる。まして、境界の越境よりも、自分が属している意味論的場への自己言及に終始するような、「無題材的」[9]な人物を「主公」とする〈心理小説〉ではなおさらのことである。無論、問題は単純ではなく、逍遙自身小説を小説たらしめるには〈筋〉の「脈絡通徹」が不可欠とも考えている。だが、逍遙はこの「模写」論と〈筋〉の調和を小説論として理論的に詰めることはできなかった。それが『当世書生気質』末尾の混乱にもつながっているといえよう。[10]

しかし、逍遙の言説のなかでも、「人情模写」論を参照体系の中核にする当時の受容のあり方からは、「模写」される対象のありよう、あるいは「模写」の巧拙は問題になるとしても、小説の中絶／完結についてとりたてて論議されることはない。だからこそ、第三篇発表後も『浮雲』の〈未完〉は話題にもならなかったのである。十九回末尾は当然のように受け容れられていたのだ。もともと、第三篇は思いのほか取り上げられることが少なかったのだが[11]、例えば、わずかに見える『出版月評』（明治二二・一〇・二五）に掲載された三千字にも及ぶ「浮雲の評」のなかで、著者依田学海はその執筆の意図を次のように述べている。

この書を評するものあまたありて（中略）今改めて評を下さんも無益に似たれとかの評ともはこの書の二篇に止まりていまたその終に及はす

これによれば、これまでの批評は二篇までに止まっていたので、自分はその「終」にまで及ぶ批評を試みるのだ、という。少なくとも、『浮雲』は終った、と学海は認識していた。その批評も明らかに「終」を前提に論じられているのである。決して未完ではない。これが当時の『浮雲』というテクストの一般的な受容のされ方であろう。まさに「(終)」は〈終り〉として受け容れられていたのである。われわれは、この紛れもない事実を忘れることはできない。

三　拒否される〈終り〉／〈モード〉としての自然主義

この後、『浮雲』は明治二十四年九月に金港堂から三篇合冊本として刊行され、明治三十年六月には『太陽』臨時増刊号に再掲されるが、(12)さしたる反響は呼ばなかった。それが再び脚光を浴びるようになるのは、明治三十九年から相次いで『其面影』『平凡』が『東京朝日新聞』紙上に連載されるに到ってからである。(13)三十七年から朝日新聞社に勤めていた二葉亭は、先輩池辺三山の強い求めに応じて小説の筆を執った。実に十七年ぶりの実作ということになる。いうまでもなく、この小説執筆には、研究者が語るような二葉亭側の個人的な文脈《コンテクスト》があったはずである。しかし、それらはやはり問題とされるべくもなく、好むと好まざるに関わらず、折しも隆盛を極めていた自然主義の潮流に巻き込まれていくことになるのである。

例えば、しばしば『浮雲』との連続性が指摘される『其面影』は、島村抱月の「『蒲団』評」

（『早稲田文学』明治四〇・一〇）において次のように述べられる。田山花袋の『蒲団』の特徴である「肉の人、赤裸々の人間の大膽なる懺悔録」という点は、「早く二葉亭風葉藤村等の諸家に端緒」が見出されるものである、と。そして、自然主義文学の宝典ともされる「文芸上の自然主義」（『早稲田文学』明治四一・一）では、『蒲団』、正宗白鳥の『紅塵』などとともに「自然主義」の名が与えられている。『其面影』はむしろ、自然主義的作品とのつながりが強調されているのである。

一方、自然主義的な告白小説をパロディ化したはずの『平凡』も同様で、例えば『帝国文学』の「時評」（明治四一・五）では、「特に青年の性慾衝動と、その力が理智を圧倒する様」が描かれているとされ、「自然主義の代表的作品である」[14]と位置づけられる。また「無解決といふことが、自然主義の特色である」と主張する長谷川天溪によれば、「少しも修飾することなく、また憚る所なく、一青年の胸中を解剖して、殆ど餘蘊ない」（「文芸時評」『太陽』明治四一・五）とされ、『平凡』は「無脚色小説」の好例とされるのである。

本来、ある読みを身につけるとは、言説間の権力関係において、ある価値づけのシステムを学び取ることであり、それは文壇的な力学のなかで一定の位置を選び取ることである。二葉亭の著作も、いやおうなしに、こうした読みの権力抗争のなかに投げ出され、時に論争の具ともされることになる。いわば、自然主義という歴史性を帯びた読みの〈モード〉によって意味づけられているのだ。もちろん、『浮雲』もまたこうした言説の力学のなかで読まれることになるのである。二葉亭の文学に最も厳しい評価を下した一人である正宗白鳥も、明治四十二年八月に刊行された二葉亭追悼文集で、『浮雲』が道楽気なく虚飾なく真面目に人生を描かんとした最初の作物であると思ふに至つたのは、世間多数の人と同じくほんの此頃の事である」[15]とし、「世間多数の人」が持つことになった「此頃」の〈評価軸〉の存在に暗に言及している。

しかし、基本的な『浮雲』評価のポイントは変わらない。やはり、「細い心理描写」[16]（田山花袋）であり、「心理解剖」[17]（島崎藤村）であった。つまり、逍遥の時代と大きな隔りはないのである。それもそのはずで、代表的な自然主義の描写観である花袋の「描写」のイメージをとってみても、驚くほど逍遥的なそれに近い。花袋は「描写」とは「たゞ見たまゝ、聴いたまゝ、触れたまゝ、の現象をさながらに描く」[18]こととし、こうした「描写」法を手にいれるためには「傍観的態度」、つまり「実行（批判・断定）を敢てしない、忍耐と知識との間に生」[19]まれる「態度」を養わなければならないとしているのである。ここで述べられる「傍観」という〈禁欲的態度〉の要請は、一見すると『小説神髄』への先祖返りのようにも見える。

ただし、一方で、文学との関わり方においては、例えば、「自然主義の文学は（中略）人生根本の真相を表現して、その悲哀、痛苦、醜悪、乃至疑惑を大膽に正直に表白」[20]（片上天弦）する、あるいは「人生全体の運命問題を提起して限りなく之れを想ひ廻らさしめる」[21]（島村抱月）と「人生」に「正直」に向き合う全人格的な関わりを要求している。これが逆説的に文学の価値を擁護する『平凡』と引き合うことになる。そして、自らが〈自然主義的作品〉と位置づけたこの『平凡』を読解の索引にして、『浮雲』を改めて読み解いていると考えられるのである。いわば、『平凡』をとおして『浮雲』が見つめられるとでもいえよう。それは、もう一度『浮雲』の描写の正確さに目を向けさせると同時に、『浮雲』を「人生」論的に論じていくという新たなテーマを予感させている。だが、それは別の参照《レファレンス》を手にした後の批評家たちに委ねられることになる。

では、彼ら自然主義の読み手たちは、『浮雲』の〈終り〉をどう受けとめていたのだろうか。いや、小説なるものの〈終り〉をどう理解していたのだろうか。この問いに対するヒントを与えているのは片上天弦と長谷川天溪であろう。天弦は構成論的な関心から、「観念小説」「傾向小説」を取り上げ、その「作中の事件乃至問題は、其の結末に至つて何等かの処分解決を見、読者は其の結末の解決によつて一種の満足を得」ているとし、そうした「解決」はある「判断の標準」いわば「習俗的道徳」に則っているのであり、それは別の「判断」からすれば絶対的ではなく「無解決同様」であるとする。「結末」はある相対的な価値判断に関わっている、というのだ。そこで、「自然派」はそうした「解決」を「排斥」しようとするとされる。つまり、〈終り〉という"end"（目的）から事後的に意味づけることを拒否しているのである。これは、テクストを「結末」から目的論的に一義的に意味づけようとしている今日の文学研究への尖鋭な批評ともなりえている。

一方、その破天荒な論理で「自然主義のラッパ卒」ともされる天溪は、「自然派に対する誤解」で次のように述べる。

自然主義の作家は、勉めて脚色の結構を避けむとする。脚色を設くるは、恰も論文を草するやうのもので、始めから結構、即ち結尾が出来上つてゐるのであるが、自然派は其の結末を予定せぬ。[24]

「現実其の物の描写を目的とする（中略）自然主義の作物には、脚色なるものは無い」とする天溪は、はじめから「結末」を「予定」しない。というより、「無解決」が人生の真相に触れているという考えからすれば、〈終り〉は必ずしも必要とされない。むしろ、「未解決の人生に浅膚《せんぷ》なる解決を下」[25]す〈終り〉は論理を後退させてしまうことになるのである。考えてみれば、もっとも自然主義的な小説のひとつである島崎藤村の『新生』[26]――小説の発表が広げた波紋そのものが新たに物語内容として当の小説中に描かれていくような小説――には〈終り〉の意識が書き込まれているとは考えられない。

とするならば、自然主義の読み手たちにとって、〈終り〉ではない〈終り〉は当たり前のことであり、むしろ小説のあるべき姿であるといえるのかもしれない。天溪自身が、例の突然とぎれるような『平凡』の末尾を「実に好く彼れ〔二葉亭〕が最後を表象するものにあらざるか[27]」と積極的に評価するのも当然のことである。しかしながら、『浮雲』の「結末」が〈未完〉として称揚されたことは一度もない。また、問題にさえならなかった。それは、「自然主義」的小説の疑いようのない〈終り〉として彼らに受け容れられていたからではないか。

こうした自然主義の思潮が世を覆いつくす真っただなか、二葉亭は明治四十二年五月、ベンガル湾上で世を去った。上下五百ページに及ぶ二葉亭追悼文集において、二葉亭の「未完成」について僅かに言及した島崎藤村は次のように述べている。

未完成な一生――しかも、大きい未完成な一生――二葉亭氏のはそれであると思ふ。氏の如き誠実なる人生の研究者が吾儕《われら》と同時代にあつて、兎角の批評は世間の人に任せて置いて、黙つて斯の世を去られたといふことは、考えて見ても心強い。丁度、今夜は氏の遺骨が神戸に着く筈だ。梅雨には近いし、寂しい晩だ。[28]

藤村と二葉亭とには直接的な面識はないが、畏友北村透谷とともに生涯尊敬しつづけた文学上の先輩に、無限の共感とともに深い哀悼を捧げている。ただし、人間的関心から二葉亭の人生を「未完成」とはするが、『浮雲』の「未完成」には全く言及していない。藤村は、後の批評家がするように、人生の「未完成」と小説の「未完成」とを一つの物語として重ね合わせることはしない。自然主義という意味づけのシステムからすれば、人生の〈未完〉は問題になるとしても、小説の〈未完〉か否かは問題の中心、すなわちテクストを読み解く〈主題〉とはなりえなかったからではないか。二葉亭が逝った明治四十二年五月、『浮雲』の〈中絶〉という命題は未だ成立していなかった、と考えられるのである。

では、その『浮雲』の〈未完〉なる極めて歴史的な考えはどこまで遡られるのだろうか。また、

『浮雲』の〈読み〉というより、われわれの『浮雲』との関わり方そのものを呪縛している中村光夫の『浮雲』論では、どのような〈終り〉をめぐる物語が用意されているのだろうか。次章では、二葉亭神話における〈未完〉という物語の成立から論ずることにする。

第二章 〈未完〉の成立――二葉亭四迷『浮雲』（2）

一 二葉亭の死

二葉亭四迷の突然の死が伝えられたのは明治四十二年五月十三日夜半のことであった。危篤の報を受けた坪内逍遙が発した「病に克て」の電音《でんおん》も空しく、新嘉坡《シンガポール》に到着した賀茂丸から「十日午後五時十五分を以て溘焉《かうえん》長逝せし」の訃報がもたらされる。この帰朝途次の二葉亭長逝の知らせは翌日の朝刊には間に合うべくもなく、一日おいた十五日にこぞって報道されることになる。「長谷川辰之助君帰朝の船中逝去」（『東京朝日新聞』）、「長谷川二葉亭氏逝く　帰路新嘉坡にて病没」（『読売新聞』）、「二葉亭氏逝く　肺炎に冒され帰朝の船中にて逝去」（『横浜毎日新聞』）。新聞各紙は二葉亭の謹厳な肖像写真とともに、船中での死のいきさつ、生い立ち、功績、家族、趣味、逸話など故人に関するあらゆる情報を掲載している。殊にロシア特派員として送り出した『朝日新聞』では、十六、十七、十八の三日間にわたる大きな特集を組んで元社員の死を惜しんでいる。

ただし、二葉亭死去の報道はここで終るのではない。二週間後もう一つのピークをむかえることになる。

二葉亭の遺骸は新嘉坡《シンガポール》で荼毘にふされたうえ、搭乗してきた賀茂丸によって持ち帰られ、神戸から出迎えた未亡人とともに陸路東京に向かう。各紙はこの遺骨の到着の様子を詳細にレポートしている。『東京朝日新聞』は遺骨到着を長崎（五月二七日）、門司（二八日）、神戸（三一日）、東京（同）と各局からリレーするかのように日時を追って報じ、『東京日日新聞』は逝去の報に劣らない紙幅で、「二葉亭遺骨着△令息に抱かれた白木の箱」（五月三一日）として伝えている。とくに、新橋駅到着の様子は、「二葉亭遺骨着く　打湿りたる新橋駅の光景」（『国民新聞』五月三一日）と実況され、幼い子らの待つ日本への帰国を目前にした死の悲劇性が強調されている。そうした受け止め方は、『大阪朝日新聞』に掲載された「二葉亭の遺骨を迎ふ」（三〇日）と題された短歌、「癒《いね》がての病悲しと肺によき／印度潮風それも甲斐なく」「真悲《まかな》しき愛《めぐ》しき妻子前《ま》にあれど／屍《かばね》の君と慰めかねつ」に明瞭に表われている。様々な逸話とともに死をめぐる情報が繰り返され報道されていくなかで、二葉亭の〈悲劇〉が物語化されているのである。

そして、それと相呼応するかのようにつぎような記事も掲載されることになる。

君は筆を載せて露国に赴き、屍を灰にして日本に帰る、文士としては筆を用ひず、通信の予告にも負《そむ》きしが、其の死自身が世界的の一大文章なるぞ面白き、即ち自ら一字を着けざるも、其の死は世界を懸けて謡はれ、一大文章よ、名士よ、露国にて文筆以外に働けり、と其の死の

動揺《どよ》めきは内地の全新聞を襲ふのみか、恐らく露国新聞をも埋めん[1]（『大阪朝日新聞』明治四一・五・三〇）

文士特派員としては必ずしも期待にそうものではなかったが、その〈死〉は「一大文豪」の「死」そのものであった、という。時間の経過とともにメディアのなかで、〈死〉の意味が微妙に変質せられているのだ。いうなれば、〈個人の死〉から〈作家としての死〉へ――。そこに、「日露戦後の新聞の危機を、文学情報で乗り切っていこう」[2]というメディアの欲望が働いていたことは間違いない。それらは、意図するせざるに関わらず、後に作り上げられる〈二葉亭四迷像〉をいち早く準備していくことになるのである。

だが、そうした二葉亭像編成の中心的役割を担っていたのは、やはり坪内逍遙、内田魯庵、矢崎嵯峨の屋（おむろ）という文学上の友人たちの言説であったというべきであろう。

二葉亭の死の直後になされた友人知人たちの追想は、例えば「語学校の秀才」（大田黒重五郎）、「忠実なる教師」（鈴木於兎平）、「恬淡寡欲の性」（西海枝静）、「気風磊落にして滑稽」[3]（土屋生）と、生前の面影をある種の実感もって伝えていながら、中心化されるべき場所を持たない断片的な情報にすぎない。それに対して、逍遙は二葉亭を「ルーソー」になぞらえ次のように位置づけている。

其新精神《ニウスピリツト》の先駆と言ふ点に於て、其鋭く深き神経質肌の文学者と言ふ点に於て、其作者たるよりも批評家たる点に於て其人を魅し人を化するの力に於て、其文学よりも社会の経営に重きを置いた点に於て、又或程度までは其性行に於て頗るルーソーに似てゐるものがあつた。(4)（『東京朝日新聞』明治四二・五・一七）

「ルーソー」との対比の当否はさておき、後に成立する二葉亭の人間像の大枠を求心的に示していることは間違いない。また、「二葉亭君と僕（主として第一期）」（『早稲田文学』明治四二・六）なる回想においては、自身の古い「日記」を引っぱりだし、二葉亭の文学的出発を語ることの意味を十分意識したうえで、「君は純然たる窮屈な理想家」であったとして若き作家の性向を具体的に伝えている。この回想は、今日でも、当時の二葉亭を考える最も基礎的な資料となっているのである。ただし、この時点では二葉亭の、あるいは『浮雲』の〈未完〉という後に〈主題〉化される問題についての言及は一切なされてはいない。畏友逍遙においても、それは二葉亭を語る上の中心的な命題とは未だされていなかったのである。

では、その〈起源〉を溯るとすればどこまで辿ることができるのか。それを考えるには、今日の二葉亭像の原型を作り上げたもう一人の人物、内田魯庵をあげなければならない。

二 〈未完〉の成立

二葉亭と魯庵の交際は、二葉亭が官報局に出仕していた明治二十二年頃から始まったとされる。文壇における数少ない友人として両者の関係は二葉亭の死まで続き、後の二葉亭四迷研究の多くはこの魯庵の言説によって支えられているといっても過言ではない。その魯庵も、二葉亭死去当初、様々な新聞雑誌からの取材攻勢にあい、「長谷川長谷川と云つて何んだか長谷川を食物にでも為るやうで甚だ面白く無い(5)」とマスコミの報道ぶりに批判的な態度をとっていた。それらに談話として掲載されたものも「健啖家で凝り家の食道楽であつた」(『読売新聞』明治四二・五・一五)などの身辺的なエピソードの紹介が主であった。その様子が、大きく変化するのは、逍遙とともに編集した追悼文集『二葉亭四迷』(易風社、明治四二・八)に掲載された「二葉亭の一生」からである。

それは初めての二葉亭の伝記というべきもので、故人の生い立ちからロシア行きまでを四期に分け五十ページにわたって詳述している。ただし、内容は二葉亭の伝記的事実にとどまらず、作品の踏み込んだ批評もなされている。なかでもとくに注目すべきは、『浮雲』の第三篇についての言及であろう。魯庵は「全体として評すれば文章の上からも構案の上からも『浮雲』は未成品たるを免がれない」と、「文章」と「構案」の点から『浮雲』が「未成品」であると断じたうえで、つぎのように述べる。

『浮雲』の第三編は斯ういふ疑惑（「人生」あるいは「思想上の紛糾」）に悶々としてゐた最中に出来たので、其終結を着ける構案には相応に苦辛《くしん》したが、根本の大問題に悩まされてる折からだから、実は小説どころでは無い。（中略）が、本屋に対する義理からドウシテモ第三編を公《おほや》けにしなければならぬし、本屋には斯ういふ精神上の紛糾は解らぬから矢の如く督促する。到頭拠《よんどこ》ろなしに公けにしたのが都之花へ載つた第三編である。勿論、未定稿である。未定稿であるが、当時の長谷川君には之れ以上に玉成する事の出来ぬ未定稿である。（傍線引用者。以下同じ）

こうした『浮雲』評自体が魯庵にとって初めてのことであり、かつまた、ここで初めて『浮雲』の「未成品」「未定稿」が明瞭に問題化されたことに注目しなければならない。それらは二葉亭の死を機会にして初めて開陳することができた創作上の「苦辛」——親しい文学上の知友ゆえに知りえた「苦辛」ということになろう。ただし、先にもふれたように、魯庵の回想によると両者の出会いは官報局に勤務してからであり、二葉亭が小説の筆を絶った後のことであって、それをリアルタイムで知ることはできない。では、どうして知りえたのか。無論、その「苦辛」を後年二葉亭の口から直接聞いたのかもしれないし、あるいは、「予が半生の懺悔」（『文章世界』明治四一・六）という回想文を読んだのを踏まえてのことなのかもしれない。しかし、それだけではない。こうした二葉亭の死を境にした魯庵の『浮雲』評には、この時期に初めて二葉亭の日記を見る機会を得たことが深く関わっていると思われるのである。

逍遙によれば、この日記は「遺稿の整理に任じた内田魯庵子の手へ一旦すべてを引き渡(6)」したとされるが、ここでもその一部が引用されている。

> 『浮雲』第三編が都之花に載つた時の日記の断片を見ると、故人は愈々《いよく》掲載されるを広告で知つて、書肆の寄送を待兼ねて最寄の雑誌店で買つた。誰のよりも先ず自分のを繙《ひら》いて見やうとした時手がブル〳〵と慄へたと書いてある。

これは、二葉亭の日記「落葉のはきよせ　二籠め」に記されているところそのままである。魯庵の『浮雲』評の明瞭な断定はこうした日記の内容によって支えられていたと思われる。ただし、一方において、「未定稿であるが、当時の長谷川君には之れ以上に玉成する事の出来ぬ未定稿である」と、未定稿ながらそれ以上に完成させることはできなかった、当時としてやむを得ない〈終り〉という意味合いも含まれている。しかし、ここでは、後年いうところの「未完成の二葉亭」という主題はまだ意識されてはいない。

こうした『浮雲』の末尾に関するさらに突っ込んだ議論は、「明治文化史の反面観」とされる『きのふけふ』（博文館、大正五・三）によってなされる。易風社版の「二葉亭の一生」を大正三年夏に補修したとされるこの文章では、いっそう詳しく日記のすみずみまで読み込まれている。

『浮雲』第三編は作者の日記の端に書留めた腹案に由ると、お勢の堕落と文三の絶望とに終るのだが、其の発表されたものを見ると、腹案の半ばにも達しないで、尻切とんぼのやうに中途から打切られてをる。恐らくは尚《ま》だ発表するを欲しない未定稿であつたらうと思ふ。尤も此悶々の場合之より以上に玉成する事は迚《とて》も出来なかつたらう。

「日記」の端に書き記されていた「腹案」をもとに、あったはずの〈終り〉を想定し、そこから「尻切れとんぼのやうに中途から打切られてをる」と判断する。必ずしもテクスト内部の論理からではない。そこでは今日なされるのと同様の根拠をもとに同様の判断が既になされているのである。かつ、この不本意な〈終り〉と二葉亭の「断然文学を思い切る」「決心」を結び付けようとしているのだ。そうした魯庵の意向は、この文章の結びの言葉「渠《かれ》は小説家でなかつたかも知れないが、渠れ自らの一生は小説であつた」に表われている「二葉亭の一生」を改めて物語化しようという意思にも繋がっている。それは、その名も「未完成の二葉亭」（『女性』大正一四・一）と題された文章によって〈完結〉せられることになる。

その文章によれば、魯庵は、「二葉亭は失敗の英雄だつた。小説家としても亦未成の巨人だつた」「正直に云つたら『浮雲』も『其面影』も『平凡』も皆未完結の上に出来損なつてる」とした上で、次のように述べている。

　小説家として二葉亭は出来損なつてをる。但だ其の出来損ひは世間普通の出来上つたものよりも数倍光つてをる。二葉亭の生活其物が実は出来損なつてるので、二葉亭の三作は即ち其の出来損ひの生活の断片である

「未完結」「出来損ひ」という地点から『浮雲』のみならず小説家二葉亭についても語ろうとしている。両者を意識的にひとつの物語として結びつけることによって、自らいうところの「失敗の英雄」「未成の巨人」という二葉亭四迷像を作り上げようとしているのである。それは自己の理想に邁進しながらも常に失敗を重ねていったロマン主義者二葉亭を逆説的に称揚しているのであり、同時期に広津和郎が評する「ロマンテイツク・スピリツトのために、人生のための自己奉仕を始終思つてゐた二葉亭」(7)（大正一〇・六）という理解にも重なっている。かつ、これらの相同性は単なる偶然ではない。ともに、「人格の成長と発展」(8)を前提とする大正期的な「人格主義」的コードに遠く連なっていると思われるのである。いうなれば、裏返しの「人格主義」。こうした、大正期の魯庵の批評を通過して、二葉亭をめぐる神話の原型がここに成立しようとしていたのである。無論、それが二葉亭の「日記」によって支えられていたことはいうまでもない。

　では、こうした地点にたどりついた二葉亭四迷像を誰が引き継ぐことになるのか。もう一人二葉

亭の「日記」に強いこだわりをみせた批評家、中村光夫を取り上げなければならない。

三　完結する〈未完〉

中村光夫によれば、二葉亭との出会いは改造文庫の『平凡』であったという。何気なく買ったその本の「ふざけちらしたやうな中に、妙に悲痛な感じがする」(9)のに惹かれ、作家二葉亭四迷に興味を持つようになる。なかでもとくに面白く思ったのは、二葉亭の「作品」よりも、当時の文学や政治に「安んじて身を託し得なかった彼の懐疑」と「不幸」が端的に語られている「随筆と談話」(10)だったという。後年自ら語る『二葉亭四迷伝』執筆の動機も、次のように述べられる。

それは、二葉亭の作品が、作者からはなれて独りあるきできるだけの芸術的完成度を持たないために、そこに盛られた意図を充分によみとるためには、どうしても彼の生活を――とくにその内面の精神を――知らなければならないことです(11)。

先ず「内面の精神」を知らなければならない――ここには中村の関心のありようが示されていて興味深い。三回にわたって試みられた二葉亭四迷に関する論考を最終的に『二葉亭四迷伝』としてまとめ上げていく理由もここにある。

この意味では、初めてまとめられた『二葉亭論』（芝書店、一九三六・一〇）と『二葉亭四迷伝』（講談社、一九五八・一二）とが、題こそ異なれ、同じ問題意識で貫かれていたのは当然のことであろう。むしろ、『二葉亭論』には、中村の問題認識がより鮮明に表われている――いうなれば中村の二葉亭四迷理解の原型がそこに示されている、というべきかもしれない。ここでは、中村の二葉亭四迷論の出発点である『二葉亭論』を中心にして検討していくことにしよう。

周知のように、『二葉亭論』は当時小林秀雄が編集に携わっていた『文学界』に「二葉亭四迷論」（一九三六・四、六、一〇）として連載された。その構成は「生涯と芸術」と「浮雲」の二章に大きく分けられ、二葉亭の明治文学史上の独自の位置から語り起こされる。それによれば、単に「言文一致なる新文章の創始者」あるいは「自然主義運動の先駆者」という意味でだけではなく、文学の価値に対する真摯な「疑惑」を把持した「文学者」として、同時代の文学を鋭く照らし出している点に二葉亭の独自性があるとされる[12]。

ただし、二葉亭の言葉は、シャイで「消極的な性格」ゆえに「矛盾にみちており」「人々の間を歪められることなく渡り歩く力をもっていない」という。こうした「歪み」は『浮雲』にも表われており、それが二葉亭の「文学的情熱」をも殺していったとされる。中村はその『浮雲』を次のように論じている。

『浮雲』は未完成の小説である。未完成といふことを忘れてはならない。この単純な事実を無視してこの小説は決して理解出来ないのである。何故なら、それは単に中絶したのみではない。この未完成といふ性格によつて全部にわたつて鋭く歪められた小説なのだ。

『浮雲』は「未完成の小説」である、そしてその「未完成」ということによって「鋭く歪められた小説」であるとしている。この後の論の展開も、この二葉亭自身と『浮雲』の両者が持つ「歪み」と「矛盾」を中心にしてなされていくのは当然のことである。だが、ここでわれわれが特に注目しなければならないのは、やはり『浮雲』を「未完成」「中絶した」と断じている点であろう。既に「未完成」「中絶した」が大前提となって『浮雲』論が始められているのだ。「未完」であることが『浮雲』論、ひいては二葉亭論の出発点になっているのである。これを同時代の『浮雲』評、例えば藤森成吉の「二葉亭は文三の心理を実験台上に載せて、縦横無尽に解剖して見せて居るのでありますが、而も彼の全体の計画から申しますと、これに何かの解決を與へるといふことは、彼は絶対に考へなかつたのであります。何処までも未解決のまゝにして置きたかつた」[13]、すなわち「未解決のまゝ」終結しているという評と比較すれば、中村の論がいかに突出しているかがわかる。

ただし、中村が「未完成」「中絶」とするところの根拠を検討してみれば、先に取り上げた内田魯庵の「二葉亭の一生」と、坪内逍遙の『柿の蔕』(『中央公論』一九三三・七)に新たに引用された二葉亭の「日記」に行き着く。逍遙は当時所在が知れなかったこの「日記」について、「此原本は彼れの死後他の遺稿類と共に未亡人(今は故人)の手に在つたが、遺稿の整理に任じた内田魯庵子の手へ一旦すべてを引渡す前に、私が暫時借用して或人に謄写して貰っておいた」(『柿の蔕』)と述べている。中村はこれを〈孫引き〉し、それを論拠にしていることになる。またしても「日記」である。[14] 後年中村が、あたかも二葉亭の「内面」を〈所有〉できるかのように、「日記」を〈所有〉することに情熱を傾けたことも、逍遙・魯庵の引用をとおしてしかその内容を知ること＝所有することができなかったことに関わっていよう。

それにしても、他者に見られることを全く想定していない、ある種の偶然によって残ってしまった「日記」の記述内容を最大の根拠として小説の完結／未完を判断するという知のシフトはどこからきているのだろうか。[15]『浮雲』が発表された明治二十年当時、「日記」の記述内容と絡め合わせて「小説《ノベル》」を理解する、あるいは作者と作中人物をストレートに重ね合わせて理解するということがありえなかったことを考えれば、[16] それは歴史性をもった認識の体制であったことが了解できよう。そこには無視できない重要な問題がある。しかしここでは、それを解き明かすために、先ず未完から語り始められた中村の『浮雲』論はどこに到りつくことになるのか、その点から論じていくことにしよう。

端的にいえば、中村の議論は「『浮雲』中絶の事情も彼の「内的生活」の苦悩を辿ることなくして、決して明かにされ得ない」という認識から始まる。その上で、二葉亭の企図するところは、先ず「新文章による新たな人間の創造」にあったとする。ただし、ここでいう「人間の創造」は単なる作中人物の創造ではなく、「自己の思想を完璧な人間典型として生かし切」った人間を創り出すことである。というのも、「作家にとって、自己の思想の表現とは、新たな人間典型の創造にほかならぬ」のであって、その「思想」は「一個の人間として（中略）表現されるほかはない」からである。こうした理解には、「人間は思想に捉へられた時にはじめて真に具体的に生き、思想は人間に捉へられた時に真に現実的な姿を現す……」（「『未成年』の独創性に就いて」）という小林秀雄の人間観・思想観が響いていると思われるが、中村は「二葉亭の希い」は、自己の「思想にこの人間化した状態のままで過不足ない文学表現を与へることであつた」としている。[17]

このような二葉亭の企図は、「真の人間」をあるいは「ありのまゝの人生」を描くことに腐心した自然主義作家たちの「客観性」とは異なり、いわば「自己の思想そのものを客観化した」のであると、両者の差異が強調される。そして、この「思想」の「実現こそ青年期の二葉亭にとつて自己の全生活を賭した問題」であり、『浮雲』は「文学を場としたこの問題解決の試み」であったとされるのである。さらに、中村は次のように述べる。

文三はいはゞこの「実験の場」に設定された彼自身の倫理思想にほかならない。かゝるとき文三がこゝに呈する人間的面貌とは（中略）作者の倫理がその実生活に対する姿に、またはこれに対決する実生活が彼に呈示する相貌に等しい筈である。

文三は二葉亭自身の「倫理思想」に他ならず、作中において文三に課した倫理は、「自己の実生活において現実に苦しんだ問題」そのものであったのだ、と言うのである。二葉亭は「自己の思想の客観性を、或ひはその人間的な正しさを」を『浮雲』という「実験の場」で「計量化」しようとした――。それは、自らいう「正直の理想」の実践でもあった。

ただし、「生活とはまさしく彼自身と外界との交渉」によって成り立つのであり、自ら信奉する「己れ一個の生活を規範する倫理」は、一旦「外界」に投げ出されれば「無意味」で「無力」なものに過ぎない。それは他者のなかで否応なしに相対化され「自己否定」を強いられる。自己の「思想」を誠実に展開しようとすればするほど、逆に「正直の理想」は「寸毫も自ら仮借することない自己批判、自己解剖の利刃」と化し、「その自意識を研ぎ澄せ」ていく。二葉亭にあっては、「正直」の「体践」が、自身を自己不信による「普通の堕落に輪を掛けた堕落」へと導き、「無意味な苦痛」をも負わせることになるのである。

これが「『浮雲』の背後にあつた作者の倫理」であり、二葉亭が背負い込んでしまった自意識の劇ということになろう。そして、中村はこの当時の二葉亭が抱えた「内面」の劇を『浮雲』論にそのまま当てはめようとする。

それによれば、文三を、「正直」を「体践」しようという「「空望」を抱く人間として「客観化」することは不可能であつた」とされる。なぜなら、「文三の思想とは彼自身〔二葉亭自身〕が現実に苦しみつゝ、ある思想」「自意識によつて虐まれる思想」そのものであるからである。この意味では、文三が体現したものは二葉亭の「倫理」の〈自己矛盾〉それ自体であったということになろう。その一方において、「作者の思想の化身たる文三」にとって、作者の「倫理思想」の実現なくしては「その存在は無意味と化す」ほかはない。文三は二葉亭の思想の「化身」でありながら「化身」たりえない――。『浮雲』はこの矛盾の極限において打ち切られてゐる」というのである。具体的にいえば、「『浮雲』第三編第十六章以後はこの矛盾の報告書の観を呈してゐる」とされる。中村は次のように述べる。

> 第十六章全部にわたる文三の反省は、悉くそのまゝ、作者の倫理思想の表現である。したがつて文三に残されたお勢に交渉する唯一の道はその得た「識認」〔愈《いよい》よ明瞭になった自己の倫理思想〕をお勢に納得させることである。彼女が納得せぬ場合にはもはや文三にとつて一切は失はれるのだ。二葉亭が『浮雲』のプランにこれが「お勢の堕落と文三の絶望とに終る」と誌したのもこの故なのだ。

文三の「識認」が拒否されたとき、いいかえれば作者の倫理が全く否定されたとき、「『浮雲』の世界はこゝに崩壊する外はない」とされる。二葉亭の「倫理」の敗北である。中村によれば、それは余りに誠実で純粋な倫理を持ち、かつそれを「人物典型」の形象をとおして正しく文学に表現しようとしたが故に必然的に呼び込まれた結末である、とされるのである。『浮雲』は、初めから〈中絶〉に向かうという逆説を背負っていた、それが『浮雲』の孕む「歪み」と「矛盾」ということになろう。中村がいう『浮雲』の〈終り〉とはここにあった。すなわち、二葉亭の「倫理」の敗北によって導かれた〈終り〉、ということになるのである。こうした『浮雲』理解、二葉亭理解は後に改めて書かれた『二葉亭四迷伝』にも引き継がれていく。のみならず、『浮雲』論の大枠として、今日のわれわれの読みの方向をも決定していることは繰り返すまでもない。

いうなれば、『浮雲』の〈終り〉は、まさに二葉亭の「文学抛棄」の側から意味づけられているのだ。それは、孫引きされた二葉亭の「日記」、二葉亭の後年の「回想」、『平凡』という小説の物語内容、逍遙・魯庵の二葉亭をめぐる言説を〈参照《レファレンス》〉の中心において『浮雲』を読んだ、ということになろう。いわば、それら情報としてのレベルの違いに全く無頓着にかき集められた〈資料〉から作り上げた二葉亭の「内生活」のドラマに、『浮雲』という小説の物語内容を当て嵌めたのである。この意味では、実は中村は『浮雲』を読んではいない。読んだのは、既にメディアによって多分に作り上げられた文学者〈二葉亭四迷〉の青年期の「内面」である、といえるかもしれない。ここには『浮雲』の〈中絶〉を、二葉亭の「文学抛棄」という大前提から意味づけ実証するというトートロジカルな転倒がある。中村はそれを確信犯的にやったのだ。だがそれは、一人中村の問題ではなく、同時代的な問題系とも深く結び付いていたのである。

四　近代主体論的な〈終り〉

平野謙は昭和文学の流れを鳥瞰した上で、「昭和九年から十一年にいたる現代文学は、実作的にも文学理論的にもまれにみる多彩な年度であった」[18]と述べている。実際、『二葉亭論』の書かれた昭和十年前後にはプロレタリア文学論、私小説論、転向文学論、純粋小説論と囂《かまびす》しく問題化されていた。

こうしたなか、大学を出たばかりの新進批評家であった中村光夫は、自らの地歩を固めるためにもこれらの文学論に意欲的に関わっていた。例えば、中野重治との論争を招いた「転向作家論」（一九三五・二）、横光利一の「純粋小説論」（一九三五・四）を批判する「純粋小説について」（一九三五・五）、小林秀雄の「私小説論」（一九三五・五～八）を意識した「私小説について」（一九三五・九）と立て続けに発表している[19]。

これら多岐にわたる議論において、中村ににある一貫する批評のスタンスがあった。それは、私小説への批判であるということができる。瀬沼茂樹は当時の「心境小説の流行」を「昭和六年以来動き始めた一種の復古的機運に伴ふものであらう」[20]と分析するが、この時期には大正末の私小説論争に続く第二次の私小説論議ともいうべきものが繰り広げられていたのである[21]。そこには、文学論が「多彩」である一方において、「文学」が「衰へて居る」[22]という共通の同時代認識があったことも関わっていると思われる。中村はそうした「衰弱」の根本に、私小説の悪しき伝統があると考えているのである。

中村は「私小説について」という論考で次のように述べている。私小説の持つ「問題」の「複雑な相貌」は「封建文学の伝統」と「明治の社会事情」と「外国文学」の摂取の仕方に「由来」する。そして、そうした「私小説」の「礎石」は田山花袋の『蒲団』によって築かれた、と。中村によれば、『蒲団』に示されているのは「主人公の懊悩の明瞭な姿」なのであるが、「彼の「悩み」は決してその「心理」と社会の羈絆との対決にあるのでは」なく、「悩みとはむしろ彼にとつて女心の不確かさに対する疑惑」にすぎないとされる。ここに「我国の私小説を貫くもつとも根本的な性格とともに、その最大の弱点」が見いだされる。すなわち、「実生活によつてもたらされた」「生活感情を解析し」「客観化」しようとしてはいない。「主人公の苦痛」は、「作者との馴れ合ひによつて、作品以前に作家の主観として前提」にされているというのである。

では、こうした特権化された「苦痛」はいかにして相対化客観化されるのか。中村によれば、「彼等の苦痛は社会との対決においてのみ、はじめて明瞭に解析し、把握し、真に客観性を与え得る」、言い換えれば「社会との接触」をとおして「自己の心を分析し、己れの感情の意味を究めること」によって「客観化」される。それは例えば、「外国の一流の私小説」であるルソーの『懺悔録』においては、「社会から受ける苦痛を、直接社会との対決において意識し、表現するといふことが、どれ程、個人対社会の真の関係を鮮明に、また個人の苦痛自体の解析に豊饒な場所を与へたか」に示されているという。先ずは「社会との対決」をとおして「自己の苦痛を計量」すること、それが「我国の私小説」がもつ「苦悩の一種の安易さと、表現の上の狭隘性」から脱する方法ということになるのである。

そして、こうした自己相対化・客観化の試みは、まさに二葉亭四迷によってなされていたというのである。中村によれば、二葉亭は「人間の生活感情の総和に、完璧な文学表現がいかに与へ難いかという絶望的認識、文学上の安易な自己表現に対する痛烈な嫌悪」という誠実な近代作家が持つ「懐疑」を共有していたとされ、そうした二葉亭の「希い」は「自己の思想の純粋な場に、あらゆる作中人物を通行させせることによつて、自己の思想の客観性を、或ひはこの人間的な正しさを計量すること」であったとされる。これを敷衍すれば、「自己の思想」を先ず「新たな人間典型」として創り上げ、それを『浮雲』という疑似社会のなかに投げ込むことによって「客観化」した、ということになろう。そこに二葉亭の、また『浮雲』の世界文学に通ずる文学性があった——。

こうした議論には、二葉亭を論ずることを通して、「安易な自己表現」に狂奔しているとされる当時の「私小説家」たちへの批判が込められているのは間違いない。いうなれば、私小説批判を『二葉亭論』で具体的に「体践」してみせたということになるのである。

ただし、文学、特に私小説を「社会」と「個人」というパラダイムで考えようという発想はある種の同時代性をもっていたといえる。中村の文学上の先達であった小林秀雄は「私小説論」において、やはりルソーの『懺悔録』をはじめとする西洋小説をとりあげ、「作者等の頭には個人と自然や社会との確然たる対決が存した」、それは「社会に於ける個人」の「意味」を自覚しない日本の私小説家たちには持ちえなかった問題であるとしている。個人／社会という二項対立を基軸において「私小説」を捉え直そうとしているのだ。それが、中村も引用する著名な命題「社会化した

「私」に繋がっていることはいうまでもない。だが、こうした問題意識はこの二人に限られたものではなく、例えば瀬沼茂樹が「心境小説」を論じ、それを「個人的自我にのみ生活し社会的自我」を「自覚しない」「文学」[23]とするところともクロスしている。いわば、同時代を貫く問題認識のありようであったと考えられるのである。

と同時に、それは中村個人の批評のもっとも根幹にある文学観であったということも否定できない。中村は「私小説について」に先立つ「転向作家論」(一九三五・二)において、「あらゆる時代の文学の存在理由」を「自己の内奥の苦痛に表現を与へること」と明言している。無論、それは「社会との対決」をとおして「客観化」された「苦痛」というわけだが、「近代小説の先駆」として取りあげたコンスタンの『アドルフ』について、次のように述べている。

> アドルフの苦痛は直接に社会との接触から生れ、その交渉が深まるにつれて拡大し、遂に個人が社会の圧力の下に屈服するに至る過程が、作者によつて明瞭に把握され、個人の感情と社会との交錯が実際の姿のままで客観化されてゐる。(「私小説について」)

これが中村の考える「近代小説」のあるべき姿であるといえる。逆にいえば、中村にとって小説を読むとは、「社会との対立」によって生じる作家の「客観化」された「苦痛」を読む、ということになろう。それは、まさに『二葉亭論』において試みられたことであったのである。

しかし、「個人」が「社会」と戦って勝つということがありえるのか。中村が考えるように、それを「屈服」させることは少なくとも「近代文学」的なテーマではない。むしろ、そこで問題にされるのは、いかに戦い、いかに「敗北」するかということになろう。そこから極めてロマン主義的な臭いの濃い〈挫折の物語〉という主題が導き出されることになるのだ。中村が二葉亭と『浮雲』から読み取ったのは、まさにこの「敗北」の「物語」であり、それは近代的な「個人」が辿るべき運命的な結末、いわば「近代主体論的な〈終り〉」であるといえよう。いうなれば、人は挫折によってしか自分を証明できないというロマンチックな〈逆説〉である。

そして、中村はこうした作家の「内的生活」のドラマを組み立てるために、回想をつなぎ合わせ、友人たちの言を丹念に拾い集め、作家の身辺的な出来事に強く拘泥する。「日記」を〈所有〉したいという欲望もここに連なっている。後年、中村がいみじくも「とにかくこの仕事には墓あばきに似た性質があり、冒瀆的な好奇心を伴ふことは否定できません[24]」と述懐しているのはこうした事情を物語っているものと思われる。宇波彰は「人間から作品へ」という「私小説的発想」が小林秀雄の批評の限界であるとするが[25]、同様な意味において、中村の発想の型も実は「私小説」論のパラダイムに嵌まり込んでいるのではないか。作品内のディスクールの配置を分析しようというのではなく、その物語内容と私生活の出来事を等価に対応させ因果論的に意味づける。ここには、「私小説」を批判しようとした側が、「私小説」の問題系から逃れることができなかった〈逆説〉があるといえよう。

ただし、それも中村一人が背負った問題ではない。例えば、これと同時期に岩崎萬喜夫は、文三と二葉亭の紐帯を意識しそこから始めて『浮雲』を評価し[26]、片岡良一も同様に文三と二葉亭を重ね合わせ二葉亭の人生上の問題を読みといている[27]。これらの類同性は単なる偶然ではない。むしろ、「私小説」的な人間理解とも繋がる同時代的な発想の〈モード〉であったというべきであろう。『二葉亭論』はそうした認識論的な布置の上に成り立っていたのである。

かつ、中村の顰《ひそ》みにならって批評家中村光夫の個人史を問題にすれば、そこに彼自身の「転向」体験を重ね合わせなければならない。中村が学生時代の一時期、左翼的な同人雑誌『集団』に属していたことは周知のことであるが、そこからの離脱という苦い体験が中村の文学批評に屈折した影をおとしているのではないか。それは「転向文学論」において、投獄された「転向作家」たちが出獄後すぐさま「自己の刑務所内の経験を私小説の形式で大雑誌に発表する」安易な態度を断罪する厳しい口調にも表われており、また私小説家たちの自己否定の契機を持たない「自己陶酔」に対する激しい嫌悪にも通じている。さらに、『二葉亭論』の根底に一貫して流れている「文学を放棄することの文学性[28]」というまさに中村光夫的なモチーフも、その体験と遠く呼応していると思われるのである。

とするならば、中村が『二葉亭論』において展開したのは、昭和十年前後という時代環境のなかで、「転向」したばかりの二十代の青年批評家が、当時第二の全盛をむかえていた私小説の批判を念頭におき、またその発想の枠組みに引き込まれ、ある種ロマン主義的な文学観をもとにした、すぐれて自己言及的な『浮雲』論であった、というべきではないか。そこで語られるのは、極めて明瞭な歴史性を帯びた、かつ極めて個人的な〈終り〉であるといわなければならない。それは、必ずしも『浮雲』の〈終り〉ではない。

だが、われわれはその〈終り〉の持つ問題をいかに自覚化し、いかに対象化してきたのか。纍々と中村の〈終り〉を繰り返してきただけではないか。大正期的な「人格主義」的コードに促されるように、魯庵によって成立をみた『浮雲』の〈未完〉は、中村光夫を通過し必然的な〈未完〉という自己完結の隘路に嵌まり込んでしまっている。かつ、それは、近代文学研究が入り込んでしまった隘路と同じ弧を描いていると思われるのである。ならば、われわれはその〈終り〉をどう引き受けることが可能なのか。

『浮雲』の〈終り〉を考えるとは、こうした宏大な問題を考えることに他ならない。『浮雲』の〈結末〉は依然終ってはいない。

第三章　〈終り〉をめぐる政治学——二葉亭四迷『浮雲』(3)

一　解釈される〈終り〉

『浮雲』論にはちょっとした論争があった。高田知波によれば、一九八〇年代の『浮雲』論は、「〈語り〉を軸とする表現構造自体の分析」をもとに、「作家と作品を一体化させる中村光夫型二葉亭論の枠組みから本格的な離陸」に向かっていたという。それが、一九九〇年代になると、「表現分析と受容史の批判という二つの方向から「中絶」という〈常識〉を集中的に揺さぶる論」が相次いで出たとされる。(1)〈終り〉について考えることが九〇年代的なテーマだったというわけだ。八〇年代に〈語り手〉をひっさげて新しい『浮雲』論の地平を開いた小森陽一の諸論も、『浮雲』の「中絶」という〈文学史〉的な前提を疑うことがなかった。その自明性が改めて問われているということになる。

ただし、こうした見解に対する反論もある。『浮雲』の解釈において、〈終り〉は読みの次元にあるのではなく、歴史的事実であるというものである。つまり『浮雲』は〈中絶〉という「単純な事実」（中村光夫）を踏まえたうえで解釈されなければならないというのだ。同時代的な受け止め方はすでに述べてきたが、これまで何回となく、繰り返されてきたこうした主張の根拠にあげられているのは、「作家苦心談」（『新著月刊』明治三〇・五）という談話記事である。後藤宙外の筆記とされるこの文章の一節に、次のような箇所がある。

記者は『浮雲』の結尾を奈何《どう》おかきなさるお考なりしや、と問へるに、

大体の筋書見たやうなものを書いたのが遺ツてありましたがね。彼《あれ》は本田昇は一旦お勢を手にいれてから、放擲《うつちや》ツてしまひ、課長の妹といふのを女房に貰ふと云ふ仕組みでしたよ。（後略）

発表から七年後、既に小説家としての足を洗って七年も経つ作家に「結尾を奈何《どう》おかきなさるお考なりしや」と唐突に尋ねる質問の意図自体が不明瞭であるが、これは『浮雲』が未完の小説であるということが周知の事実だったことを示しているのだろうか。文中に二葉亭の言として「終の方なんぞは『浮雲』といふ題意を奈何《どう》してあらはさうなんて考へた位でしたからね」という部分もあり、この二葉亭との対話のなかで得た認識を改めて問いかけたとも考えられる。だが、これも推測の域を出ないといえば出ない。

それにしても、この一文から、明治二十二年の第三篇発表当初から、当時の読者は『浮雲』は中

絶した小説として受け容れていた――「『浮雲』が完結していないという情報を既に共有していた」[2]という結論を導き出すのは可能なことなのであろうか。また、明治三十年代の読者は当然この一文を目にすることはできなかった）は、この「作家苦心談」なる一文を読み、それを有力な参照枠として、『浮雲』を中絶した小説として享受していたといえるのであろうか。ここでは、むしろ、当時の読書界における小説をめぐる「情報」の伝達のありよう、流通の不均一さ、あるいは読書行為のあり方自体が問題になるはずである。でなければ、少なくとも内田魯庵がなぜ大正期になって『浮雲』の未完を語りはじめるのか、さらに、明治文学の当代一流の読み手であった柳田泉が昭和十二年の時点で、『浮雲』の未完を改めて指摘しなければならないかの説明がつかない。

明治四十三年四月から大正二年七月にかけて、石川啄木が校正したことでも知られる、二葉亭の初めての全集が東京朝日新聞から刊行される。坪内雄蔵、弓削田精一、内田貢らの編集によるこの全集の第四巻には、「談話」として十編が収められているのだが、この「作家苦心談」は採られていない。「凡例」にあるように、「談話は諸雑誌に多く散見すれども所謂訪問記者の筆に成るものは往々訛謬多く、時としては全然談話の要領を失する」[3]ものすらあるという意味で、載せるべき価値がないと判断されたのか、あるいは存在すら知られていなかったのか定かではない。いずれにしろ、この『出版月評』という雑誌に掲載された「作家苦心談」なる小文がレファレンスの中心におかれて『浮雲』が解釈されていたわけではなかろう。そもそも、一般の読者が、小説を実現されなかった作家の腹案から理解しなければならないという必然性はない。むしろ、この一文から『浮雲』の〈終り〉を意味づけること自体が、ある種の解釈的行為というべきであろう。

こうした長らく〈文学史的事実〉とされてきたものと、また後に成立する『浮雲』の支配的な読みとが連動する形で、「(終)」を欠いた全集の本文を作り上げていると考えられる。それは、意図するしないに関わらず、まぎれもないひとつの〈解釈〉を示しているといえよう。

二　実証される〈終り〉

では、『浮雲』の〈中絶〉が高らかに宣言された昭和十年代以降、とくに大戦終了の直後、『浮雲』の〈終り〉はいかに読まれていたのだろうか。

なかでも代表的なものとしてあげられるのは、猪野謙二の一連の仕事であろう。猪野は戦後まもなく、「真の民主々義文学」確立のため「日本社会に於ける政治と文学の問題を長谷川二葉亭というふ一つの原型に戻して」考えるとして、「政治と文学——二葉亭に就て」(『文明』一九四六・九)という文章を著わしている。このなかで猪野は、二葉亭を「近代的な苦悩を、即ち新しい近代人を生み出さんが為のはげしい自己批判と懐疑とを経験した最初の文学者」と位置づけ、自ら「極端な言ひ方をすれば」とことわりながら、わが国の近代市民は彼に於て生れ、彼に於て死んだ。その後今日に至るまで近代社会が生れなかつたやうに、わが国のルソーは生れなかつたのである。

と、その〈近代性〉を声高に評価している。猪野によれば「近代市民」、かつ今日まで生まれえなかった「近代市民」たる〈主体〉が二葉亭のなかに見いだされるというのである。こうした見方は、廣橋一男が『小説総論』を論じながら、『浮雲』のリアリズムは二葉亭の「民主主義精神」のあらわれとすることとも通じている[4]といえよう。新しい時代にふさわしい人間像が二葉亭のなかにあるというのだ。

このような理解は二葉亭のみならず『浮雲』の作中人物である文三についても同様である。時代は少し下がるが、永平和雄は、「文三の「懐疑と逡巡」こそは、絶対主義支配下の現実社会に対する、最も厳しい徹底した闘いであった[5]」としている。ここでは、文三は二葉亭のミニチュアであり、両者は必然的なこととして重ね合わされ、「作者は文三とまったく同じ平面で動き、悩んでいる[6]」（猪野謙二）、「文三＝二葉亭の中に、日常生活を突きぬけて社会的政治的な批判にまで到達せねばやまない情熱が内在していた[7]」（安住誠悦）という意見と呼応しながら、新たな理解の定式を作り上げている。二葉亭と文三は、ひとしく反民主主義勢力との戦いを表象＝代行する人物に押し立てられているのである。

また、『浮雲』が私小説の先駆と評される所以もこの一体化にある。坂本浩は、『浮雲』を私小説と断ずることを避けながらも次のように述べている。

文三には作者自身の「私」が託されているといえるのである。わが国における最初の近代小説というべき『浮雲』が、モデル小説の萌芽をもっているだけでなく、私小説の芽生えも有していたことは、興味あることである。(8)

ただし、『浮雲』を私小説的な側面から取り上げるのは、この時期がはじめてではない。昭和十年前後に、岩崎萬喜夫は「四迷は、お勢や本田を痛烈に描けば描く程、より痛烈に文三を(即ち自己を)描かなければならなかつた」(9)(一九三四・一二)と、文三と二葉亭との強い結びつきを意識し、そこから『浮雲』を評価し、片岡良一も同様に文三と二葉亭を重ね合わせ二葉亭の人生上の問題を読みといている(10)(一九三七・九)。この二つの論考にはさまれる時期に中村光夫は「二葉亭四迷論」(11)を発表し、二葉亭の私的生活の出来事と『浮雲』の物語内容を等価に対応させながら論じていたのだ。

このように、二葉亭と文三とを無前提に重ね合わせるのは、今日につながる『浮雲』論の基本的パターンなのだが、坂本はそれを「モデル小説の萌芽」「私小説の芽生え」としているのである。

そして、このような形で結びつけられた二葉亭と文三は、太い紐帯が意識されながら、ある一つの物語化された出来事の登場人物として位置づけられていく。それは中村光夫が読みとったのと同様の「挫折」と「敗北」の物語である。例えば、亀井勝一郎は、「反省のつよさ」「身証の激しい欲求」からくる「発想法における挫折」を二葉亭と文三に見いだし、二葉亭は『浮雲』を書きながら「敗北者」の意味を確認し、文三は恋愛において純粋な「自己の気持ちに執」するあまり「失恋」を招いたとして、両者に「「世間」に敗北してゆくかたちで「世間」に抗議するといふ知識人に固有の抵抗形式」[12]をみている。まさに「挫折の精神史」の物語を反復している。

ただし、この時期の多くの論考は、挫折・敗北を語りながら、意外にも〈中絶〉という〈終り〉を『浮雲』理解の中心に据えておらず、〈終り〉を語ることを主題としていない。むしろ、「社会批評的精神に貫かれたリアリズム」[13]（瀬戸山照文）という観点から問題にされている。例えば水野清は、『浮雲』が明治二十年前後の「日本の社会機構・官僚機構」を描き出すことによる批判を目論んでいるとし、次のように述べている。

二葉亭は、此様な中途半端に開化した明治女性の姿をまざ〳〵と描きだしたばかりでなく、それとの関連において官僚の典型本田を写し、又その官僚制度の批判者であり、男女同権論者であつた文三が、敵対的な事情のもとではいかに不徹底におわり、弱々しい姿を示さねばならなかつたか、を、レアルに再現することによつて、批判者それ自体の批判をも合せてなし得たのであつた。[14]

こうした「批評的リアリズム」という観点からすれば、必ずしも中絶を想定することはない。それは自然主義者たちが〈終り〉を必要としなかったのと一脈通じている。猪野謙二も、『浮雲』が「日本の絶対主義社会における典型的な人間生活――官僚社会や封建的な家族生活のすぐれた模写図」(15)であると評している。

しかしその一方で、自然主義的リアリズムと異なり、そこに読み手のなんらかの〈終り〉の意識が張り付いているのも確かであろう。それは、終戦／戦後という〈終り〉を起点として、沈黙(抑圧)を強いられた自らの戦時下体験を、文学をとおして語り直したいという欲望に結びついている。とくに大戦終了直後に書かれた諸論には、二葉亭と文三とに失われた近代的な〈主体〉を見いだす過剰に寓意的な物語が呼び込まれていたように思われる。

しかし、昭和二十年代の後半になると、こうした二葉亭と文三に過度に「近代的」なものを見ようとする研究のありようについての批判も相次ぐ(16)。いわば反省の季節に入る。昭和三十年には清水茂が「二葉亭四迷――戦後の『浮雲』論」(17)を、翌々年には川副国基が「二葉亭四迷論小史」(18)を発表する。清水は、戦後の『浮雲』論の問題点を洗い出し、「批評家・研究者たちの積極的な姿勢」を評価しながらも、それらの多くが、「外側からの性急な世界観やイデオロギーのおしつけ、ないしは、文三の意識への主観的な解釈」という「悪しき側面」を持っており、「作品を素材とする思想史研究やら、人生論はあったにしても、まともな作品研究はごく少かった」と厳しく批判する。

また、すでに「四辺形構想」という今日の『浮雲』解釈の基礎ともなる見解を示していた関良一も、『浮雲』の発想――二葉亭論への批判」(『立教大学日本文学』一九六一・六)で、当時通説となっていた逍遙との対比において「二葉亭の「近代」性、その「写実」主義を高く評価しようとする」傾向を批判し、「近代」的、「写実主義」という語の吟味を強く要請する。無前提に使われるこれらの語が、資料的な観点から正確に押さえられるべきだというのだ。関は「近代文学研究の学界」において先行研究を的確に踏まえるというルールが必ずしも守られていないとするが、むしろこうした批判は、関の自覚的な研究方法が示すように、徹底した文献学的実証主義的な研究の必要性を強く訴えているといえよう。ただし、それは、単に研究のあり方への不満というだけでなく、国民文学論争以降明瞭になった近代文学研究の脱＝政治化という政治的潮流とも無縁ではないと思われる。それは「私たち文学史家の任務」として自らを「文学史家」と強く規定することにも表われている。この意味で、関の『浮雲』論は研究の転換点を生きたということになろう。

こうした関良一の一連の仕事が、まさに『浮雲』研究を堅固な実証主義的な軌道に乗せたわけだが、同時に、その一方で研究の定式化も進めることになる。「実証的」な研究のあり方は、小説を読むために、テクストのみならず、日記、談話、回想などの資料をテクストと同等あるいはそれ以上に精緻に読み込むことを前提とする。時には、友人坪内逍遙の古日記も動員される。幸運にも、内省的な二葉亭は、自分の小説についての自己言及を残している。それが特別な意味を持つことになるのだ。具体的にいえば、明治四〇年前後になされた二葉亭の談話筆記、「私は懐疑派だ」「予が半生の懺悔」「余の思想史」(19)が聖典化される。先に示した、坪内逍遙らが編集した『二葉亭全集』

第四巻（大二・七）の「凡例」では、これらの「談話」について「故人の閲を経たるに非ざれば以て故人の思想の一臠《れん》とし見るべきも之を以て故人を評するの準縄《じゅんじょう》とする能はず」と慎重に扱うべき旨が述べられている。それが資料文献主義的な「実証」研究では、皮肉にも第一級の資料とされることになるのだ。これらの回想の信憑性は置くとしても、研究者しか知り得ないだろう「談話」の内容が、解釈のもっとも重要な索引となって『浮雲』の〈終り〉が意味づけられることになるのだ。「実証主義」的になればなるほど、中絶という〈終り〉が中心にせり上がってくる。と同時に、「実証的」研究においては、中絶という隘路からいよいよ抜け出ることができない。

関良一の四辺形構想論を批判し、新しい二葉亭研究の時代を切り開いた十川信介も、徹底して文献にあたりそこから論を組み立てていく関の方法を踏まえている。十川は昭和三十年代後半から精力的に『浮雲』論を書きはじめるのだが、その主要論文「二葉亭四迷における「正直」の成立」[20]も、やはり「予が半生の懺悔」の引用から説き起こされている。この回想の中心命題ともいえる「正直」は二葉亭にとっていかなる概念であり、それはいかに成立し崩壊していくか。十川は次の論文にまたがる形でこの問題を詳細に論じている。そして論じ切った地点で次のように述べる。「いま我々は『浮雲』の中絶の真因を語ることができる」。そこからおもむろに『浮雲』を意味づけようとしている。とするならば、『浮雲』中絶の理由は、『浮雲』の外部にあったということにならないか[21]。『浮雲』の〈終り〉は『浮雲』の外部的事象からまさに「実証的」に意味づけられているのだ。〈結末《テロス》〉を起点にした目的論的な〈立証〉といってもいい。むろん、これは十川の論に限るものではないが、ここには「実証」をめぐるトートロジカルな転倒があるのではないか。だからこそ、逆に、われわれの読みを、あたかもダブルバインドのように強固に縛っていくことにもなるのである。

もちろん、〈中絶〉を中心に置いたとしても、さまざまな『浮雲』論がありえるわけだが、二葉亭の文学拋棄—中絶という〈終り〉から意味づけていく限り、それらもこうした支配的な読みのバリエーションでしかない。制度としての近代文学研究が「実証」的研究として整っていくのと軌を一にするように、読みの定式化が一気に加速することになる。「実証的」とされる読みも、任意の「事実」とされるものをレファレンスにした相対的な一つの〈解釈〉にすぎないはずなのに。この意味で、『浮雲』の〈終り〉には「実証研究」の持つアイロニーが存分に発揮されているといえるのではないだろうか。

三　『浮雲』的な〈終り〉にむけて

ただし、昭和三十年代にも、中絶を中心にして読むことへの異議が唱えられなかったわけではない。石丸久は「『浮雲』はなぜ中絶したか(22)」という文章のなかで、「この時の作者にとつて、この作は、文体の上からも、内容の面からも一応何物かを訴え得たという気持ちで、第十九回の末尾に「(終)」の文字を据えることができたのである。——後日の自己批判は別として」という見解を述べている。また、昭和四〇年代には、小田切秀雄は次のように論じている。

> この作品は現行の第三篇までで実質上の展開はすでに終っているのではないか？　あとは〝大団円〟にむかってしぼってゆくだけで、すでに基本のところ、小説としておもしろいところは、ほぼ全部出そろってしまっているのではないか？（中略）中絶の経過や理由のふくむ問題を一応べつにして、ただその結果だけに関して言っても、ほぼ右のように断定してさしつかえない、とわたしは思う。その意味では、未完ということにすこしもとらわれずに、この作品は読まれていいし、また読まるべきである。(23)

これは荒正人が、「模写」という観点から「『浮雲』第三篇に、文三の中途半端性をあますところなく描いてゐる」(24)という評にもつながっている。

ならば、具体的に『浮雲』の〈終り〉はどのよう論じえるのか。拙稿は、『浮雲』の〈終り〉を一義的に意味づけることを目的にしているのでもなく、未完／完結のいずれの説に加担するものでもないが、『浮雲』の末尾を改めて検討してみることにしよう。

> 出て行くお勢の後姿を見送《みおく》つて、文三は完爾《につこり》した。如何《どう》してかう様子が渝《かは》つたのか、其を疑つて居るに遑《いとま》なく、たゞ何となく心嬉しくなつて、完爾《につこり》した。それからは例の妄想《ぼうそう》が勃然と首

を擡《もた》げて抑へても抑へ切れぬやうになり、種々《さまぐ》の取留《とりとめ》も無い事が続々胸に浮んで、遂には総て此頃の事は皆文三の疑心から出た暗鬼で、実際はさして心配する程の事でも無かつたかとまで思ひ込んだ。が、また、心を取直して考へてみれば、故無くして文三を辱めたといひ、母親に忤《さから》ひながら、何時しか其いふなりに成つたといひ、それほどまで親かつた昇と俄に疏々敷《うとくしく》なつたといひ、――どうも常事《たゞごと》でなくも思はれる。と思へば、喜んで宜いものか、悲んで宜いものか、殆ど我にも胡乱《うろん》になつて来たので、宛《あたか》も遠方から撩《こそぐ》る真似をされたやうに、思ひ切つては笑ふ事も出来ず、泣く事も出来ず、快と不快との間に心を迷せながら、暫く縁側を往きつ戻りつしてゐた。が、兎《と》に角《かく》物を云つたら、聞いてゐさうゆゑ、今にも帰ッて来たら、今一度運を試して聴かれたら其通り、若し聴かれん時には其時こそ断然叔父の家を辞し去らうと、遂にかう決心して、そして一と先《まづ》二階へ戻つた　（終）

むろん、この部分だけをどんなに緻密に分析しても、いずれの結論にも到りつくことはできない。それは、読み手がいかなる〈終り〉という枠の意識で見ているかに関わっている。先にあげた逍遙流の「模写」理論に沿うか。自然主義的な構成論に則るか。同時代的な「大団円」理解を踏まえるか、もしくは、それを意識的にはずそうとしたとみるか。先行ジャンルである例えば人情本のパロディとして枠づければどう見えるか。さらに当時の支配的な物語パターンである立身出世小説としてはどうか。主題論、構造論、形態論、テクスト論、物語論、語りという叙述の問題から、はたまた、時代・地域によって異なる〈終り〉の意識という思想史的な観点からはどう見えるか。これらを組み合わせながら、さまざまなレベルで〈終り〉を論ずることが可能である。むろん、これらの分析が必ずしも『浮雲』の〈未完〉に帰着していくわけではない。むしろそうした未完／完結という二項対立の発想ではみえない問題系が浮上してくる可能性もある。そのために、先ずは、われわれを長らく呪縛してきた『浮雲』の〈未完〉という物語を相対化し、かつまた〈未完〉としてきた〈知〉のシフトを問い直さなければならない。

ただし、こうした拙論の主旨も、〈近代文学研究〉の内部的な発想ではしばしばねじれた形で受け止められる。『浮雲』の〈終り〉が主題化されたとされる一九九〇年代に書かれた田中邦夫の「『浮雲』の完結──第三編の成立過程」[25]（一九九六～九七）、滝藤満義「『浮雲』の中絶と日本近代文学」[26]（一九九八）は、題名が示すようにそれぞれ異なった立場から立論されている。しかしながら、これらは違った方向に向きながら、ともに拙稿「主題としての〈終り〉」[27]を『浮雲』を完結したと主張する側に位置づけ、整理しているのである。これは正しい意味での誤解であり、強い違和感を持つと同時に、その反面意外なことではないようにも思える。なぜなら、「作家の意図」「作品の価値」「作品のテーマ」を明らかにするために、明らかな立場を表明しながら、AかBかの判断を下し、一義的に意味づけることによって読みのプライオリティを獲得することができる、こうした発想に貫かれている文学研究共同体内部では当然といえば当然のことであると思えるからである。解釈の自由競争といえば開かれた「場」のようにも思われるが、ここでなされる〈解釈〉の奪い合いは、作品の〈解釈〉だけでなく最終的にその作品自体（あるいは作家自体）を自分のものとし、さらに出版メディアや教室という「場」を通じて、多くの読者を自らの領土に囲い込みたいという〈領土的〉欲望に満ちている。かつ、そこでなされる暗闘の多くは内向きの閉鎖的な論理に拠っており、そこで主導権を獲得した解釈も、数少ない読みの実践の場である教室で、有効性を持たないということが現実に起きているのを認めざるをえない。それゆえか、〈解釈〉共同体のありように自己言及することは、そうした場に混乱とノイズを持ち込むものとして、抑圧されるか黙殺される。あるいは、その共同体に流通する分かりやすい二項対立に当てはめられ、いずれか一方に押しやられることになる。和田敦彦によれば、そうした〈領土的〉欲望によって「「教育者」という特権的な解釈者の階層性[28]」さらにいえば権力性が「維持」されるとされるが、『浮雲』の解釈に中絶か完結かの踏み絵を迫ること自体こうした発想と無縁ではなかろう。

それでも『浮雲』の〈終り〉は一義的に〈解釈〉しなければならないのか。むしろ『浮雲』の〈終り〉が喚起する問題は、どちらか一方に意味づければ、失われてしまうような質のもののように思われるのである。

フランク・カーモードは、『終りの意識――虚構理論の研究』（国文社、一九九一・四）で、われわれは「虚構」によって「始めと中と終りの調和を経験したいという欲求」に貫かれていることを指摘している。本来、〈解釈〉とはテクストの矛盾や疑問を媒介にして合理的な統合へと導こうとする行為であるともいえる。その結果として明瞭な一つの結末が必要とされるわけだ。しかし、はじめから一つの〈終り〉に到ることを拒否しているかのような『浮雲』の〈終り〉は、読者の解釈を誘発させる多義的要素をもっているのはまちがいない。そこからノイズを削り落とし、一義的な〈終り〉へと帰着させることは、物語を終結させるというより、『浮雲』の読みの可能性を終結させることになるのではないか。むしろ整合性を目指さず、矛盾を矛盾として受け容れ、そのなかに解釈者としての自分を位置づけ、持ちこたえること、それが『浮雲』的な読解の流儀であり、わずかに〈解釈〉の領土性に抗うことにもなるのではないだろうか。この意味で、『浮雲』の結末は、読み手の文学テクストとの関わり方を試し続けているといえる。『浮雲』の〈結末〉は依然終ってはいない。

第四章　探偵小説の〈終り〉——森田思軒訳『探偵ユーベル』

一　問題の発端

森田思軒訳『探偵ユーベル』は『國民之友』を主宰していた徳富蘇峰の依頼に応じて、同誌に明治二十二年一月一日（第三七号付録）から同三月二日（第四三号）に連載されたものである。原文はフランスの文豪ヴィクトル・ユゴーの *Choses Vues* 中の一部であるが、この書自体は一八八五年のユゴーの死後に刊行された未定稿集であり、ユゴー自身によって編集・校訂がなされたわけではない。それに付された書名さえも限られた未定稿集に付されたメモによっているとされる。森田思軒は、連載終了後、この文章の一部を『國民之友』に翻訳掲載することになったいきさつを次のように述べている。

顧みれは一昨年の暮なりき　徳富君余に何にまれ四五十ペーヂのものをした、め呉るべしと求めらる　当時余か第一に想到れるは此探偵ユーベルなりし　然れども黙念の際先つ其の冷絶韻絶なる一結 So Hubert has been hungry の句は如何に言ひかゆへきやに思ひ及へるに「然れはユーベルは空腹にてありしなり」の外得る能はす　是れ真に金玉を化して糞土とするものなり斯ることにては吾力はナカ〳〵未た此に攀《よ》つるに足らざるものなりと諦めつ（中略）而して今ま第四十三号（明治二二年三月二日）の尾を観れは一結は依然として「然れはユーベルは空腹にてありしなり」といふのみ　原文の風神《ふうしん》安くに在るや　古の士は別れて三日すれは刮目せよとさへあるに一年を隔て、猶ほ寸分の進める所あらず　豈自ら勉めずして可ならむや（「訳文探偵ユーベルの後に書す」『國民之友』明治二二・三・一二）

図2　『國民之友』明治22年1月1日号に掲載されたヴィクトル・ユゴーの肖像画。

これによれば、「一昨年の夏」すなわち明治二十年の夏に、徳富蘇峰の求めに応じ、いったん『探偵ユーベル』の翻訳に思い到ったものの、「冷絶韻絶なる一結 So Hubert has been hungry の句」をいかに訳すべきかに思い悩み、「吾力はナカ〳〵未た此に攀《よ》つるに足らざるものなり」と一旦は諦めていた。それを改めて翻訳してみることにしたが、それでも、結局「然ればユーベルは空腹にてありしなり」としか訳しえなかった。そんな翻訳者として不甲斐のない自分を愧じ自ら叱咤している。ここに森田思軒の翻訳にかける真摯な態度と同時に、「訳文探偵ユーベル」に込められた意気込みとこだわりとを見てとることができよう。その、思軒が最後まで納得できなかったとする問題の一文とは、フランス語の原文では次のとおりである。

Il est dans la destinée d'Hubert d'être nourri par les proscrits. En ce moment on le nourrit à la prison, moyennant six pence（treize sous）par jour. En remuant mes papiers, j'y ai trouvé une lettre de Hubert. Il y a dans cette lettre une phrase triste:《La faim est mauvaise conseillère.》
Hubert a eu faim.

到底亡士等の財に養はる、ことユーベルの定れる運の如く見えり　此時に当りて亡士等は毎日六ペンスの費用を払ふて獄中に渠《かれ》を支へしなり
余は余の書類を検する際　偶《たまた》まユーベルよりの手紙一通を見出たせり　其の手紙の中に斯の哀しき一句あり「餓は実に悪友なり」と
然ればユーベルは空腹にてありしなり（完）

結末の一文“Hubert a eu faim.”――「ユベールは空腹だったのだ」は、複合過去で記述され、

この直前まで継起する出来事を客観的な単純過去で述べてきたのに対して、事件終了後、再び現在にたち戻り一連の出来事を振り返る位置から、より主観的に語られている。いわば語りの審級の転換がなされている。これはフランスの小説としては常套的な作法であるといえる。前後の文脈からすれば、正体を偽って〈亡命者〉として扶助を得ていたのみならず、それを踏み倒そうとしたかどで投獄されたユーベルは、その後も、皮肉なことにユーベルが内偵していた追放者たちのわずかな施しで命をつながざるをえず、相変わらず空腹に悩まされていることを意味していると考えられる。

この一文の解釈が、『探偵ユーベル』を理解する際の要諦とされ、しばしば問題にされてきた。例えば、小森陽一が指摘するように、この「一結」（結末の一文）から「ユーベルが空腹故にスパイになった」という直接原因が読み込まれることになる。

この末尾の一文をコードとしたときに読者は、ユーベルの犯罪が個人の罪というよりは、むしろそこに否応なく追い込んでいった「社会の罪」であること、更にまた、先の死刑反対の演説が、単に政治闘争上の戦略ではなく、深い人間愛に根ざしたものであること、そして自分たちを裏切ったユーベルを尚経済的に支えていこうとする亡命革命家たちの「徳義」を象徴的に読みとるのである。(1)

しかし、後述するように、「亡命革命家」たちがスパイ行為発覚の後もユーベルを養うのは、自分たちを迫害する、当時、第二帝政を布いていたルイ＝ナポレオンに対する反撃と嫌がらせからであり、そこにユゴーの「深い人間愛」や「亡命革命家たちの「徳義」」を読み取ることは難しい。また、藤井淑禎も同様に、この結末の部分に『探偵ユーベル』結部で帰宅したユゴーは、内通する以前のユーベルからの手紙を見出して、心ならずも探偵となった彼の窮状を知る」とし、「探偵たることを余儀なくされたユーベルに向けられたユゴーの視線はそのまま思軒のそれに重なり、時代の激動の谷間に蠢く人々への熱い共感が思軒内部に目覚め始める」(2)と、思軒の熱い思いを引き受ける形の意味づけをしている。だが、立ち止まって考えてみると、「内通する以前のユーベル」が「餓えは実に悪友なり」(空腹は悪しき助言者である——稲垣直樹訳(3))と、自らスパイになることを予告する手紙をユゴーに送りつけているのは奇妙といえば奇妙である。また、原理的にはここには何重ものメディアが介在しているはずなのだが、それは問題にされていない。つまり、先ず著者ユゴーのメッセージが込められた文章が書かれ、その遺稿が *Choses Vues* として出版される。そして、その本文が取捨選択され新たに編集されながら英訳されイギリスで出版される。その書を手に入れた森田思軒が、日本の同時代的なコンテクストを参照しながら、徳富蘇峰の主宰する『國民之友』という雑誌に向けて翻訳掲載することになる。ここには、何重もの、コードやコンテクストが作動していると思われるが、藤井はその点を問題化せず、思軒訳をもとに無媒介的にユゴーと思軒を重ね合わせ、「時代の激動の谷間に蠢く人々への熱い共感」の「目覚め」をドラマチックに読みとっている。文学的な想像力を発揮した魅力的な解釈であることは間違いない。また、七〇年代という作家論・作品論が隆盛を極めていた近代文学の研究状況を鑑みれば、ありえない解釈ではないと思われるが、こうした、ある意味でロマン主義的な問題認識には一定の留保が必要なのではないだろうか。

この点については改めて問題にするが、いずれにしろ森田思軒は、この作品解釈の要諦ともいえる末尾に十分意識的だったと考えられる。複合過去で表わされる仏文の気息を、現在完了形という形でわずかに伝える英語訳（So Hubert has been hungry）のニュアンスをどう伝えたらいいか思い悩んでいた。ここにも、思軒の理解力の水準の高さがあらわれている。極めて正確な英文の解釈にもとづいた翻訳が試みられていたことの証左であるということができよう。柳田泉は「この篇こそ、思軒の周密文体の好見本である」(4)とするが、森田思軒によって確立されたとされる「周密文体」はこうした的確な原文理解によって支えられていると考えられるのである。

二 「周密訳」をめぐって

ならば「周密文体」とはいかなる文体をさすのか。森田思軒は、明治二十一年六月、京都同志社の礼拝堂で「日本文章の将来」という講演を行なっている。その後筆記された文章によれば、「文章」は「其人の考《かんがへ》を表するもの」であり「細密に入組みたる脳髄より出つる文は　其の体裁亦た必す入り組むなり」という認識のもと、「日本人の考は西洋の思想学問に養われて次第に細密になり居れり」として次のように述べている。

将来の考を写すに足る文体は如何なる文体なるへき歟〔か〕　細密なる考へを写すには細密なる脳髄より生したる文体を手本とするより外なかるへし　細密なる文体とは日本現時の文章にあらす勿論亦た支那の文章にあらす　即ち我々か脳髄の手本とする西洋人の文体に由るより外なかるへし（中略）「能く人に通する直訳の文体」は即ち余か日本将来の文体なるへし[5]

「細密なる文体」とは、「西洋の思想学問」を取り入れることによって「細密」になった「考」を「写す」べき「文章」であり、「我々か脳髄の手本」とする「西洋人の文体」をモデルに作り上げなければならない。敢えていえば「能く人に通する直訳の文体」に近いという。ここに「周密文体」のイメージがあらわれているといえよう。それは、例えば『探偵ユーベル』の冒頭部では以下のように実践されている。

昨日、一千八百五十三年十月二十日、余は常に異なりて夜に入り府内に赴けり　此日余は倫敦に在るショールセルに一通　ブラッセルに在るサミュールに一通　合せて二通の手紙をした、めたれば　自から之を郵便に出さんと欲せしなり　九時半のころほひ余は月光を踏みつ、帰り来りて　雑貨商ゴスセットの家の前なる隙地　我々のタプエフラクと呼べる所を過ぐると

き　忽ち走《は》せ来る一群の人あり　余に近つけり

Yesterday, the 20th of October,1853, contrary to my custom, I went into the town in the evening. I had written two letters, one to Schœlcher in London, the other to Samuel in Brussels, and I wished to post them myself. I was returning by moonlight, about half-past nine, when, as I was passing the place which we call Tap et Flac, a kind of small square opposite Gosset the grocer's, an affrighted group approached me.(6)

英文の下線部「affrighted」（怯えた）が、小説的効果のためか訳されないだけで、他のすべての語は何らかの形で日本語に置き換えられ、センテンスの数も一致し、語順も最低限の異動しかない。思軒が目指した「直訳的な文体」がここにもあらわれている。『随見録』序で自ら述べるように、「其の隻字一句亦た必す苟《かりそめに》もせさることに至ては窃《ひそ》かに自信する所有り」(7)というわけである。ただし、逐語訳だけでは「周密文体」にはなりえない。先の「日本文章の将来」で述べるように、「「能く人に通する直訳の文体」は即ち余か日本将来の文体になるへし」「直訳の文体は其の造句措辞《エキスプレッション》は勿論西洋の文体を其儘に摸して且つ其一字〱はヤハリ支那の法則に従」わなければならないと考えている。むしろ、思軒の実践は「漢七欧三、若し之を顚倒せば、恐らくは今日の思軒にあらじ」(8)（徳富蘇峰）とさえ評される。漢語的な措辞をもとにする、欧文の主語・目的語をはじめとする文法的要素を踏まえた逐語訳的な翻訳文体といってもいい。それは明治十年代の一大べストセラーとなった翻訳小説『欧州奇事花柳春話』[9]（リットン著、丹羽純一郎訳）にみられる漢文直訳体とも隔たる、漢語をベースとしながらも平易かつ精緻で清新な文体として当時の読書界に、ある種の驚きをもって受け入れられていくことになる。

ツルゲーネフの『猟人日記』の翻訳で、翻訳の新しい時代を切り拓いた二葉亭四迷も『探偵ユーベル』の文体に深い感銘をうけた一人で、自らの日記に以下のように記している。

> （略）思軒氏の訳は能くユゴーの真を写したれば毅然として大丈夫らしき所有りて雅健なり、真気有り、峻削なり、古澹なり……　嗚呼三千八百万人中文人と称して媿《はづ》かしからぬ者は只此思軒居士森田文三君ノミ（二葉亭四迷「落葉のはきよせ　二籠め」[10]）

ここには若き日の二葉亭が受けた感銘のほどが表われている。むろん、ここで指摘される思軒訳にあらわれている「雅健」「峻削」であるという一種の緊張感は、単に漢語に対する感受性から生まれたわけではなく、日本語の状況指向的な部分を意識しながら、作中人物に焦点化して語る語り口、あるいは大胆に人称を変更して語る語り方など、随所に工夫をこらした巧みなナラティヴの翻訳にもよっている。「ルヰフヒリップ王の出奔」（『國民之友』明治二一・五・一八～六・一）の評言ではあるが、依田百川（学海）が「漢に非す和に非す　一種の意味　辞気ありて　恰も直に洋人の談話に接しその辞気に触るゝか如き妙あり」[11]と述べるのも頷ける。こうした新しい「日本の文章」の創造にかけた森田思軒の苦心の成果をまっすぐに受け止めたのは、やはり徹底した逐語訳をベースに新時代の言文一致体を作り上げた二葉亭四迷であり、「周密文体」への深い共感が『あひゞき』『めぐりあひ』(12)などの文体革新を支えていると考えられるのである。

三　ユゴーの受容

その一方で、ユゴーがこの文章に込めたテーマは後退してしまっているとも思われる。ユゴーが、ユーベル事件と遭遇した英仏海峡のジャージー島に移り住んだのは、一八四八年の選挙で大統領に就任していたルイ゠ナポレオン(ナポレオン一世の甥)が大統領の任期を延長するため憲法の修正を試みたことに端を発している。その試みは失敗したものの、ルイ゠ナポレオンは軍事クーデターを起こし敵対者を逮捕しようとする。ユゴーは辛くもそれを逃れ、左翼の議員らと抵抗運動を組織しようとするも失敗、ベルギーのブリュッセルに脱出した。しかしその一方で、ユゴーは、大統領選時には熱烈にルイ゠ナポレオンを支持しており、自らの機関誌でナポレオン一世を賛美するような関係でもあった。それが、大統領就任当初から期待が裏切られることが多く、自分自身の野心のために憲法を改正しようとするに到って、このナポレオン一世の甥を見限り攻撃する側にまわったのである。ユゴーの怒りと失望感は大きく、その怒りを、ブリュッセルでは『小ナポレオン』(*Napoleon le Petit* 一八五二年)という小冊子にあらわし、またジャージー島に居を移した後も、詩句総数六千行を超える、ルイ＝ナポレオンの弾劾を企図した『懲罰詩集』（一八五三年）に込めている。『見聞録』中の「ユーベル」をめぐる記事は、ユゴーのもっとも政治的な季節に著わされたものであり、そこにはスパイを送りこみ共和主義者を根こそぎ逮捕しようとするルイ＝ナポレオンに対するあからさまな批判が書き込まれていた。それがこの文章のひとつのテーマであるといってもいい。例えば、次のような部分――。

われわれの比類なく神聖な心の琴線に、卑劣な陰謀の横糸を結びつけること。われわれに煮え湯を飲ますと同時にわれわれの金を盗むこと。われわれから金を巻き上げ、われわれを売ること。この世でいちばん下劣なやり口とこの世でいちばん卑怯なやり口を、そして、蜜のように甘い背信と腹黒い残忍さを組みあわせること。――これら諸々《もろもろ》の所業が、われわれがボナパルト氏の手を、つい今しがたその中でつかまえた袋の中いっぱいに詰まっていたのです。（『私の見聞録』稲垣直樹訳、潮出版社、一九九一年）

キタナき邪計の糸を以て浄絶潔絶なる我々の心の組織に纏《まと》はしめ　我々を裏切り亦た兼て我々の財を奪ひ我々のカクシの物をスリ取り我々を売る　凡そ是れ皆な我々か帝国警察吏の上に於て発見せる所の謀《はかりごと》なり（森田思軒訳）

原文にはルイ＝ナポレオン（ボナパルト）個人に対する不信、敵意、憎悪がみなぎっている。一方の森田思軒訳ではニュアンスがやや異なる。原文の後半部が訳されていないのは思軒が参照した英訳本で削られているからにほかならないのだが、全体にルイ＝ナポレオンを厳しく糾弾するトーンが下がっているのは否めない。思軒訳からは、亡命者たちを欺いたユーベル個人に対する恨みと怒りは読みとれるが、その怒りはそれを影で操っていた権力者ルイ＝ナポレオンに向かってはいないようにみえるのである。

さらに、この「ユーベル」をめぐる記事のもう一つのテーマは、死刑廃止論にあると思われる。ユゴーが、死刑の不合理性と死刑廃止を強く訴える『死刑囚最後の日』（一八二九年）という小説を著わし、早くから死刑廃止論を唱道していたことは周知のことであるが、「ユーベル事件」のテクストの構成・分量からいっても、ユゴーの発言の多くの部分はこの死刑廃止論の主張にあるといっていい。原文には以下のような箇所がある。

En principe, pas de peine de mort, je vous le rappelle. Pas plus contre un espion que contre un parricide. En fait, c'est absurde.

改めて申しますが、あくまで死刑廃止が鉄則です。親殺しでもスパイでも死刑廃止は死刑廃止です。実際問題、人を処刑するなど愚の骨頂です。（稲垣直樹訳、前掲）

これが、英訳本では次にように訳されている。

In principle I am no more anxious about the death of a spy than of a parricide, I assure you. In fact, it is absurd!

事理の上より言はゞ　余は間者を殺すの罪は親を殺す罪の如く甚しとは思はず　余は之を諸君に保す、然れとも事体の上極めて非なるものあり（森田思軒訳）

英訳本は原文である仏文と意味合いが大きくずれている。仏文では「死刑」（de peine de mort）反対が明瞭な言葉で語られているのに対し、英訳では個人的な感情が語られるのみで、その原則には触れられていない。それは逐語訳である思軒訳でも同様で、「死刑」に対する反対が明瞭な語句で語られることはなく、むしろ寛大な刑を望むユゴーの人となりが中心にせりあがり、理性的で度量の広い人物であるかのように描き出されている。死刑廃止論は、少なくとも思軒訳の中心的なモチーフとなってはいないと思われるのである。

事実、『探偵ユーベル』に付された「序文」「あとがき」にも、こうしたユゴーの思想、政治的な信条については全く言及されていない。そこで述べられているのは、ユゴーの文体の「句法」「篇方」の巧みさについてであり、あるいは、適切な翻訳語選択の苦心談に終始している。関心は一貫してユゴーの文体と物語の構成、そして自身の翻訳文体に向いているといえる。それゆえ、内田魯庵の「外形論者」という批判もありえた。魯庵は「路巧処士」という筆名で『國民新聞』（明治二三・一一・二三）に次のような文章を寄せている。

森田思軒氏が曾てユーゴの随見録を訳して巻頭に其意見を記したれど是れユーゴの文に就て述べしのみ　其抱懐せる観念主義等に到つては終に一語をも発せず、是れ恰も衣服の品質をもて其着装者を判ずると仝《おな》じく　未だ全くユーゴを知る者にあらず

「全くユーゴを知る者にあらず」というのは筆の勢いが過ぎたと思われるが、先にあげた依田百川の評を含め、当時の受け止め方も先ず「周密文体」とされる翻訳の文体に向かっていたといえよう。思えば、読本体、和漢混淆体、太平記調、浄瑠璃調と、ひと口に翻訳文体といっても、当時さまざまな文体の試みがなされており、状況は混沌としていた。逆にいえば、新しい翻訳文体を作り上げることがいかに重要な課題であったかが、そこに示されている。「日本文章の将来」を考える森田思軒自身がそのことに十分意識的であり、第一義的な関心を向けるのは当然のことといえよう。この意味では、ユゴーの翻訳を介して森田思軒が手に入れたとされるヒューマニズムをもとに、小森陽一がいうような「社会の罪」[13]というモチーフを語りだすまでには、もう少しの時間が必要だった。そこにはほんのわずかなタイムラグがあったといえよう。

四　「探偵小説」というあり方

さらにまた、この翻訳にはジャーナリストとしての思軒の目も働いていたと思われる。思軒は明治十九年より『郵便報知新聞』の娯楽・啓蒙小説欄を担当し、紙面改革に腕を振るっていた。「序」で『探偵ユーベル』の好対照としてあげられている「ルヰフヒリップ王の出奔」といい、当の『探偵ユーベル』といい、読み手に巻を措《お》かさぬ緊張感と意外性に溢れている。二三〇頁に及ぶ英訳本のなかで、こうした翻訳を先ずはとりあげようとすること自体が思軒のセンスを示しているといえよう。折しも世は「探偵小説」ブームで、最初の翻訳「探偵小説」とされる神田孝平訳『和蘭《おらんだ》美政録《びせいろく》』は、明治十九年十二月『揚牙児《ヨンゲル》奇談』（薫志堂）として翻刻公刊され、明治二十年にはポーの『黒猫』（饗庭篁村訳、『読売新聞』明治二〇・一一・三、九）が翻訳され、黒岩涙香のめざましい活躍が始まろうとしていた。『探偵ユーベル』の翻訳はこうした時好に沿ったものでもある。

森田思軒自身の手になる『探偵ユーベル』「序」（『國民之友』明治二二・一・二）によれば、「句法」よりも「篇法」すなわち物語の構成のあり方に『探偵ユーベル』の「好処」が見られるとされるが、「探偵《スパイ》」露見というショッキングな事件の顛末をどう物語るか――。最後にどんでん返しのようなオチが付されている構成の巧みさ、緊迫した場面・結構をいかに写し取るか――。かつ、それらをサスペンスとしてどのように緊張感をもって「細密」に訳出し、新聞・雑誌の読者に提供するか――。森鷗外、二葉亭四迷とならび、翻訳者としてにわかに注目され「翻訳王」と称されていた森田思軒の関心は、ユゴーの思想よりも、いよいよ文体に向けられていく。ルイ＝ナポレオン批判と死刑廃止論に微妙に距離をおく英訳本のあり方に忠実であった思軒訳では、探偵ユーベルとはいかなる人間なのか、いかにして亡命者になりすまし、正体を見破られることになったのかという謎とサスペンスが、視線の動きにまで注意を払った「周密文体」によって明らかにされていくのである。

繰り返せば、原文は著者であるユゴーが見聞したことを書き留めた断片を集めた文字通り『見聞録』であって、必ずしも「探偵小説」ではないのだが、こうした表現のありようを辿っていけば「探偵小説」に限りなく近づいていくことになる。同時代のメディア状況からいっても、事件・スキャンダルの消費空間が成立しつつあり、探偵小説が受け容れられる基盤も出来上がろうとしていた。ポスト民権運動として経営の方針転換を図り、より多くの読者に受け容れられるための紙面改革を試みていた新聞人としての森田思軒が、「探偵小説」の隆盛ぶりに無関心だったとは考えにくい。事実、いくつかの探偵趣味に溢れた翻訳を試みている。明治探偵小説の開拓者で、自らの作品によって新聞の発行部数を左右するほどの人気を博していた黒岩涙香が、『都新聞』の主筆をつとめていたということも含め、新聞メディアと「探偵小説」の深い関係がうかがえる。

こうした時期に、涙香は「探偵小説」批判に応え、文学における「犯罪小説」の位置を明瞭にするため、それを「探偵談」「疑獄譚」「感動小説」の三種に分類し説明している。それによれば、

「探偵談」は次のように述べられる。

探偵談は初めに犯罪（クライム）を掲げ次に探偵（エンクワヤリ）を掲げ終りに解説（ソリウシヨン）或は白状（コンフェシヨン）を掲ぐ、孰《いず》れの探偵談も然《しか》あらざるは莫《な》し　否《いな》然ある者を探偵小説とす(14)

これは、かなり大雑把な議論であるが、後にいわれる一般的な探偵小説の特質とされるものと、そう隔たっているわけではない(15)。つまり、先ず「犯罪（クライム）」の経緯を述べ、「終わり」に「ソリウシヨン」と「コンフェシヨン」を掲げるという形で為される、「現在（痕跡）から過去」に遡行し、意識的に過去を思い起こす「想起の時間」と、過去（動機）を起点に現在の結果を説明しようという「目覚めの時間(16)」。この二つの逆方向を向いた時間の往復運動をとおして、「現在」と事件の起源としての「過去」との関係が物語化される。そこで二つの時間が交差している。

これを『探偵ユーベル』の物語内容に即していうならば、そのキーポイントとなっているのが、最後の一文ということができよう。この意味では、小森陽一と藤井淑禎が末尾の一文に注目するのも頷ける。この一文によって、官憲のスパイとして投獄されているユーベルの「現在」に、「過去」という意外な「深さ」が微妙にたくしこまれている。それにより物語の緊密感と、サスペンスのテンションが高められていると思われるのだ。もし、ユーベルがスパイになったことと「空腹」であることに因果関係を見いだすとすれば、このような意味においてであろう。ただし、そこにユゴーと森田思軒の「人間愛」を単純に重ね合わせることは文学的想像の閾をでないといわなければならない。むしろ、こうした表現の向いている方向は、二葉亭によって「峻削」ともされる「周密文体」に盛り込まれた緊迫感と重なり合っていると考えられる。文体論的にいえば、周密な文体は緊迫した物語内容を必要としていた。あるいは、周密な物語内容は周密な文体を必要としていた。思軒が選んだ文体自体が、サスペンスに富んだ「探偵小説」にふさわしいスタイルであったといっていい。それは、後の冒険小説『十五少年漂流記』(『少年世界』、明治二九・三・一〜一〇・一)の翻訳でも遺憾なく発揮されている。「然れはユーベルは空腹にてありしなり」という『探偵ユーベル』末尾の一文は、こうした周密文体のあり方の一環として理解しなければならない。この意味で、この結末の一文はヒューマニスティックな〈終り〉というより、まさに「時間」と「深さ」が盛り込まれた、すぐれて「探偵小説」的な〈終り〉であったといえよう。

結尾の一句には翻訳全体の「風神《ふうしん》」(精神)が宿る――。『探偵ユーベル』の〈終り〉は、森田思軒自身による厳しい認識とは異なり、「細密なる文体」に適った、しかるべき〈終り〉であるということができるのではないだろうか。

第五章　同時代的な想像力と〈終り〉——徳富蘆花『不如帰』

『不如帰』の結末はいささか坐りが悪い。物語の終結を示すかのような感動的な浪子の死後に、後日談ともいえる一章が付け加えられている。浪子の死をもって物語が閉じられると考えるならば、屋上に屋を架しているといえるだろう。蘆花自身も、小説風の自伝『富士（第二巻）』[1]で、その苦心を次のように述べている。

（略）絶望の浪子をふた、び不動祠畔《ふどうしはん》の岩に立たせ、あはや飛び込む一刹那を誰を当ともない耶蘇信者の小川老女に抱きとめさせ、一先づ浪子の一命を取りとめた。老女の話の中には、山野のお爺さんの生新《なまあたら》しい話もあつた。此処まで書いて来て、熊次〔虚構化された蘆花〕ははたと行き詰まつた。最早結末は眼の前に見えながら、如何しても其処まで辿りつけなかつた。あせつても、もがいても、甲斐はなかつた。熊次は詮方なくしばし不如帰の筆を休んだ。（『富士（第二巻）』二二）

初出である『國民新聞』への連載日時からすれば、「筆を休んだ」のは明治三十二年四月二十三日から五月九日にかけての十五日間と考えられる。初出でいえば「下（六）の五」と「下（七）の一」との間、大幅な改稿ののち民友社から単行本化された初版でいえば「下篇（五）の三」と「下篇（六）の一」との間である（以下、表記は初版による）。まさに、武男との思い出の地で身を投げようとした瞬間に浪子を救ってくれた、耶蘇教徒小川清子の身の上話が終わったところで話が中断している。いわば浪子の死と再生の出来事の後から、物語の〈終り〉が始まっているといえる。すなわち、次章「下篇（六）の一」では、武男の手紙によって従兄弟の千々岩の死が唐突に伝えられ、「下篇（六）の二」では、青山墓地での武男と浪子の父片岡中将が和解するという最後のシーンの布石ともいえる、武男が片岡中将を「清人《しんじん》」から救うエピソードが述べられているのである。この後、堰を切ったように物語は一気に終息に向かって進んでいく。

それにしても、蘆花はなぜメロドラマの文法からすれば蛇足であるかのような結末を設けたのか。つまり、なぜ浪子の悲劇性を削ぐような危険をはらむ結末を敢えて付け加えたのか。蘆花は次のように述べている。

> 熊次は到頭浪子を死なせた。武男は生きて居る。武男の結末に、熊次は困つた。自殺させては、常套の悲劇に終る。ヤケを起さしては、浪子に済まぬ。武男は死んではならぬ。武男は生きねばならぬ。生きる力は、何処から湧く？　男を男にするには、女の愛の外、更に男の力を要す

る。横に養ふ力の外に、縦に伝はる力は男から男へでなければならぬ。到頭浪子の墓前で、父と夫の握手に、熊次は行き着いた。(『富士(第二巻)』三)

蘆花によれば「男を男にするには、女の愛の外、更に男の力を要する」という。そのために「浪子の墓前」での「父と夫の握手」に到りついたとされる。武男が「片岡中将の呈示した道を歩むまでを描いた作品」とする山本芳明によれば、「生き残った青年がその危機的状況から〈父〉を得て立ち直り、中断していた自己形成(2)」の一歩を踏み出す場面。渡辺拓によれば、「武男と片岡中将が握手しつつ《台湾の話》でもしようというとき、それは浪子たちの夢想と同様、母系的なつながりによって未来の日本帝国主義を支えていこうという指向を意味している(3)」ということになり、〈父系〉的な物語か〈母系〉的な物語か、好対照の理解を示している。それにしても、書き手が「常套の悲劇」を避けようとしたねらいは分かるとして、なぜ「男を男にする」ことが物語の〈終り〉になりえるのか。作者の行き着いた「父と夫」の握手にはどのような意味があるのか。ここでは『不如帰』の結末がはらんでいる問題を考えてみることにする。

一　方法としてのメタファー

『不如帰』はメタファーの氾濫する小説である。それは、柄谷行人が述べる結核という病をめぐるメタファーについてだけではない。[4] 冒頭において浪子は「夏の夕闇にほのかに匂ふ月見草」と「品定め」され、浪子が伊香保の旅館の一室から眺める「夕景色」に漂う「雲」が点描される。ここには描写を超えた比喩的な意味が担わせられている。

> 両手優《ゆた》かに抱きつ可き、ふつくりと可愛気《かあいげ》なる雲は、徐《おもむ》ろに赤城の巓を離れて、遮る物もなき大空を相並むで金の蝶の如く閃《ひらめ》きつゝ、優々として足尾の方へ流れしが、やがて日落ちて黄昏《たそがれ》寒き風の立つまゝに、二片《ふたつ》の雲今は薔薇色に褪《うつろ》ひつゝ、上下に吹き離され、漸次《しだい》に暮るゝ夕空を別れ〳〵に辿ると見しも暫時《しばし》、下なるはいよ〳〵細りて何時しか影も残らず消ふれば、残れる一片《ひとつ》は更に灰色に褪ひて朦乎《ぼいやり》と空にさまよひしが、果ては山も空も唯一色に暮れて、三階に立つ婦人の顔のみぞ夕闇に白かりける。（上篇（一）の一）

いうまでもなく、浪子の心象風景とともに、武男と離ればなれになり、終いには消えてしまう運命がイメージ化されている。『國民新聞』掲載の初出に付された「雲」という章題からも、作者のねらいをうかがい知ることができる。描写をとおして、先説法的に物語の展開をあらかじめ語っているのだ。まさに描写による物語の反復がなされているといえよう。

むろん、こうした表現のありかたは、小説技法としては特別のことではなく、むしろ常套的なことといえる。言語による表現が、そもそも喩的《メタフォリカル》な認識と深く結びついていることからすれば当然のことであろう。しかし、『不如帰』の題名そのものが「血を吐きながら鳴く鳥」という意味で多分に比喩的であり、極めて意図的にメタファーの連鎖が作りあげられているようにみえる。のみならず、物語の構成にも食い込んでいると思われるのだ。浪子が結核を自覚する場面は次のように述べられる。

　肺結核！茫々たる野原に独《ひ》とり立つ旅客《たびゞと》の、頭上に迫り来る夕立雲の真黒きを望める心こそ、若しや、若しやと其病を待ちし浪子の心なりけり。今は恐ろしき沈黙は已《すで》にとく破れて、雷鳴《らいな》り電《でん》ひらめき黒風吹き白雨迸《はくうほとば》しる真中に立てる浪子は、唯身を賭して早く風雨の重圍《ちやうゐ》を通り過ぎなむと思ふのみ。其にしても第一撃の如何に凄ましかりしぞ。（中篇（四）の二）

柄谷行人は「浪子を死なせてしまうのが継母や姑は悪玉たちではなく、結核だ[5]」ということに改めて注目するが、物語の動力である「結核」は武男との関係を引き裂き浪子を孤立させていく。「結核」を自覚することは、まさに「茫々たる野原に独《ひ》とり立つ旅客《たびゞと》」たる自分を自覚することに他ならない。そして、ここでなされる自然の事象と心的表象のメタフォリカルな表現は、次章の武男と浪子が逗子の「別墅《べつしよ》」で嵐に降り込められる場面へとつながっている。

　風いよ〳〵吹き募りて、暴雨一陣礫《つぶて》の如く雨戸に迸《ほとばし》る。浪子は眼を閉ぢつ。いくは身を震はしぬ。三人が語暫し途絶《とだ》えて、風雨の音のみぞ凄まじき。
（中略）話の途切れ目をまた一しきり激しくなりまさる風雨の音、濤《なみ》の音の立ち添ひて、家は宛《さ》ながら大海に浮べる舟にも似たり。（中篇（四）の三）

世間と隔てられた束の間の幸せと同時に、「風雨の音、濤《なみ》の音」のなかで、自分たちの力を超えたものに翻弄されるイメージが掻き立てられている。これは、浪子が入水しようとするシーンでも繰り返される。「墨色《すみいろ》に渦まける雲急にむら〳〵と起《た》つよと見る時、云ふ可からざる悲壮の音は遙《はるか》の天空より落し来り」（下篇（四）の四）、不吉な「墨色《すみいろ》」の「雲」に気圧されるように浪子は身を跳らそうとする――。類型化された表現といえばそれまでだが、こうした解りやすい比喩が、多くの読者を獲得していく上で大きな意味を持ったことは否定できない。

のみならず、こうした浪子の病との戦いの喩は、時代を覆っていた戦争のメタファーともクロスしていくことになる。戦いの喩は、小説のいたるところに溢れている。第一章の武男と浪子が伊香保の山で蕨《わらび》採りに興じるところでは、突然陸軍の軍服姿で現われた武男の従兄弟千々岩とともに蕨の収穫を競い合う。その折りに、武男は「さあ、援兵が来たから最早《もう》負けないぞ。陸海軍一致したら、娘子軍《ろうしぐん》百万ありと雖も恐る、に足ずだ」（上篇（三）の二）とふざけて見せる。こうした例は、いくらでもあげることができるのであるが、赤坂の片岡邸で浪子の弟たちが読書中の父中将に甘えかかる場面でさえ戦争の語彙で語られている。

午後の静寂《しづけさ》は一邸に満ちたり。忽ち虚《すき》を覗ふ二人の曲者《くせもの》あり。尺《しやく》ばかり透《す》きし扉より窃《そつ》と頭をさし入れて、また引き込めつ。忍笑《しのびわらひ》の声は戸の外に渦まきぬ。一人の曲者は八ばかりの男児《をのこ》なり。膝ぎりの水兵の服を着て、編上げ靴をはきたり。一人の曲者は五か、六なる可し。紫矢絣《やがすり》の単衣《ひとへ》に紅の帯して、髪ははらりと眼の上まで散らせり。二人の曲者は暫し戸外《とのそと》に踟躕《たゆた》いしが、今は堪《こら》へ兼ねたる様に四つの手斉《ひと》しく扉を排《おしひら》きて、一斉に突貫し、室の中程に横《よこた》はりし新聞綴込の堡塁《ほうるゐ》を難なく乗り越へ、真一文字に中将の椅子に攻め寄せて、水兵は右、振分髪は左、小山の如き中将の膝を生擒《いけど》り、

「阿爺《おとうさま》！」（上篇（五）の一）

くつろいだ午後の雰囲気を、むしろ勇ましい戦いの語彙によって表わしている。物語の時間に即すれば、日清戦争の開戦直前、世の中に戦争をめぐるメタファーが溢れていたことが想像できる。[6]また、『不如帰』が掲載された当時の『國民新聞』の記事からは、日清戦争から日露戦争にむかう高揚した気分をうかがい知ることができる。こうした比喩は、家族間の葛藤やら人間関係の緊張の表現にも用いられている。浪子の叔母である加藤子爵夫人と継母繁子との角逐は「吾と領地を争はす」「治外の法権撤《と》れし」「権力を争ひ」「家政の経綸《けいりん》をも争はんずる」（上篇（五）の三）と述べられる。また、武男の母お慶の、行儀見習いに来ている政商山木兵造の娘お豊への攻撃は「初めは平

和、次に小口径の猟銃を用ゐて軽々に散弾《さんだん》を撒《ま》き、終に攻城砲《こうじやうほう》の恐ろしきを打出す」（下篇（二）の四）と銃をめぐる比喩のセリーをもって語られている。なかでも、悪玉としての役割を割り振られた千々岩の心理の動きは、さらに強大な武器をもって、悪辣さ深刻さが示される。浪子を武男に奪われたことと、私印偽造の件で武男より辱めをうけたことに対する復讐の念は次のように述べられている。

復讐、復讐、あゝ如何にして復讐す可き、如何にして怨み重なる片岡川島両家を微塵《みぢん》に吹き飛ばす可き地雷火坑《ぢらいくわこう》を発見し、成る可く自己《おのれ》は危険なき距離より糸をひきて、憎しと思ふ輩の心傷《こころやぶ》れ腹《はらわた》裂《さ》け骨摧《ほねくじ》け脳塗《のうまみ》れ生きながら死ぬ光景を眺めつゝ、快よく一盃を過《すご》さむか。（中篇（四）の一）

千々岩は悪玉としての役割を十分に引き受けている。悪玉は悪玉らしく善玉に理不尽な戦いを挑みかけようとする。具体的には「結核」をネタに武男の母をけしかけ、浪子と武男を引き裂こうとするのだ。比喩的にいえば、悪玉の千々岩と「結核」の〈悪〉が手を組んで、か弱き浪子に襲いかかることになる。結核をめぐるメタファーは、千々岩の理不尽な復讐〈悪〉と結びつくことによって、いよいよ猛威を揮い浪子を押し潰すのである。のみならず、それは邪悪で卑怯な「清」と、正々堂々と闘う正義の「日本」という日清戦争の構図へ容易にスライドされ、重ねられることになる[7]。こうした意識は繰り返される「征清」の語にすでに認められるのだが、黄海の海戦において、敵艦である清の艦船「定遠鎮遠《ていゑんちんゑん》」が「黒煙を噴《は》き、白波を蹴り、砲門を開きて、咄々《とつく》来つて我に迫らんとする状《さま》の、宛《さ》ながら悪獣なんどの来たり向ふ如く、恐る、とにはあらで一種已《や》み難き嫌厭と憎悪の胸中に漲《みなぎ》り出づるを覚へしなり」（下篇（一）の四）と形象化されることにつながっている。語り手は二重三重の意味で、〈善〉と〈悪〉との戦いの物語を引き受けようとしているのである。ここに戦争をめぐるナラトロジーの持つ問題性の一端をうかがい知ることができる。それは、まさに悪は悪らしく善は善らしく語る語り手の語り口に表われているといえよう。だが、問題はそこにとどまるのではない。『不如帰』の語りは、小説の〈終り〉の質にも関わっていると思われるのである。

二　越境しない語り

改めて指摘するまでもないが、『不如帰』には善と悪だけではなく、そのほかいくつかの二項対立が仕組まれている。継母である繁子の西洋的論理と、浪子の実母・父のもつ東洋的な論理。武男の母に代表されるような旧世代と、武男・浪子に代表される新世代。そこには、それぞれの世代の家族関係の倫理である儒教的な「孝」と、夫婦を繋ぐものとしての「愛」の理念との対立も絡んでいる。それは「家」の論理と、当時さかんに唱えられていた「家庭《ホーム》」の論理との相克といいかえてもよい。また、お慶と浪子という姑と嫁との緊張関係には「田舎」（薩摩）育ちと「都会」（東京）育ちという出生地の違い、階層の違いも関わっている。さらに、長州と薩摩、海軍と陸軍、軍人と紳商という対立軸も伏在している。

しかしながら、作中人物たちは整然とどちらかの側に分類できるわけではなく、いくつかの要素を合わせ持っている。例えば、浪子は新世代に属しながら、継母によって示される西洋風の新思想に与しているわけではない。片岡中将も武男の母も同じ薩摩の生まれであるが、必ずしも同質性をもっているのではなく、人望の有無という意味で差異が際だたせられている。それぞれが入り組んだ座標軸のどこかに位置づけられている。

だが、これらの要素はその人物のなかで重層的に入り交じり、新しいキャラクターとして立ち上げられているとも言い難い。むしろ語り手の強烈な磁場によって、もっと大きな二項対立に振り分けられているように見えるのである。例えば、西洋風の新しい教養を身につけた継母繁子は次のように紹介される。

> 長州の名ある士人《さむらい》の娘にて、久しく英国龍動《ろんどん》に留学しつれば、英語は大抵の男子《なんし》も及ばぬまで達者なりとか。げにも龍動《ろんどん》の煙《けむ》にまかれし夫人は、何事に寄らず洋風を重んじて、家政の整理、子供の教育、皆吾が洋の外にて見もし聞きもせし通りに行はんとあせれど、事大方《ことおおかた》は志と違いて、僕婢《おとこおんな》は蔭《かげ》に吾が世馴れぬを嘲り、子供はおのづから寛大なる父にのみ懐《なつ》き、且良人《おっと》の何

事も鷹揚《おうよう》に東洋風なるが、先づ夫人不平の種子なりけるなり。（上篇（五）の二）

当時としてはいち早く西洋の学問を積んだ女性である繁子を、「男まさり」「世馴れぬ」「私強き人」「龍動《ろんどん》」かぶれと位置づけ、敬意の念をまったく示さない。むしろ、ヒロインである浪子に危害を加える危険人物である「悪玉」として提示しようという語り口である。浪子は、継母の前ではことばを奪われて萎縮しているだけである。それは、姑お慶についての語り口も同様で、嫁浪子の病気を心配するそぶりを見せる場面は、次のように述べられている。


「本当に済みません、寝《やす》むでばかし……」

「其《そ》、其《そい》が他人行儀、喃《なあ》。わたしは其《そい》が大嫌ぢや」

虚言《うそ》を吐き玉ふな、卿《おんみ》は常に当今《たうこん》の嫁なるもの、舅姑《しうと》に礼足らずと唸《つぶ》やき、窃《ひそか》に吾が娘《よめ》の斯《これ》に異なるを物怪《もつけ》の幸《さち》と思ふならずや。（中篇（三）の一）

あからさまに浪子の側に立ち、身振り大きく「虚言《うそ》を吐き玉ふな」とあたかも読者の気持を代弁するかのような口ぶりで語っている。これはもう一人の悪役、千々岩の人となりを語る場面でも同様であり、こうした語り口は、物語内における作中人物たちの立ち位置を明示しているといえよう。いったん込み入った要素を導き入れながら、語り手は作中人物たちを善玉と悪玉という見慣れた二項対立の風景に整序しようとする。繰り返せば、悪を悪らしく善を善らしく語ることで、物語を枠づけようとしているのだ。こうした小説の作法は、新たに拡大した新聞読者向けの配慮ともいえようが、物語構成上のいくつかの副次的な結果を生むことになると思われる。

先ず、作中人物たちの属性の固定化を生む。彼らはあらかじめ割り振られた役割を外さず、鋳型に嵌めたような行動領域にとどまる。こうした小説作法を佐藤勝は「戯作的な手法」[8]と指摘しているが、逍遥流にいえば、人物を「人為の模型」で拵《こしら》える「勧懲」小説的作法[9]ということになろう。このような属性の固定化は、ヒロインである浪子においても例外ではない。もしくはヒロインであるからこそ定められた行動領域から外れることはできない。結婚後、姑お慶と夫武男の間に挟まれ思い悩んだ折に、次のような考えに到る。

> 親子の間に立迷ひて、思ふさま良人に冊《かしづ》くことのまゝならぬを窃《ひそ》かに喞《かこ》てる折り々は、曾《かつ》て我《わが》国風《こくふう》に適《あ》はずと思ひし継母が得意の親子《しんし》別居論の或は真理にあらざるやを疑ふこともありしが、之が為めに翻《かへ》つて浪子は初心を破らじと窃かに心に帯《おび》せるなり。(中篇(三)の二)

一時、継母が日頃述べる西洋流の「親子《しんし》別居論」に傾くが、逆に父の教えに沿う「我国風《わがこくふう》」の倫理に引き返す。むしろ、すすんで東洋的な考えに同一化しようとすることで、自らの川島家内での〈場所〉を確保しようとする。主人公の浪子においてしても東洋的論理から西洋的論理へという境界線を決して越えることはない。あくまで善玉らしく、古風な嫁としての立場にとどまろうというのである。

このような、世界をあらかじめ善悪に二分化して語る語り、しかも作中人物をして境界を越境させない語りは、まさに勧善懲悪小説の構図に近い。同じく負傷しながら、善玉の武男の傷は大事には到らないが、悪玉の千々岩は悪行の報いを受けるかのように早々に戦死し、物語から真っ先に消え去っている。

ならば、この小説において善がすべからく勝利をおさめているといえるのか——。結核に冒され、武男とも離縁させられ、死んでいく浪子の姿を思い浮かべれば、単純に善が悪をうち負かしているとは言い難い。先行する結核をめぐる小説、広津柳浪の『残菊』(10)(明治二二)——夫婦の愛によって結核が治癒する——とも異なる。また、最後には予定調和的に美徳が勝利し、夫婦愛が賛美されるというメロドラマ的な期待も裏切っている。むしろ、逆らえない運命(病魔)に滅ぼされるという意味では文字通り〈悲劇〉的である。浪子の避けがたい死が視界に入ってきた下篇に到ると、語り手は敗れるものの〈悲劇〉をいよいよ悲劇的に語り出す。

如何なれば斯《か》く狂《まが》れる世ぞ。身は良人《おっと》を恋ひ恋ひて病よりも思に死なむとし、良人は斯くも想ひて居玉ふを、如何なれば夫妻の縁は絶へけるぞ。良人の心は血よりも紅に注がれて此書中にあるならずや。現に此春此岩の上に、二人並びて、万世《よろづよ》までもと誓ひしならずや。海も知れり。

岩も記《き》す可し。然《さ》るを如何なれば世は擅《ほしい》まゝに二人が間を裂《さ》きたるぞ。恋しき良人、懐かしき良人、此春此岩の上、岩の上——

浪子は眼を開きぬ。身は独り岩の上に座せり。海は黙々として前に湛《たゝ》へ、後には滝の音仄《ほの》かに聞ふるのみ。浪子は顔打掩《うちおほ》ひつゝ、咽《むせ》びぬ。細々と痩せたる指を漏《も》りて、涙ははら〳〵と岩に堕《お》ちたり。（下篇（四）の四）

武男との思い出の地である不動祠の前に座す姿を、語り手は浪子の無念な思いに焦点化しながら饒舌に代弁している。夫との間を引き裂いてしまった、個人の意志を超えた「狂《まが》れる世」（運命）に対する浪子の不信の念は深く、この後、浪子は思いあまって身を投げようとする。それを抱き止めたのは「耶蘇」信者の小川清子であった。あえてキリスト教徒に助けられると設定したことには、作者にそれなりのねらいがあったものと思われる。福田真人は「ここに「病魔」結核に対する「正義」としての基督教徒清子の登場を見ることは深読みであろうか」[11]と述べている。

だが、その「正義」をもってしても、浪子を「病魔」から救うことはできなかった。また、キリスト教に帰依し精神的に救われることもなかった。明確な宗教を持たない人間が、下女幾《いく》の言からも明らかなように、まだ偏見の強かった時代にキリスト教に改宗することは、個人史的にもまた物語の展開の上でも重大な意味を持つものと思われる。それは、新たな生のステージに入りこむ表徴であり、意味論的場の越境につながるといえる。同時代的にいえば、内田魯庵の『くれの廿八日』

（『新著月刊』明治三一・三）のヒロイン静江がキリスト教徒になることで、自己の生を、また物語の展開を一歩先にすすめているのが思い起こされる。しかし、浪子においては、意味論的境界を越える力を与えられてはいない。「狂《まが》れる世」によって、病ゆえに離縁された不幸な女の位置にとどまり、そこから怨嗟の声をあげている。浪子には越境さえも禁じられているのだ。

蘆花の回想によれば、あえて「刹那の永別を仕組」んだとされる山科駅での武男と浪子の永遠のすれ違いの場面では、浪子の不幸がいよいよ悲劇的に表現されることになる。

列車は五間《けん》過ぎ――十間《けん》過ぎぬ。落つばかりのび上りて、回顧《ふりかえ》りたる浪子は、武男が狂へる如く彼手巾《かのはんけち》を振りて、何か呼べるを見つ。

忽ち軌道《れーる》は山角を轡《めぐ》りぬ。両窓の外《ほか》青葉の山あるのみ。後《うしろ》に聞ふる帛《きぬ》を裂く如き一声《ひとこゑ》は、今しも彼列車が西に走れるならむ。

浪子は顔打掩《うちおほ》ひて、父の膝に俯《うつむ》きたり。（下篇（八）の二）

語り手は、浪子の悲痛な嘆きを窓外の風景を織りまぜながら劇的に語っている。「走れるならむ」の推量表現には、単に実況を伝えるというより、浪子の感情に寄り添って語ろうという意思を読みとることができる。敗れるものの側から、より悲劇的に語る。それが『不如帰』のモチーフであったことは間違いない。初期のトーキー映画である『浪子』（オリエンタル映画社、一九三二）から漫画『不如帰』（わたなべまさこ、図3）に到るまで、翻案された多くの作品でも、浪子の死に物語が中心化されている。ならば、なぜこうした分かりやすい悲劇的な浪子の死をもって小説を閉じることができなかったのか。それを理解するためには、改めて『不如帰』の〈終り〉を論じなければならない。

三　片づけられた〈終り〉

『不如帰』の〈終り〉は下篇の六章からはじまる。「旅順陥落の翌々日」武男は野戦病院で千々岩の遺骸に遭遇する（六章）。その同日旅順港埠頭で、武男と片岡中将との末尾の和解の伏線ともいえる、片岡中将救出劇が展開される。七章では、一年ぶりの武男の帰国が記され、八章では、呉に向かう武男と京阪旅行中の浪子とが山科駅で永遠にすれ違う場面が述べられる。そして九章で、浪子の最期が記されることになるのである。「旅順攻略」という日清戦争の分水嶺を越えるのと軌を一にして、物語は一気に終息に向かっている。蘆花は『富士（第一巻）』で、結末に到る苦心を次のように述べている。

　熊次はぽつ〳〵また不如帰を書き出した。先づ敵役《かたきやく》の千々岩を手紙一本で片づけ、旅順で武男が片岡中将を救ふ一齣《せつ》を無理に捏《でつ》ち上げた。それから浪子の留守に逗子の別荘を武男に訪はせ、宇治も黄檗山《わうはくさん》も実は未だ見ぬ著者は、上方遊覧中の中将父子を山科へ引張つて来て、こゝに男女主人公の刹那の永別を仕組んだ。駒子〔虚構化された蘆花の妻〕は何故かそれを喜ばなかつた。然し熊次は死別の前に今一度の生別をさせずには気が済まなかつた。(『富士(第二巻)』三)

ここには「行き詰まつた」「結末」に一気にケリをつけたいという作者の願望があらわれている。『不如帰』の時間に即せば、「黄海の海戦」「旅順陥落」という日清間の戦いが一段落したことが、小説を〈終り〉に向かわせる機縁になっているのは間違いない。それと重なるように、武男と浪子を引き裂こうという戦いを挑んだ人物、浪子から武男を奪おうと挑んだ人物にも、それぞれ決着がつけられることになる。千々岩の突然の死については見たとおりであるが、山木の娘豊子についても、浪子の死後の後日談として示される。農商省の課長との結婚が決まっているというのは、いかにも政商の娘らしい結末であるが、しかし、それは武男を奪い取ることに失敗したことを意味している。一方、厄介者として浪子を追い返した武男の母お慶にとっては、片岡家との和解によって実質的に戦いの矛を収めることができるわけだが、浪子の葬儀の折に届けた生花は突っ返され、片岡家との戦闘は未終結であることが示唆される。『不如帰』の語り手には、ケリがついたかどうかは別にして、自ら仕組んだそれぞれの戦いに、何らかの形で言及し決着をつけようという律儀さがある。小説のなかに盛り込んだ全ての出来事に結末をつけることで物語の明瞭な終結をめざす、さながら大団円的な〈終り〉を意識していたということができるのかもしれない。この意味でも、まさに「戯作的」である。

しかし、大団円的な〈終り〉が目論まれていたとすれば、その中心にあるのは浪子の死を措いてない。ならば、浪子の死は幾層にも絡んでいる物語を一気に終結に導くことができるのか――。

浪子の死は、七月七日の晩に設定され、牽牛星と織女星との悲恋の記憶を呼び覚ましながら、メタフォリカルに語られている。

七月七日の夕《ゆうべ》、片岡中将の邸宅《やしき》には、人多く集いて、皆低声《こゞゑ》に言《ものい》へり。令嬢浪子の疾革《やまひあらた》まれるなり。

予《かね》ては一月の余《よ》もと期せられつる京洛《けいらく》の遊より、中将父子の去月《きよげつ》下旬俄《にわ》かに帰り来れる時、玄関に出で迎へし者は、医ならざるも浪子の病勢大方《おおかた》ならず進めるを疑ふ能《あた》はざりき。果して医師は、一診して覚へず顔色を変へたり。（下篇（九）の一）

スーザン・ソンタグは、結核をめぐる歴史的メタファーを論じ「結核の場合、外にあらわれる熱は内なる燃焼の目印とされた。結核患者とは情熱に、肉体の崩壊につながる情熱に「焼き尽くされた」人とされた」(12)と述べている。浪子も、山科駅での武男とのすれ違い以来強まった、夫への思いゆえにさらに消耗し燃え尽きようとしている。まさに結核という病をめぐるロマンチックな物語に身を委ね、冒頭の隠喩にもつながるヒロインにふさわしい悲劇的な最期を迎えんとしている。父、継母、妹、叔母、幾、そして清子など主要な人物が一堂に会するという、申し分のない大団円的な〈終り〉がここにある。しかし、浪子の死をもってしてもこの小説は終れない。浪子の死だけでは背負いきれないエネルギーが残っているからである。

物語の内容に即せば、片岡家からも息子からも和解を拒否されたお慶の感情、やり場のない怒りと悔恨に苛まれている武男の思い、娘の無念の死を悼む父親の気持がそれである。いわば仕掛けられた物語のエネルギーが燃焼し尽くされてはいないのだ。大団円的な〈終り〉を目指したとするならば、なおのこと燻《くすぶ》っている物語の残滓が意識される。また、征清戦争を勝ち抜きながらも、三国干渉の恥辱のまっただ中にある読者が共有している、〈善〉と〈悪〉の戦い——国家間の利害の衝突による敵と味方の戦いではなく——という戦争のメタファーのエネルギーからしても、善なるものが悪なるものによって打ち負かされたまま物語が閉じられることはありえない。ヒロイン浪子の死は何らかの形で贖われなければならない。そこで改めて戦争をめぐる想像力が必要となってくる。

蘆花は『不如帰』の終りについての回想のなかで、「武男は死んではならぬ。武男は生きねばならぬ。生きる力は、何処から湧く？　男を男にするには、女の愛の外、更に男の力を要する」と述べている。武男を「男にする」とは——。それは、妻を二重の意味で失い世をはかなんでいる、いわば女々しい気持からいち速く脱するために、武男に「男児」として「軍人」として生き直す契機を与えることに他ならない。そのためには「女の愛の外、更に男の力を要する」とされる。ここに

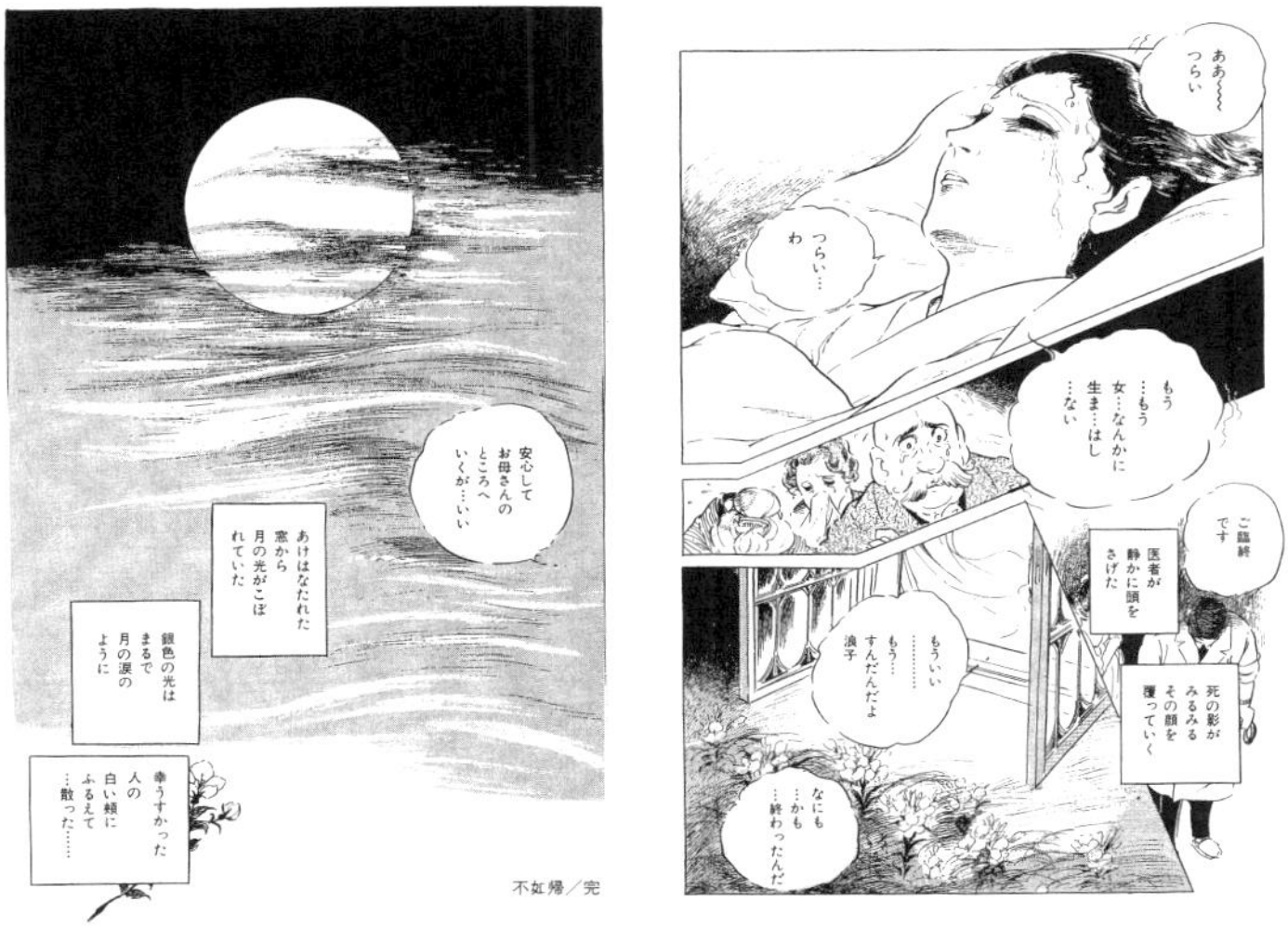

図3　わたなべまさこ『不如帰』（集英社，1997年）でも、浪子の悲劇的な死で物語が閉じられている。

家同士が絶縁していながらも、武男と片岡中将が男と男、いや、軍人と軍人として和解する理由がある。

> 武男君《さん》、浪は死んでも、わたしは矢張《やっぱい》卿《あなた》の爺《おやぢ》ぢや。確《しつ》かい頼んますぞ。……前途遼遠《とほ》しぢや。何も男児《だんぢ》の心胆を練るのぢや。……あゝ、久し振り、武男さん、一処に行つて、寛々《ゆるく》台湾の話でも聞かふ！（下篇（十）の二）

浪子の死は新たな戦いを挑む男同士（陸軍中将と海軍少尉）を和解に導く。娘であり、妻である浪子こそが、義絶した二人の軍人を結びつけることができるのだ。そこに、浪子を媒《なかだち》にして両者があらためて父子関係のアナロジーをもとに語り直される意味がある。(13)これによって、病魔に敗れた浪子の死は、戦争遂行を肯定する機能を担わせられると同時に、一転して受け容れるべき勝利の表徴に転化できる。そう語ることによってしかこの小説は終れなかったのだ。浪子の死は単なる病死ではない。戦争と〈家〉とに翻弄された浪子の悲劇的な死は、男たちを新たな戦いに駆り立てる意味ある死に祭り上げられなければならなかったのである。

山下悦子は『マザコン文学論』で「和解するラストシーンは、「家」を媒介にした窮屈な形式的人間関係にピリオドを打つ、明治的なものの終焉を暗示していた[14]」と述べるが、『不如帰』の結末には「征清戦争」の〈終り〉をめぐる、まさに世を蓋う同時代的な想像力が関わっていた。さらにいえば、物語の〈終り〉は、同時代の想像力と抜きさしならない共犯関係にあるということができるのではないだろうか[15]。

第六章　オープンエンドという〈終り〉――夏目漱石『明暗』

一　大団円的な〈終り〉

小説改良の実践を試みた『一読三歎当世書生気質』（晩青堂、明治一八・六～一九・一）の終りで、坪内逍遙は作中人物小町田粲爾《こまちだ さんじ》に『当世書生気質』の結末を「小説めいた話」で「まるで赤本《あかほん》の結局《けつきよく》のやうだ」と言わしめている。これは第十九回に付された「作者」の付言で、小町田の友人倉瀬が、万事落着したことについて、「しかし何にしろ目出たい事件だ。目出たしく〳〵といはざるを得ずだネ」と述べたことに答えた言として記されている。最後の土壇場で、兄妹の十余年ぶりの邂逅をはじめ、様々な事件の「顚末《もとすゑ》」が都合よく「結了」してしまったことが、「桃太郎」「猿蟹合戦」のような草双紙（赤本）の「結局」のようだというわけである。こうした自らの小説結構への自己言及は、逍遙の〈終り〉に対する強い拘りを示しているといえよう。しかし、『当世書生気質』創作の柱となっている理論書『小説神髄』（松月堂、明治一八・九～一九・四）では思いのほか〈終り〉についてふれられていない。だが、「小説を綴るに当りて最もゆるがせにすべからざることは、脈絡通徹といふ事なり」とする逍遙にあっては、そのイメージは明確である。

其趣向を設くるに当りて些《ちと》も原則なきに於ては一向《ひたすら》写真を主眼として孟浪《もうらう》思《おもひ》を構ふるまゝ前後錯乱して脚色《すぢ》整はず事序《じゞよ》繽紛《ひんぷん》として情通ぜず出来事あまりに繁に過て為に因果の関係の察しがたき事もあるべく人物あまりに数多くして為に終結《おさまり》のつかぬもあるべし故にあらかじめ法度を設けて其脚色をば構ふること勿論肝要なる事なりかし（「脚色《しくみ》の法則」）

小説における「原則」「法度」の重要性を力説する逍遙は、「出来事あまりに繁に過」ぎたり「人物あまりに数多」いのは避けるべきだとする。なぜなら、小説の「終結《おさまり》」がつかなくなるからである。「たゞありのまゝに世上の事実を筆にまかせて書記せる実録」と異なったフィクションである「小説」を綴るのに「最もゆるがせにすべからざることは脈絡通徹」であり、「小説」においては「首尾常に照応せざるべからず前後かならず関係なかるべからず若し本と末と連絡なく源因と結果と関係なくんば之を小説といふ可らず」ということになる。首と尾、本と末が「脈絡通徹」し、すべて「照応」し万事落着する調和的な「終結」、まさに「大団円」的な〈終り〉が要請されている。あるはっきりした小説作法・小説観からすれば、〈終り〉のイメージも明確になるということであろう。

二　オープンエンドという〈終り〉

これに対して、近代文学のカノンたる夏目漱石文学の〈終り〉とはいかなるものか。先ずは、馬琴の「小説作法稗史七則」を念頭におき近世的な読本の流れを汲む逍遙的な結末観の対極にある、というのが漱石的〈終り〉ということになろう。

漱石文学の〈終り〉に精力的に言及してきた石原千秋によれば、漱石は「オープン・エンディング」を「いちばん方法化していた」作家とされる。つまり、「漱石の連載小説のやり方は、リゾーム状といいましょうか、伏線らしきものはいっぱいあるんだけれどもそれは断片化してしまって（中略）小説としては読者に任せてオープン・エンディング式に終わってしまうことを、漱石はたぶんずっと選び続けていた(1)」というのである。この指摘については、とりたてて異論はなかろう。ただし、石原自身も述べるように日本の近代文学そのものが「オープン・エンディング」的だという意見もありえる。『終わりの美学――日本文学における終結』という希有な書を編んだ上田真は、いくつかの英訳された作品という限られた調査範囲からではあるが、「日本文学の作品の終結はオープンであって、オープンでない終結はむしろ例外だ(2)」としている。

オープンエンド（open-endedness）とは、時間・広さ・サイズに関して前もって限界を設けていないことをいう概念で、英語圏では広く日常用語としても使用され、結論を出さない柔軟な議論についてなどにも用いられるが、批評用語としては「作品の結末に多様な解釈が可能である場合に用いる」(3)とされる。ウンベルト・エーコが『開かれた作品』(4)でいう、解釈者にむかって意識的に自由な解釈をさしむけているテクストがこれと重なっていると考えられよう。そして、このオープンエンドを語るときに、召喚されるのが漱石的テクストということになるわけである。

ただし、それは漱石のテクストにとどまるのではなく、たとえば『漱石　片付かない〈近代〉』(5)(佐藤泉)で述べられる漱石像、さらには漱石と重ねられる日本の近代像にまで及ぶことになる。いうまでもなく、こうした理解の根底には『道草』(『朝日新聞』大正四・六・三〜九・一四)の健三が末尾で呟く「世の中に片付くなんてものは殆どありやしない。一遍起つた事は何時迄も続くのさ。たゞ色々な形に変るから他《ひと》にも自分にも解らなくなる丈《だけ》の事さ」という言が響いており、『道草』の結末が漱石的世界像の解読の指標となっているといっていい。それが、一つの漱石解釈イデオロギーたりえているわけである。

しかしながら、漱石的〈終り〉と一口にいっても必ずしも同じ型ばかりではない。初期の一人称小説と、いわゆる後期三部作とされるものはおのずと異なっている。とくに『吾輩は猫である』(『ホトトギス』明治三八・一〜三九・八)は、複雑な〈終り〉の様相を呈しており、オープンエンド的とは言い難い。周知のように、いくつかの〈終り〉が併存しているのだ。雑誌『ホトトギス』(明治三八・一)に一回限りの短編として掲載されたのがはじまりで、「吾輩」が苦沙弥家に住まうことになるいきさつが書かれた一章の末尾にも〈終り〉はありえた。二章の末尾も同様であり、少々有名になった「吾輩」が、この家で飼い猫としてそれなりの位置を占めていく様子が軽いオチをつけてまとめ上げられている。また、一章から五章までを収めて『吾輩ハ猫デアル』として単行本化するときにも〈終り〉の可能性はあった。そして現在の〈終り〉とされている十一章末尾である。座談の連鎖という傾向を深めていく後半以降、いつ話に決着がつけられてもおかしくないし、その一方で、どんな結末がもたらされても終息感は弱い。上田真はこれを「諷刺文学型の終結」[6]と呼んでいる。漱石は、この希代の風刺小説を、太平の逸民の空気を深く吸い込んだ「吾輩」が、ビールで酔っ払って水瓶に落ちて「死んで此太平を得る」という形で終息させている。

『虞美人草』(『朝日新聞』明治四〇・六・二三〜一〇・二九)も漱石的な〈終り〉とされるものからすれば異質であるといえよう。藤尾と小野が大森行きの約束をし恋を成就させようとしたその日、宗近の説得で小野は「真面目な人間」に生まれ変わり、急転直下「尊い女」「誠ある女」である恩師の娘小夜子と結婚することになる。それによって、功利と見栄に凝り固まり「道義」を欠いた「跳ね返りもの」である藤尾は弾き出される。また同時に、宗近の妹糸子も兄の薦めに応じて甲野と結婚することになる。しかも、これらの出来事は、第十八回の作中人物たちが甲野の部屋に一堂に会した場で明かされる。『当世書生気質』の小町田粲爾風にいえば、さしずめ「赤本の結局」ということになろう。かつ、この場で憤死した藤尾には、語り手によって「我《が》の女は虚栄の毒を仰いで斃れた」と裁断的批評が加えられている。善と悪との対立やら、英文学的なるものと漢文学的なるものとの対立[7]が表層的な人物配置の裏側に仕組まれており、読者にアレゴリカルな読みを積極的に求めているようにみえる。[8]それがしばしば勧善懲悪主義的な小説とされる所以であり、このアレゴリカルな手法による構成が大団円的な〈終り〉を呼び込んでいるといえよう。それはまた、夫婦の愛情による結びつきが称揚され、最終的に「美徳」が勝利するという意味では、家庭小説に連なるメロドラマ的〈終り〉ということもできる。[9]ただし、漱石がこうした結末に二度と立ち戻らなかったことは知るとおりである。

一方、『それから』（『朝日新聞』明治四二・六・二七〜一〇・一四）も完結した数少ないテクストと理解されているが、こちらはすこしばかり様相が異なっている。父の援助による優雅なシングル・ライフを享受する代助の平穏な日常から書き起こされるこの小説は、代助の思想的・経済的生活が破綻していく過程が物語化される。最終章、追いつめられた代助が父のすすめる縁談を断わり、友人の妻三千代と生き直すことを選択し、焼け付くような日盛りのなか「職業」を探しにいくところで小説は劇的に閉じられている。冒頭で示された代助の思想とそれを支えてきた豊かな生活が瓦解するという意味では、構成の上の明瞭な〈終り〉に到っているのは確かであろう。しかし、代助の職業探しの結果も、またその後の二人の行く末も語られず、まったく読者の想像に任されているという意味では、オープンエンドということもできる。閉じられながら開かれる、終りながら持続するという、相矛盾するイメージを含み込んでいるのである。

さらに、明治天皇の死と、乃木希典の殉死を模倣することで、個人の死と時代の〈終り〉が重ね合わせられている『こころ』（『朝日新聞』大正三・四・二〇〜八・一一）というテクストにおいては、青年が「先生」の遺書をどう受け止めたか、その後どう行動したかというもう一つの物語は読者に委ねられる。この意味ではまさにオープンエンド的といえる。しかし、天皇制を補完するテクストとしては完結しているといえなくもない。漱石には「下」の「先生の遺書」の後も書き継ぐ腹案があったというが、ホモソーシャルな倫理に中心化された物語とするためには、先生の遺書で打ち切るのは必然的な〈終り〉であったとも考えられるのである。漱石は自装の単行本の自序で「予想通り早く方が付かない事を発見したので、とう〳〵その一篇丈を単行本に纏めて公にする方針に模様がへをした」と述べているが、作品外の事情も作用していたと考えられる現在の『こころ』の結末のありようは、予想外の形でこの作品の主題を決定する重い意味を担ってしまっているといえよう。

こうして見てくると、一口に漱石的〈終り〉といっても、思いのほかヴァリエーションがあることに気づく。語り手の語り方の数だけ、作品の主題の数だけ〈終り〉の型《タイプ》があるとも言えるのではないか。そもそも、〈終り〉とはいかなる事態なのか？　漱石は小説の〈終り〉をどう受け止めていたのか、それを考えてみる必要があろう。

三　漱石的な〈終り〉

漱石は明治三十八年九月から、朝日新聞に入社する四十年三月まで「十八世紀英文学」という授業を大学で講じていた。『虞美人草』が入社第一作であるので、ちょうど『吾輩は猫である』『坊つちゃん』(『ホトトギス』明治三九・四)などを書き継いでいたころである。「文学論」の授業が予想以上に早く終り、それを継いで週三時間ずつ講じていたのだという。後に『文学評論』(春陽堂、明治四二・三)として出版されることになるこの講義ノートのなかで、漱石は一章をさいてデフォーの文学を「ダニエル、デフォーと小説の組立」として論じている。デフォーの表現の冗漫さを批判したこの文章で、漱石は「結末」について次のように述べている。

結末に達すとは、ある順序をもつて配置されたる現象が、ある逓次《ていじ》に至つて已《や》んだ時、吾人がそれ以上を望む必要に逼《せま》られない状態を指すので、是等の現象が全部として、全部らしく感ぜられ、物足らぬ思なき満足を得た時に云ふ言葉である。

「結末に達す」という終息感は受け手の感じ方に関わるという指摘をはじめ、ここには〈終り〉について考えるいくつかの重要なヒントが述べられている。なかでも、「はじめ」から「結末」に到るまでの「順序」「配置」についての言及は、小説作法を考えるうえで見逃せない問題であろう。「筋の組立が引き緊まつて全篇に無駄が無い」小説を優れた小説とし、内容上の纏《まと》まり、統一をつけることの必要性を強く主張しているこの批評では、「ある順序をもつて配置されたる現象」の「連結」「統一」のあり方について大きなスペースを割いて論じられることになる。

漱石によれば、「組立」とは「或一つの筋の縦に貫ぬいて居るもの」、例えば煉瓦造りの構造体のようなもので、これに対して「筋」は「編章」を「堅めて動かぬ様にする」例えば「セメント」のようなものであり、他の言葉でいえば「興味の統一（Unity of Interest）を与える」ものとされる。しかし、唯一の興味がただ一貫するだけでは「刺激性」がなく「器械的義理一遍の統一」に堕してしまう。そこで、作中人物の「自由意志」に従って「筋」を構成するような「有機的の統一」が必要になるとして、次のように述べている。

> 部分と部分が自己の本性（作中人物の性格）によつて連結する以上は、両者の関係は心理上の因果によつて縦に推移しもしくは横に展開しなければならぬ。心理上の因果によつて推移しもしくは展開する統一は、統一の為めの統一ならずして、発展の為めの統一とも見る事が出来る。発展はどこかで留まらねばならぬ。永劫の発展は宇宙の大法であるにも拘はらず、段階を画して発展の一時期を終るも自然の原則である。発展の末後に落着の一段を添ふるは自然の帰着であつて、統一の一部分である。（傍点は引用者）

小説の「部分と部分」（事件と事件、あるいは現象と現象）を「連結」する原理として、作中人物の性格・心理上の「因果」を中心に置くのは至当のことであり、そこには「統一の為めの統一」「器械的統一」とは異なる、おのずから「発展」する「有機的の統一」が生まれてくる。そうした「統一」を支え「部分と部分」を繋ぐものが「筋《プロット》」ということになる。ただし、漱石によれば、

「性格の活動丈から出来た事件を排列する」のは不十分で、「人生の三分二」を占めている「偶然の事件」との絡み合いから小説を纏め上げ「落着」をつけなければならないことが強調される。いずれにせよ、この「筋」の展開が停止し、末後に「落着の一段」が添えられることで「結末に達す」るということになる。行きつ戻りつしている講義ノートをまとめれば以上のようになろう。

こうして考えてみると、意外なことに、漱石が抱いていた〈終り〉のイメージは、坪内逍遙が『小説神髄』で「脈絡通徹とは篇中の事物巨細《こさい》となく互に脈絡を相通じて相隔離せざることをいふなり」とし、「心理学の道理に基」づく「脈絡通徹」と、それを踏まえた「因果論」的な「終結《おさまり》」を求める態度と通底しているように思われる。オープンエンドを方法化しようという意図は、ここにはみえない。「始め」から「終り」に到る調和に議論がむいているのだ。むしろ、この英文学講義の直後に書かれ、大団円的な結末が付された『虞美人草』との連続性をみるべきなのかもしれない。

しかし、このデフォーの小説の「纏《まと》まり」感のなさを難じたこの章には、この後の漱石的〈終り〉を考えていくうえでの興味深い問題も記されている。一つは、先に示した、終息感は読み手の受け止め方に関わるということを問題化するとば口に立っていた点であろう。引用を繰り返せば、「結末に達すとは、ある順序をもつて配置されたる現象が、ある逓次に至つて已んだ時、吾人がそれ以上を望む必要に逼られない状態を指す」——つまり、小説の終息感には、読者の解釈の仕方、感覚に拠ってもたらされる主観的な心理状態が作用していることになる。外形的〈終り〉にこだわらない柔軟な態度が見て取れる。

また、「落着の一段を添える」必要を論じたあとで、「もし末段に解決の燈火を点ぜぬ時は、前後を一貫して、凡ての発展の裏面全体に之と均しきあるものを備へて、統一の感を保護せねばならぬ」とも述べている。結末において、問題の解決を与えない場合には、物語の展開の裏面全体に通底する「あるもの」を拵《こしら》え、「統一の感」を持たせるべきだというのである。「統一の感」が弱いとするデフォーの小説批判を念頭に置いた言であることは間違いないが、のちの自身の小説の特徴の一端を言い当てているようにもみえる。ここで『門』(『朝日新聞』明治四三・三・一〜六・一二)の結末、物語のはじめに立ち返るように、宗助が縁側で束の間の安寧にひたる場面を思い起こすことも可能であろう。

では、こうした漱石の〈終り〉の観念からすれば、未完という意味を超えて、漱石的な〈終り〉の象徴的な現われとして問題化される『明暗』はどのように見えるのだろうか。

四　『明暗』の〈終り〉に向けて

『明暗』(『朝日新聞』大正五・五・二六〜一二・一四)は特殊な受け止め方がなされている。それは単に未完であることや、絶筆になった作品であるということが理由ではなかろう。未完であることを超えた評価といっていい。たとえば、柄谷行人は次のように述べている。

『明暗』の新しさは、実際に未完結であるのとは別種類の〝未完結性〟にあるというべきである。それは、漱石がこの作品を完成させたとしても、けっして閉じることのないような未完結性である。そこに、それまでの漱石の長編小説とは異質な何かがある。(10)

柄谷によれば、「異質な何か」とは「多声的《ポリフォニック》な世界」――「一つの視点＝主題によって〝完結〟されてしまうことのない世界」が実現されていることを指すという。また、佐藤泰正は「作家漱石の最後の到達点であり、その行きついた主題も方法もすべてこの一篇に集約されている（中略）すべての水路は『明暗』一篇に注ぎ込まれている」(11)と、『明暗』の特別な位置を論じている。未完といえば、先に取り上げた『こころ』もそういえるのだが、他の作品の「未完結」とは意味合いが異なっている。『明暗』の未完は必然的〈終り〉といいたげである。

しかし、物語の構造からいえば『こころ』と似ているといえなくもない。『こころ』は後期三部作に共通する、何かしら隠蔽されたものを暴くという行為が物語化されている。『彼岸過迄』においては敬太郎の須永に対する好奇心、『行人』においては、二郎を媒介者にして一郎とお直が互いに互いの本心を知りたいという欲望が核をなしている。『こころ』においては、青年の「私」が「先生」のほんの些細な日常の言動から、過去の秘密めいた匂いを嗅ぎ取り、それを知りたいと思う。時に仄めかされ、時に隠蔽される未知の事柄により、いよいよこの鎌倉の海で知り合った男に惹きつけられていく。「先生」の存在価値は、語られる内容より、何かを秘めながら語らないことによって極限まで高められていくのだ。その青年が最後に「先生」の遺書を読み、過去を知るところで終っているのは、こうした構図からいえば当然の帰結であるといえよう。ジョナサン・カラーは「物語の喜びは欲望に結びついている」とし、「物語の動き」は「「認識偏愛（エピステモフィリア）」（知りたいという欲望）というかたちをとった欲望によってつき動かされている」[12]とするが、『こころ』はまさに「青年」が隠蔽された秘密を知ること、それが物語化される型《タイプ》の物語と考えられるのである。

これは『明暗』でも同様である。津田のいちばんの「欲望」は、かつての許婚者清子がなぜ突然自分の知合いと結婚することになったのかを知ることであり、それを探るところが物語の骨格となっており、読者の関心もそこに差し向けられている。冒頭の診察所からの帰り道、津田はふと次のようなことを思う。

「何うして彼《あ》の女は彼所《あすこ》に嫁に行つたのだらう。それは自分で行かうと思つたから行つたに違ない。然し何うしても彼所へ嫁に行く筈ではなかつたのに。さうして此己《おれ》は又何うして彼の女と結婚したのだらう。それも己が貰はうと思つたからこそ結婚が成立したに違ない。然し己は未だ嘗て彼の女を貰はうと思つてゐなかつたのに。偶然？　ポアンカレーの所謂複雑の極致？　何だか解らない」（二）

「精神界」の根本にあり、ふとしたことで浮かび上がってくる疑念と、彼を右に左に押しやる「不可思議な力」を意識している。この「不可思議な力」と疑念がお延の「知りたいという欲望」と交叉する。お延は、津田の見舞いに来た津田の妹お秀と津田の会話を盗み聞きし、夫の表情から「或物を疑っても差支ないという証左」を、永く心の中に刻む。後日、その「秘密」を確かめるべくお秀のところに赴き、少しばかり芝居めいた口調で次のように問いただす。

「(中略)津田のために、みんな打ち明けて話して下さい。津田はあたしを愛してゐます。津田が妹としてあなたを愛してゐるやうに、妻としてあたしを愛してゐるのです。だから津田から愛されてゐるあたしは津田のために凡てを知らなければならないのです。(下略)」(百二十九)

虚栄心が強く「絶対的に愛されて見たい」というお延は、自分に夫についての知らないことがあることを許せない。この不安とわだかまりがお延の心の中に巣喰っていた。それは愛されることをとおして相手をコントロールしたいという欲望にも重なっている。津田の友人小林は、そんなお延に秘密の存在を仄めかし挑発する。お延にとっての知りたいという「欲望」は、津田の「欲望」へと繋がっており、この連鎖にそって物語が展開していく。あたかも探偵小説のセオリーに則るかのように、手掛かりの開示と真相の隠蔽が仕組まれながら温泉場へと舞台を移す。書かれなかった「結末」で、絡みついた秘密が明かされることを想像することも可能であろう。この意味では、探偵小説的な「結末」――むしろ閉じられた〈終り〉を想定することもできる。三好行雄は漱石を評して、伏線を張るという「推理小説にもっとも有効な手法を多用した作家である[13]」と述べているが、『文学評論』でいう「因果」論的な「統一」「結末」に向かって話がすすんでいたとみることもできよう。

むろん、これも直ちに読者による自由な解釈の一つとされ、オープンエンドというありようの証左とされることにもなるだろう。ただし、オープンエンドという地点で解釈が停止するわけではない。オープンエンドという〈終り〉のありようが解釈され、そこから時に「持続」「継続」「先送り」という主題が導き出される。「この作品は、事実上は作者の死のために未完なのだが、しかし、もっと本質的な意味で、ひとつの結末では到底片付かないような世界をつくり上げているものと思われる[14]」（佐藤泉）というわけである。オープンエンドという枠づけのありかた自体が、テクスト論的な結末のイデオロギーのありかただとすれば、書かれなかった空白に「持続」「継続」を見いだすのも漱石解釈のイデオロギーだといえよう。未完で空白のままであることがまさに漱石的な結末に相応しい。書かれなかったことが、書かれたこと以上に意味をもち、漱石神話を補完する――。オープンエンドという〈終り〉が漱石神話の価値を担保するイデオロギーになりえているのだ。この意味で、オープンエンドと語ること自体がテクストを閉じられた系に囲い込むという逆説がありえるのである。

第二部

〈終り〉をめぐる断章

第一章　三人称的な〈終り〉の模索――坪内逍遥訳『贋貨つかひ』

近代批評成立期に「文壇を睥睨されたる達眼家」(1)と評され、逍遥文学にも理解を示していた石橋忍月は、明治二十一年八月大阪駸々堂より刊行された翻訳『贋貨《にせがね》つかひ』(初出は『読売新聞』明治二〇・一一・二七〜一二・二三)を取り上げ、「予は三不可思議を発見せり」として批判し、次のように述べている。

第一。春の屋主人従来の著作は其主眼重《お》もに人情に在り、人物に在り、人物の意想性質に在り、然るに此書は如何なる訳にや、結構の奇と事蹟の面白きことを主となしたるが如し、故に、小説として見るときは毫も価値なしと謂つて可なり(中略)第二。贋貨つかひには愛情なし、七情中人間と最も切なる、最も密なる関係を有する者は、男女の愛なり、故に男女間の愛情を写さゞるの小説は殆んど見る能はず(2)

忍月によると、『贋貨つかひ』には逍遥が『小説神髄』(松月堂、明治一八・九〜一九・四)で主張するような「人情」や「人物の意想性質」が描かれておらず、また「男女間の愛情」も写されていないと評される。そして、その意味において小説として「毫も価値なし」と論断されるのである。あまりに画然とした裁断的批評に戸惑いもするが、これは今日の逍遙文学の受容のされ方とそう隔たっているわけではない。

逍遙によって著わされた初期の小説群は、概ね『一読三歎当世書生気質』『新磨妹と背かゞみ』『松のうち』『細君』という〈人情小説〉系統に中心化され、そこから逍遙文学そのものが意味づけられ評価されていることを認めざるをえない。無論、それには謂れがないわけでないが、セン夫人との微妙な「人情」に焦点をあて、そうした実生活に小説の〈起源〉を求めようとする、いわゆる「作家論」「作品論」的研究の当然の帰結であるといえよう。

そして、そこから外れるものは論ぜられることが稀で、特に「男女間の愛情を写さゞるの小説」(石橋忍月)とされる『贋貨つかひ』に到っては、殆ど注目されることはなかった。わずかに取り上げられるにしても、次のように簡単に一蹴されることになる。

> 「贋貨つかひ」は翻訳に過ぎないから、たとえ人名や事件の背景を我が国に置き換えたとしても、逍遙にはその作品の本質に関わるだけの責めはないし、殊にこれは探偵小説であって、文学的にどうの、思想内容がどうの、と言うものでもない。(3)

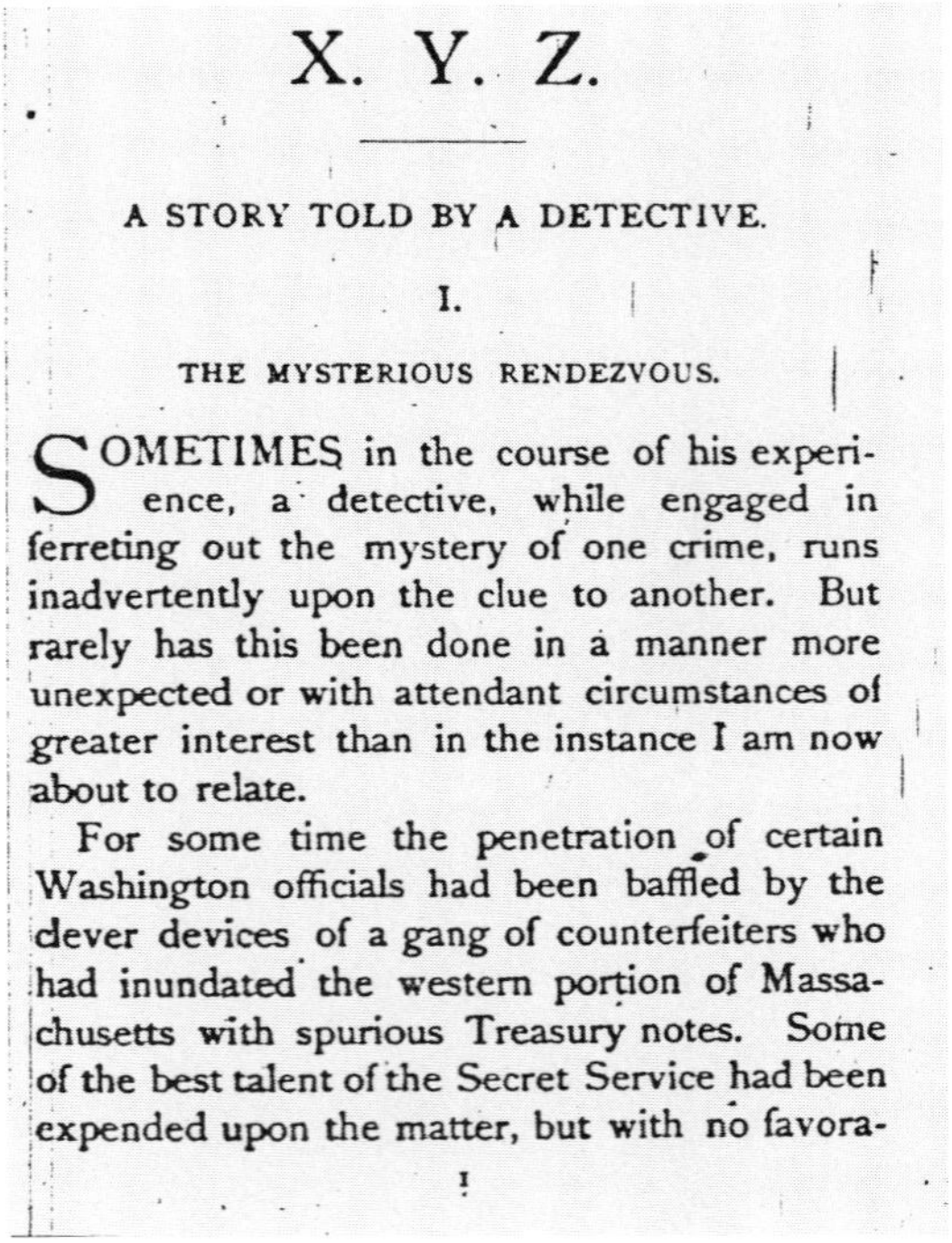

X. Y. Z.

A STORY TOLD BY A DETECTIVE.

I.

THE MYSTERIOUS RENDEZVOUS.

SOMETIMES in the course of his experience, a detective, while engaged in ferreting out the mystery of one crime, runs inadvertently upon the clue to another. But rarely has this been done in a manner more unexpected or with attendant circumstances of greater interest than in the instance I am now about to relate.

For some time the penetration of certain Washington officials had been baffled by the clever devices of a gang of counterfeiters who had inundated the western portion of Massachusetts with spurious Treasury notes. Some of the best talent of the Secret Service had been expended upon the matter, but with no favora-

図4　『贋貨つかひ』の原典 *X. Y. Z.* の冒頭部分（ハーバード大学図書館蔵）。注4も参照。

逍遥が「作品の本質」に「責め」を負うか負わないかは別にして、ここでは、「翻訳」であることと「探偵小説」であることが、すなわち論ずるに足りないこととされている。つまり、改めて〈中心〉から遠く隔たったものとして位置づけられているのである。

しかし、今回、筆者は逍遥が実際に手にしたものに最も近いと思われる、一八八三年版のキャサリン・グリーン著X.Y.Z.[4]を閲読する機会を得て、はじめて比較検討することができた。それによると、むしろ「翻訳」であること、特に「探偵小説」の「翻訳」であること――いわば〈周縁〉的であることにこそ、逍遥リアリズムの到達点とされる『細君』（『國民之友』明治二二・一）の表現獲得にいたる手掛かりが示されている。また、そこには、「原典」というもう一つの〈起源〉に過度に中心化されてきた翻訳文学研究を相対化する契機も含まれている、と考えられるのである。

ここでは、そうした点を射程におきながら、『贋貨つかひ』の翻訳が喚起するいくつかの問題を論じていくことにする。

一　物語の枠

逍遥訳『贋貨つかひ』は、翻訳論も含む長い緒言のあと次のように語り始められる。

> 久かたのアメリカ国上下《しようか》一致《いツち》のワシントン府と聞えしは我国にていはば東京の都ともいふべき都の中の都なりされば警察の役人なども他所には勝《すぐ》れて心利《き》たる人も多かりしならん其ころ我国にていはば静岡か浜松あたりともいふべき地方にて贋造紙幣《にせしへい》を夥多《おびただ》しく発行したる曲者あり（第壹章）

ここには、語り手が選択した読み手とのコンタクトのありようが明瞭に表われている。常套的に「久かたの」という枕詞で語り起こし、アメリカの議会制度に触れつつ、首府ワシントンを東京に置き換えてみせるという手際で、自分の判断を挟みながら読み手に向かって説明的・解説的に語るという〈位置〉が選ばれ、かつ、「我国にていはば」と繰り返し、「アメリカ」に対する日本人同士、同属間のコミュニケーションであることが意識的に強調されている。それにともなって、空間的にも、原文の"Massachusetts"が「静岡か浜松あたり」に改められているのである。

　そして、「栗栖政道」と命名された中心人物である「探偵吏《たんていかた》」も、同様の〈位置〉から読み手に紹介されることになる。「件《くだん》の探偵吏《たんていかた》は年はまだ若けれど我国《わがくに》の小説に引直《ひきなお》していはゞ元は由ある人にて人品《ひとがら》も賤しからず才学も並人《なみびと》に優りてなどいふべき人物なり」（第壹章）――すなわち、いったん「我国の小説」の主人公たちのなかで「などいふべき人物」と類型化して捉えられ、ただし当時の「我国の探偵」には存在しないタイプとも解説され、一定の距離をおいて〈三人称〉によって対象化されているのである。無論、これから「栗栖」が巻き込まれる事件も同様の語りの〈場〉を前提に提示されていくことになると推測される。

　これが訳文のコミュニケーション回路だとすれば、一方の原文は思いもかけず以下のように語り始められていた。

　探偵は、その経験の間には、一つの犯罪の謎を探っているうちに偶然に他の犯罪の手掛かりに出くわすことがあるものだ。しかし、私がこれから語る事件以上に、思いがけず、あるいは興味をひく付随状況をともなって、そうしたことが起こるのはめったにないことであった。
（第一章）

この小説のサブタイトル（A STORY TOLD BY DETECTIVE）が示すように、探偵である「私」が、かつてある犯罪を捜査しているうちに、偶然他の犯罪に巻き込まれた体験を、読み手に向かって〈一人称〉で語りかけている。「私」が探偵であること以外名前も明かさず、既に体験した（体験し終っている）個人的な出来事を、あるいは隠蔽しながら、あるいは意図的に仄めかしながら、「今」という語る時間から再構成し、読み手の前で物語化しようとしているのである。それはまさに一人称探偵小説の常道であるといえよう。

こうした意図的と思われる〈人称〉の変換は、おのずと物語世界に大きな変質を強いていくことにもなる。

原文で語られる物語によれば、語り手である「私」は、マサチューセッツ州の西部に出没する贋金造りの一味を捜査するために同州ブランドンに派遣される。というのも、頭文字"X.Y.Z."に宛てた不審な手紙が何通か、毎日その地域の郵便局に差し出されているという情報を受け取ったからである。「私」は一八八一年六月当地に向かい、直ちに調査に乗り出した。そこで偶然見ることができた"COUNTERFEIT"（贋金造り、贋もの）を合言葉にする手紙の内容を手掛かりにして、ある仮面舞踏会に潜み込むことになる。そしてそこで、弟に罪を被せようとする長兄によって仕組まれた父親殺しに遭遇する。「私」は仮装してその弟の"COUNTERFEIT"（贋もの）として振る舞い、その犯罪を暴いていくのである（必ずしも贋金偽造事件が物語の核心ではない）。

先に示したテクストの冒頭には、こうした一連の出来事を、ある一定の時間の経過の後に振り返った時の感慨が書き込まれていたわけである。ただし、物語の時間軸にそって継起的に結末から語り始めた「私」は、事件を一まとまりの物語として語っていく過程で、自分の中の別の感情に行きあたることになる。冒頭で「私」は、自分と事件との関わりを“inadvertently”,“unexpected”と、「偶然性」をとくに強調しながら語っているが、話を進めていくうちに、その「偶然性」を結びつけていく原動力である自分の中にある「好奇の気持」に少しずつ気がついていき、事件が解決した後には、「好奇心」の虜であった自分を恥じる気持を再確認しているのである。それと相呼応して、冒頭部で“interest”と語られた「好奇の気持」は、結末部においては、さらに強い語調である“curiosity”によって語られることになる。こうした自分の感情に対する自己言及が、原文の緩やかな枠組みとなっていると考えられるのである。それは、「私」が「私」を対象化し、その対象化された「私」と、語っている「私」とがコミュニケートするという一人称形式であればこそ可能であったといえよう。

しかし、こうした原文の枠組みを逍遙はすべて省いた。そして新しい枠組みを作り上げようとした。それが、“X.Y.Z.”という頭文字《イニシャル》にすぎない原題を変更し、新たな『贋貨つかひ』という題〈枠〉で翻訳する／物語ることに繋がっていると考えられるのである。

では、必ずしも物語の〈核心〉ではない「贋貨つかひ」の事件を〈核心〉としながら、いかなる〈物語〉を紡ぎ出そうとしているのか――。

逍遙訳『贋貨つかひ』では、結末部において冒頭のそれと位相を同じくする語り手が再び登場する。父親殺しの真犯人定宗が自害して果てるという大団円（第七章）のあと、それまで事件を提示してきたことばのレベルと異なる、後日談という形で「案ずるに老尼子《ろうあまこ》（父親）の変死は定宗（長男）の奸計に出しこと明かなり又其舎弟《おとゝ》を陥いれんが為に巧に其奸謀をめぐらせし事も争い難き事実なり」と語っている。原文が、あくまで個人的な体験として、忠実に「私」の知っている範囲を外さないのに対し、逍遙訳の語り手は冒頭と同じくメタのレベルから解説・説明し、新たな「終結」（『小説神髄』「脚色の法則」）をつけようとしているのである。そして、原文では直接言及されない、事件の首謀者定宗と〝X.Y.Z.〟との関係を自ら解き明かそうとする。

何故に定宗が「一二三」の名前を用ひし歟、（中略）思ふに贋金つかひの事は其比《そのころ》此地方にて大評判の話しなりしかば偶然に彼の暗號を思ひ附きしものならんか且又「一二三」は総て調子を揃へて両三人の人が事をなす時に用ふる言葉なれば何心なく名前とせしものか尚《なほ》江湖の閑人《ひまびと》の鑑定をまつ（第七章）

ブランドンの郵便局宛ての手紙の例のイニシャル〝X.Y.Z.〟は、逍遙訳では「一二三」と日本化（？）されているのだが、それを踏まえながら、その名前は当時評判だった「贋金つかひ」の暗号を偶然思い付いて借りたものか、あるいは、調子を揃えて「事をなす時」——この話では仮面舞踏会の晩に勘当された息子と父親を会わせる手はずだった――のかけ声を名前にしたものか、という二つの可能性をあげている。

先にも触れたように、逍遙訳においては、「贋金つかひ」の事件は単なる物語の端緒ではなく、全体に関わる特別な意味を担っていた。『贋貨つかひ』と付された題名は、(5) 緒言の「秘密探偵」の語と重なり合いながら、ある一定の読みの方向――「贋金つかひ」の事件に中心化された物語を読み手に喚起している。読み手は、小説のなかで与えられた様々な情報を「贋貨つかひ」という言葉の周りに呼び集めながら、いつか「贋貨つかひ」の全貌が明らかになり、その手掛かりが与えられるはずだ、という期待を抱きつつ読み進めていくことになる。この意味で『贋貨つかひ』の題名は、表現を組織化させながら、読者の読みを方向づけ新奇な物語世界に引き込むという、有効な理解の〈枠組み〉《コード》の機能を果たしているということができる。事実、逍遙の訳のあり様も明らかにそれを目指していたと考えられる。(6) だからこそ、語り手は「贋貨つかひ」の事件と話の実際の中心である父親殺しの事件との「符喋」《ふてふ》(第七章)を、とりたてて説明せざるをえなかったといえよう。

だが、語り手による種明かしはそれだけではない。静岡(原文ではブランドン)の郵便局に「一二三」あての手紙が集中したことをとらえ、それは「碑文」《ひぶみ》という実在する人物あての郵便物だったとし、かつ「碑文」《ひぶみ》は「おそろしき旧弊家にて俗にいうカツグ人なりしかば常に「ヒブミ」の文字を一二三《ひぶみ》とか、しむるが例なり」という説明まで付し、変更したイニシャルと物語内容の結び付きにも言及している。

それにしても、何故これほど話の「符喋《ふてふ》」にこだわるのだろうか――。それは、〈三人称〉の形式をとったことに関わっていると思われる。つまり、原文の一人称的な〈手記を記している自分に自己言及する〉という枠組みを外してしまったことが、それに代わる「符喋《ふてふ》」――「脈絡通徹」（『小説神髄』下巻）を必要とさせたのだ、と考えられよう。ただし、逍遙の〈筋《プロット》〉に対するこだわりはそこに止まるのではない。さらに重要なのは、定宗の家族内での位置を変更している点にあるといえる。

この物語は「私」の意識の範囲内で語られていることもあって、ベンソン（尼子）家の内部事情は明確にされておらず、ハートレイ（定宗）については、わずかに妹のキャリー（軽子《かるこ》）の口から"he is not my old playmate"という曖昧な情報が述べられているだけである。それが、逍遙訳では、「肚《はら》」ちがいの「阿兄《にいさん》」として明確な形で提示されることになる。そして、この部分を踏まえて末尾の語り手は、「隣人の風説」としながら次のように語るのである。

> 定宗の実母は妾《せう》よりなほりたる者なるが本妻の遺子《ゐし》軽子《かるこ》丈次郎《ぢやうじらう》とは中悪《なかわる》く就中《なかんづく》最も丈次郎を憎みしかば曾《かつ》て謀《はかりごと》を用て丈次郎を殺さんと図り却《かへつ》て其身を殺したる事実ありこれが為に定宗は一層丈次郎を仇視《きうし》せしなり（第七章）

無論、こうした「風説」は原文には全くない。逍遙訳では、意図的に異母兄弟間の心理的ドラマを作り上げ、その〈葛藤〉を小説の根底を流れている「脈絡」としているのである。これは逍遙的小説作法のストレートな反映と見るべきであろう。思えば逍遙の処女作『一読三歎当世書生気質』（晩青堂、明治一八・六〜一九・一）も、書生の「其習癖其行為の変遷」を写すことを眼目にしながら、読本的「兄妹再会」（この場合も異母兄妹）の「趣向」という「脈絡通徹」を設けているのである。

また、兄弟間の〈葛藤〉という意味では、一方の軽子・丈次郎という実の姉弟間にも焦点があてられている。こちらは対照的に、「弟を思ふ真情《まごゝろ》の潔白なる」、あるいは「此感ずべき真情《まごゝろ》」として繰り返され、軽子の「真情《まごゝろ》」に焦点化されながら語られているのである。「真情《まごゝろ》」は、当時逍遙の著作に限らず作中人物間の関係概念として大きな意味をもっていたのであるが[7]、異母兄弟間の〈葛藤〉の裏側の「脈絡」として機能せられているといえよう。かつ、事件を読者に伝える媒介者の役割を担っている栗栖の〈葛藤〉も、そこに重ね合わされていくことになる。

栗栖が心動かされるあまり、丈次郎の「贋もの」であることをやめ、この事件から撤退しようかと迷うことは、原文にも記されていないわけではないが、逍遙訳では「嗚呼丈次郎が我位置にありて姉の言葉を聞かんにはいかばかり喜ばん如何ばかり嬉し涙にかきくれて姉の真情《まごゝろ》を感謝せん」（第四章）と敷衍され、自分の行為が軽子の「真情《まごゝろ》」を踏みにじり、姉弟の間を引き裂いているという罪の意識を感じ〈迷い〉〈葛藤〉する――。逍遙流の言い方をすれば軽子の「真情《まごゝろ》」が栗栖の心の迷い、「人情」を引き出している。その栗栖の「人情」をとおしながら、事件は提示されていくのである。いわば、作中人物たちの関係の糸は、事件の案内者栗栖の「人情」という〈トポス〉

に束ね上げられていくのである。それが「贋貨つかひ」の事件の追求とともに、三人称的に語ることによって付与された、もう一つの〈中心〉であるといえよう。とするならば、冒頭の忍月の批評自体が依拠しながら、十分に対象化できなかった、逍遙が切り開いた同時代のコンテクストと明らかに重なっている。

繰り返すまでもなく、「脈絡通徹」「真情《まごゝろ》」「人情」、いずれをとっても逍遙の小説論と深い関わりをもっている。とくに、「人情」はそこに〈物語〉を呼び込む重要な構成的概念でもある。『贋貨つかひ』は、こうした逍遙的小説作法を十分に踏まえながら成立していた。いうなれば、自らが原文の第一読者である読書過程、またそれを言語化する翻訳過程そのものが、自身の小説論（小説理解の枠組み）に則っていたということができよう。この意味で、翻訳『贋貨つかひ』は翻訳小説でありながら、あまりに逍遙的小説に似ている、という逆説を孕んでいた。そしてまた、こうした逆説こそが、『贋貨つかひ』に止まらない、〈翻訳〉というシステムのもつある種の問題を喚起していると考えられるのである。

二　〈人称〉の翻訳

さて、『贋貨つかひ』が連載された明治二十年は、翻訳探偵小説が相次いで刊行された年である。『贋貨つかひ』が掲載された『読売新聞』にも、それと相重なるように饗庭篁村訳「西洋怪談黒猫」

「ルーモルグの人殺し」[8]が発表されている。このポー原作の翻訳が概ね原文に沿っていることはつとに指摘されてきているとおりであるが、[9]とくに注目すべきは「黒猫」冒頭の「私は明日死ぬ身今宵一夜の命なれば望《のぞみ》も願《ねがひ》も別にない只心に思ふ偽《うそ》も飾《かざ》りもない真実を今ま書残すなれども（下略）」という部分であろう。小森陽一によれば、傍線部は原文にはなく、末部の「終に私は捕へられて明日死ぬ今宵の身となツた」（これも同様に原文にはない）と呼応し、回想される「今」と、回想を書く「今」という「二重の時間構造に、訳者が自覚的であった[10]」ことを示しているとされる。これに従えば、一人称小説の特質を理解した上で、極めて意識的に翻訳されていたことになる。

一方、逍遙もこの明治二十年にやはり『読売新聞』に『種拾ひ』（明治二〇・一〇・一〜一一・九）という一人称の小説を書いている。小説家の「予」が関西旅行の帰途に同船、同宿した男女の話を漏れ聞く形で物語は展開し、逍遙の小説としては異例の一人称がとられているのである。この小説の連載終了のわずか二十日後に『贋貨つかひ』が始まっていることからしても、当時逍遙も一人称の小説には十分自覚的であったといえよう。こうして見ると、一人称探偵小説を三人称に改めて翻訳するのは、いよいよ意識的な選択だったと思えるのである。

ただし、機械的に主語を置き換えていくだけでは、三人称小説にはなりえない。では、一人称の探偵小説を三人称に改めるには、どのような表現方法が必要とされるのか――。『贋貨つかひ』の〈物語言説〉を追っていくことにしよう。

第一章、探偵である「私」がブンランドンの郵便局に赴き、例の手紙を調査している時、不審な男（のちのJoe）に突き当たる。その場面は、原文では以下のように記されている。

I nodded acquiescence to this and sauntered out of the enclosure devoted to the uses of the post-office. As I did so I ran against a young man who was hurriedly approaching from the other end of the store.

"Your pardon," he cried; and I turned to look at him, so gentlemanly was his tone, and so easy the bow with which he accompanied this simple apology.(11)（I）（下線部引用者、以下同じ）

いうまでもなく、「私」（I）という一人称によって統一的に語られている。ただ注意すべきは、一元的に述べられているようなこの文章も、内容の上からいえば二つの層から成り立っていることである。つまり、「私」をめぐる行為・出来事を外側から語っている部分と、傍線部のそれを語りながら浮かび上がってくるその時の「私」の〈印象〉——そこには書いている「今」の意識が微妙に反映もする——を内側から語っている部分の二層である。こうした緩やかに区別される二つの層が織り合わされながら物語は展開していく。繰り返すまでもなく、それらは、過去のある時点から隔てられている「今」の「私」が、かつての〈出来事〉とその時の「私」を対象化しながら語っている、という構図を前提にしているのである。

逍遙訳でも同様に、語り手は郵便局から出ようとする栗栖が若い男と接触した出来事を、「コレハといふ計《ばか》りに突当りぬ」と対象化しながら提示する一方、その時の〈印象〉を、やはり栗栖の「ふりかへりて見る」という行為の後、「人品もよく言葉附も賤しからず人柄に似ぬ麁忽《そゝつか》しさよ」と半ば内言化された言葉で語っている。極めて原文の構図と近い形であるといえよう。考えてみると、ジェラール・ジュネットが指摘するように、どのような言表行為においても語り手は潜在的には一人称で語っているのであって、〈一人称小説〉と〈三人称小説〉を分け隔てるのは、原理的には「自分の作中人物の一人を指し示すために、一人称を使用する機会が語り手にあるのかどうか」[12]ということによる。この意味では、原文の語り手が、かつての「私」をめぐる行為・出来事またそれに付随する〈印象〉を対象化して語ることと、訳文の語り手が「栗栖」をめぐるそれを対象化して語ることとは、基本的には同じ構図であると考えられるのである。問題は、それらを如何に対象化しながら、またそれらに如何に即しながら語っているかにあるといえよう。

例えば、第五章、仮装した栗栖が老尼子の部屋に入り込むシーンも、同様に栗栖の〈見ること〉から表わされている。

> 栗栖は心を決せしかば兼て庭にて教へられし手順にしたがひ戸をひらきて部屋のうちへと進み入れば聞しにたがはず此部屋は書斎の方へ連絡《つゞき》てありされば四方《あたり》はいろ〱の書籍《しよじやく》を以て埋る、ばかりにてハタと閉たる扉のかたはふりかへれども見えぬまでに数々の図書《づしよ》積重なり塁々《るゐ〱》として山を為し狼藉として散ばりたり書斎と部屋の間には一枚の対立《つゐたて》の立てあれば之を押のけ

て見入れしまでは書斎のなかは見えざりしが但見《とみ》れば書斎は空虚にて只一脚の高背《たかせ》の椅子と大きやかなる文机《ふづくゑ》の其中央に置かれしのみ寂寞として音もなく燈光《ともしびひかり》くらうして朦朧としたる書斎の模様は見るからが何となく物すごし（第五章）

はじめは、前もって教えられた手順にしたがって書斎へ入る栗栖の行為が三人称的に概述されるが、その後は明らかに場面指向的に語られている。それは、「聞しにたがはず」「ふりかへれども見えぬまで」という感覚についての表現を起点として、書斎内部の様子が栗栖の意識に即する形で語られていることによっている。無論、同様のことは原文にも指摘できるのであるが、ここではとくに、日本語のもつ状況指向的な性格に促されるかのように、語り手が栗栖に重なるだけでなく、語り手が物語の今・ここを生きているがごとく、いわば〈一人称〉的臨場感をもって語られている。

こうした表現の要となっているのが、「見入れしまでは」「但見れば」「見るからが」と繰り返される〈視覚〉的表現であろう。傍線部で注目すべきは、書斎とその隣の部屋を隔てる「対立《つゐたて》」を「之《これ》」と表わすことによる栗栖の空間的位置の〈画定〉[13]もさることながら、その「対立《つゐたて》」を「押しのけ」るまでは「書斎の中は見えざりし」と、その〈視線〉の範囲に忠実に従いながら語ろうとしている点にある。これらは原文を踏まえての表現なのであるが、この後もそれを持続して「燈光くらうして」「見るからが」と、原文にはない語を補いながら明らかに栗栖の目の届く範囲を意識して語られていく。そして、その空間的な拘束によって、隣室の夥しい数の本への驚嘆と、それに対して書斎内部の意外な「空虚」さのコントラスト、さらにこれから起きる事件を予兆させるような「朦朧とした」様子・「物すご」さが共感覚的な臨場感をもって伝えられることになる。

もともと探偵小説といいながら、原文はいわゆる謎解型のそれではなく、探偵がある事件に知らないうちに巻き込まれていってしまうところに眼目があり、その場面場面の作中人物の気息をいかに生き生きと伝えるかに、小説の成功不成功を決める鍵がある。ここもそうした場面の一つであり、それを支えるのが作中人物（栗栖）の〈視線〉の範囲からはみ出ず、限られた視野に即して語るという表現にあるといえる。逍遙はそれを十分理解し、かつ意識的に翻訳していると考えられるのである。

ただし、〈視線〉の範囲についてだけに意識的だったのではない。例えば、仮面舞踏会の晩、栗栖が見知らぬ男から仮装用の衣裳を手渡される場面は、「こは如何に答へはなくて彼は何するにや手を動かし敏捷《てばや》く或物を取出して栗栖の肩の辺へ抛掛《なげか》けたり疑ひもなく舞踏《をどり》衣裳なり」（第四章）とされている（傍線部は原文にない）。栗栖は、郵便局で盗み見た手紙に記されてあった、八時に庭園の北東の隅に来いという情報以外は何も知らない。ここで見ること聞くことは予想のつかないことなのであった。そうした栗栖の認識の範囲を十分踏まえた上で翻訳されている。その男の一つ一つの行為はみな意外なことであり、それに戸惑う栗栖の気持は「こは如何に」「何をするにや」と的確に補われている。語り手は、作中人物の限定された認識の範囲を想定し、かつそれを外さないように意識的に語っているといえるのである。こうした表現は、『贋貨つかひ』のなかに散見される。

一般に、探偵小説の主眼は、ある秘められた事件の全貌が少しずつ論理的な整合性をもって明らかにされていく過程の面白さにある。その隠された〈真相〉が解き明かされる過程で、先に示されていた些細な出来事は、コード変換され意外な遡及的な意味を帯び、新たな整合的な秩序のもとに位置づけられていく。探偵小説では、はじめから何ものかが隠されていることが成立の条件なのである。それは、その中心的手法である〈サスペンス〉にもいえることである。〈サスペンス〉では、〈真相〉についての手掛かり・仄めかしを与えておきながら、そこまでのコンテクストでは〈真相〉が見えないように仕組まれている。この手掛かりの〈開示〉と〈真相〉の〈隠蔽〉というダブルバインドによって、読者を宙吊りし一回性をもった特殊な事件に引き込んでいくである。こうした手法が成立するためには、〈真相〉に到るまでの事件の輪郭と描写は、小説のなかで事件に立ち会う作中人物の意識の範囲に忠実に従うこと——他は〈隠蔽〉されることが前提となる。この意味では、探偵小説において、作中人物（と読者）にとって見えない部分を意図的に作り上げるのは、その成立のための重要な要件であるといえよう。とくに、事件が終ったところから語り始める一人称形式を、三人称的〈終り〉に基づく現在進行形的事件に作り変えるようとする『贋貨つかひ』の翻訳では、作中人物（栗栖）の限定された意識の範囲から語るのは二重の意味において方法的な必然であったのである。

ただし、『贋貨つかひ』のすべての言説がこうした方法的意識によって貫かれているともいいがたい。例えば、事件のクライマックスで、尼子の死を目撃した栗栖がそこに居合わせた親族の前にはじめて姿を現わす場面は、「思ひがけなき此声に満座の男女《なんによ》は驚き呆れ覚えずアナヤと叫びつゝ、後の方を顧れば黄色の踊衣裳を被て仮面《きめん》をかぶりし一個《ひとり》の男が屹然として突立《つッたち》たり」（第七章）と語られる。語り手はそれまで一人称的に即《つ》いていた栗栖から離れ、場面全体を俯瞰する位置に立っている。そして、そこから栗栖を「一個の男」と距離をおいて対象化しながら、話を劇的に仕立て上げているのである。これは、語りの一貫性という観点からすれば矛盾といわなければならない。

　だが、こうした矛盾にはある重要な可能性が秘められているように思われる。つまり、三人称的に作り上げた作中人物に即しながら、かつ限定された視線・意識の範囲を越えずに語り、そしてさらにその人物を含む事件を俯瞰的に語る主体の位置の模索――いわば〈三人称限定視点〉を手中にする可能性をもっていた。無論、〈視点〉とは単に視覚的な〈見る〉位置のことではない。それを、語り手の作中場面・作中人物との新しい関わり方の謂であると捉え返せば、〈視点〉の獲得とは作中場面・人物との新しい関わり方を手にすること――『贋貨つかひ』に即せば、栗栖という作中人物の意識に沿いながら、かつそれを対象化し、そこから物語を展開させていくような〈語りの場〉の獲得を意味している。歴史的にいうと、小説の方法としての〈視点〉なる語を当時の逍遥はまだ手にしていたわけではない。しかし、この探偵小説『贋貨つかひ』の翻訳を媒介にして、その概念の指し示す直ぐそばまで到り着くことができたのではないか、と思われるのである。

　考えてみれば、ある過去の事件の諸相を継起的にある意味で歴史的に提示する探偵小説には、事件を秩序立てて物語るパースペクティヴという意味の〈視点〉が不可欠なのである。この意味では、探偵小説『贋貨つかひ』の翻訳は、そうした〈見る位置〉というより〈語る位置〉としての〈視点〉を獲得するための実験の場たりえているということができるのではないだろうか。

そして、このような試みを逍遥の表現史に即して振り返れば、問題は第一作『当世書生気質』に端を発していたと考えられるのである。いや、さらに遡れば最初のシェイクスピアの翻訳『該撒奇談自《じ》由太刀余波鋭鋒《ゆうのたちなごりのきれあぢ》』（東洋館、明治一七・五）にまで到り着く。周知のように『ジュリアス・シーザー』の翻訳の表現は、自ら「附言」で述べるように、「地謡」と「台辞《せりふ》」という二つの異なる〈声〉からなる「院本体」でなされ、その様式は脚本の翻訳ではない『開巻悲憤慨世士伝』（晩青堂、明治一八・二）の翻訳へも受け継がれていくことになる。こうした〈声〉へのこだわりは、人情本・滑稽本などを貫いている近世的な表現の特徴ということができるが、『当世書生気質』でも書生たちの「世態」は彼らの話すイントネーションを伴った「ことば」――〈声〉の再現からなされている。それらには、キャラクターに応じた〈語り〉が付され、作中人物の社会的階層的なアイデンティティをあらわにしていくという点では成功しているといえよう。

その一方において、小説を小説たらしめるには「脈絡通徹」が不可欠と考える逍遥は、読み本的な「兄妹再会」という〈筋《プロット》〉を同時に仕組もうとする。しかし、こうした〈筋〉をディエゲーシス（叙述）的に語る〈語り〉と、〈声〉のミメーシス（模倣）的再現とを統辞論的に統合させることはできなかった。のみならず、それは単に〈語り〉のレベルの不統一というだけでなく、逍遥にとって物語の構造的な破綻とまで意識されることにもなる。『当世書生気質』末尾の付言にはその間の苦悩が滲んでいる。

本来、逍遙のイメージする〈近代小説〉、例えば『慨世士伝』の原典である、リットンの『リエンジー』では〈声〉の模写すなわち作中人物の言説の再現と、語り手が作中人物たちの思考や感情を出来事化して語る、よりディエゲーシス性の強い「要約法」的な部分が交互に掛け合わせられて綴られている。そこには全体を支配する一つの統辞論に基づく〈三人称〉の語り手が確実に存在していた。これに対し、逍遙の小説家としての出発は、自らの著作におけるそうした〈近代小説〉的な〈語り〉の不在の自覚と、その模索から始まったといえるのである。そして、それは後に逍遙が〈小説〉という表現の方法を手放すまで続いていくことにもなる。

この意味では、『贋貨つかひ』の翻訳とは、新しい時代の小説にふさわしい〈語り〉の獲得の試み、つまり『種拾ひ』という〈一人称小説〉の試みの後にくる、『細君』(『國民之友』明治二二・一)の表現に到り着くための実験であった。もともと限定された意識の範囲を作り上げることが方法的必然である一人称の探偵小説X.Y.Z.を、『贋貨つかひ』として意識的に〈三人称〉で翻訳することは、〈近代小説〉に必要な〈三人称〉の〈視点〉による安定した〈語りの場〉を獲得するための、逍遙なりの表現上の最終的な試みであったということができるのである。

とするならば、一人称的な「予」ではなく「栗栖」という作中人物に〈同伴者〉的な位置を与えるという『贋貨つかひ』の三人称による翻訳の試みは、偶然の選択ではなく、同時代的な表現における〈人称〉の意味への関心と深く繋がっていたといえよう。いわば、時代の趨勢である〈同伴者〉的一人称に向かう形と表裏をなす、新しい表現の方法を獲得するための必然的選択だった。そして、この実験の成果は、『松のうち』[14]では、君八をめぐる〈謎〉が風間銑三郎の意識の範囲に即して語られることによりサスペンスとして仕立て上げられるのに生かされ、また、『細君』[15]においては、作中人物の限定された認識からの語りの組合わせ——的確な〈視点〉位置の組合わせによって、小間使お園と細君お種の悲劇を浮かび上がらせる高度な表現を可能にしていると思われるのである。[16]

こうした観点からすると、『贋貨つかひ』の翻訳は、〈翻訳〉でありながら、もしくは〈翻訳〉であるからこそ、逍遙の個人的な表現の試みであったと同時に、作中人物の意識に沿いながら、かつそれを対象化し、そこから物語を織り上げていく表現の模索、という当時の表現論的な問題意識と深く結び付いていたということができる。

ただし、逍遙のこの翻訳に対するイメージは単純ではない。むしろ、この翻訳を「有の儘《まゝ》」(「緒言」)の訳であると認識していたのである。翻訳でありながら〈逍遙的小説に似ている〉という逆説を含め、こうしたパラドクシカルな認識は、どのような問題を喚起しているのだろうか——。

三　言語交通《コミニユケーシヨン》としての〈翻訳〉

明治二十年は翻訳についての反省が相次いだ年でもあった。『贋貨つかひ』が掲載された『読売新聞』をとってみても、松屋主人（高田早苗）の「飜訳の改良」（明治二〇・三・二六）、両極道人（杉浦重剛）の「反訳《ほんやく》書の読者に一言す」（明治二〇・一〇・二五）と見え、後に逍遙から「英文如来」[17]と称された森田思軒も明治二十年の十月に「翻訳の心得」と題する論説を『國民之友』に寄せている。これらは当時急激に増えた「偽而非《えせ》洋学者」[18]を戒める意味が込められているのだが、例えば高田早苗は、進んだ西洋学問の翻訳の必要性を認める一方、「杜撰《づさん》なる飜訳書」が「原書の義理」を誤ったまま伝える弊害を危惧して、翻訳書の検査機関設立を提言、なかでも、「小説院本」の類いは、その「真味」を訳述することは望むべくもないことであり、「飜訳の名」を付すべきではないとまでしているのである。

こうした時代の雰囲気を察知してか、逍遙も『贋貨つかひ』の「緒言」で、ドライデンはじめ西洋の翻訳理論を受容する以前としては、数少ない自らの翻訳に対する具体的な言及をしている。それによれば、はじめは翻訳を分かりやすく「翻案《つくりかへ》て示すべきかとたゆたひし」としながら、「原書の面白味」をそこなわないために、また「原書の其儘に示す方が読者《みるひと》の心得になる」だろうとして、「有の儘に翻訳」することにしたというのである。

このような「有の儘」の「翻訳」を目指す態度と、「小説院本」の「飜訳」不可能性を指摘する高田早苗の考えとは、一見鋭く対立しているかのようで実はそう隔たってはいない。つまり、両者ともに原書にあくまで忠実であろうとすること、いいかえれば原文と訳文の関係を〈原型〉と〈コピー〉と捉え、異なった言語体系間において意味内容を変えることなく、等価に対応させるのが〈翻訳〉であると考えている。いわば、〈翻訳〉を「異なった言語体系の間（差異）における意味の同一性の問題[19]」として理解しているといえよう。この意味では、高田早苗と逍遙の違いは、その不可能性を前にしてそこに佇むか、翻訳者としての実践をとおしてそれを一気に飛び越えようとするか否かにあるのではないか。

しかし、実際の行き方はさほど単純ではない。「緒言」において「有の儘《まゝ》」を標榜しながら、実際の翻訳においては「贋貨つかひ」という理解の枠組みを意図的に作り上げ、また一人称小説を三人称に改めているのは既に見てきたとおりである。だが、表現上の変換はそこにとどまるのではない。例えば、原文は当時のアメリカの郵便制度をもとにした一種の郵便メディア小説ということもできるのであるが、それも巧みに変換されている。第一章では、「附《つけ》ていふ米国《アメリカ》の郵便制度は我国の制度とちがひて一々郵便を配達すること無く当人が局へゆきて請取《うけと》るべき定《さだめ》なり（下略）」という注が付され、両者の違いへ注意が促される。そして、それを踏まえて、ヒロインである丈次郎の恋人阿えんの登場も、「列車」「ステーションの待合」（原文では存在しない）という新たな交通媒体／物語媒体によって物語化されることになる。

『贋貨つかひ』の翻訳では、こうした物語の〈媒体〉でもあるメディアの「制度」的な相違も十分踏まえられている。というより、意識的なコード変換がなされていると考えられるのである。つまり、「有の儘」の翻訳は、語句のレベルでの置き換えだけでは成立しないことを認識していた。いうなれば、〈翻訳〉とは自己のシステムによって他者たる対象を吸収・変形し再構築すること――逍遙が繰り返す、テクスト内外の「我国《わがくに》」の制度、表現状況に原文を手繰り寄せること、という実践が為されていると思われるのである。「有の儘」のためには、「有の儘」に即《つ》くことはできない、そうしたパラドクシカルな鬩《せめ》ぎ合いを『贋貨つかひ』の翻訳のなかに読み取ることができるのではないか。

しかし、〈翻訳〉とは原典の文字通り「有の儘」の再現でなければならないというイデオロギーは、逍遙の時代に限られているわけではない。こうした〈翻訳〉論は、原典(文・語からなる)にはある〈一定の意味〉があり、それは別の言語の文・語によって〈同一の意味〉に置き換えることが可能であるという認識を前提にしている。今日の文学研究においても、やはり〈翻訳〉の問題が、〈起源〉としての〈原典〉に如何に忠実であるかに中心化され、オリジナルとコピーという形で〈閉じられた系〉の問題として考えられているように思われるのである。

それに対して、〈翻訳〉を言語学的側面から捉えようとするR・ヤーコブソンは、〈翻訳〉を①言語内翻訳――ことばを同一言語内のことばで言い換えること、②言語間翻訳――本来の翻訳、ことばを他の言語で解釈すること、③記号法間翻訳――ことばを他の記号体系で移し換えることの三つに分類する。これによれば、ここで問題にしている②の〈翻訳〉も他の〈翻訳〉と等しく、言語的コミュニケーション一般に関わる本質的な言語行為と位置づけられることになる。そして、ことば（言語記号）そのものの意味も、「「もとの記号がヨリ詳細に展開される記号」への翻訳に他ならない」[20]と、されるのである。

　こうした〈翻訳〉論に立てば、例えば『贋貨つかひ』の翻訳は、X.Y.Z. というテクストを「我国」における明治二十年当時のことばのネットワークで「移し換え」「解釈」すること、さらにインターテクスチュアリティの問題として捉え返せば、X.Y.Z. を当時の諸テクストのなかに呼び込むこと、いわば全的な引用と考えることができるのではないか。『贋貨つかひ』というテクストは、他のことば・テクストとの関係において意味性をもつ。この意味において、『贋貨つかひ』の翻訳は同時代の表現のなかに開かれている——。意識的であったか否かは別として、逍遙が示した実践にはそうした痕跡が刻みつけられていると思われるのである。

　この意味では、これまで翻訳とはオリジナル（起源）の等価的再現という観点から、「訳というよりも梗概」[21]（柳田泉）であるとして逍遙研究の片隅に不当に追いやられてきた『贋貨つかひ』の翻訳にこそ、重要な意味を見て取ることができるのではないか。すなわち、『贋貨つかひ』とその「緒言」の孕む捩れが露呈させる、翻訳されたテクストのもつ〈テクスト〉性と、〈翻訳〉というシステムの自己言及性とが、逆にそれ自身を片隅に追いやる古典的な翻訳研究を問い直す、新たな〈翻訳〉論の可能性をわれわれに示唆していると考えられるのである。原典という〈起源〉に過度に中心化された翻訳論を相対化する、開かれたテクスト分析に見合った新たな〈翻訳〉文学研究成立の契機が、『贋貨つかひ』という〈翻訳〉に見いだされるのではないだろうか。

第二章　韜晦する〈終り〉——二葉亭四迷『平凡』

一　自然主義と『平凡』

明治四十年末、『東京朝日新聞』に連載された二葉亭四迷の第三作『平凡』（明治四〇・一〇・三〇〜一二・三一）は思いのほか振幅の大きな評価がなされてきた。本文中で自然主義的な告白小説のパロディを宣言していながら、『帝国文学』の「時評」（明治四一・五）では、「特に青年の性慾衝動と、その力が理知を圧倒する様」が描かれているとされ「自然主義の代表的作品」であると位置づけられる。また「無解決といふことが、自然主義の特色である」[1]とする長谷川天渓によれば、『平凡』は「無脚色小説」の「好例」（「文芸時評」『太陽』明治四一・五）であると評価される。その一方で、自然主義の代表作家と目される正宗白鳥は「自然主義の刺戟によつて思ひついたものらしい」としながらも「さしたる深みも、厚みも、鋭さも、あるひは軽快な味ひも見られなかつた」[2]として、また時代がやや下ると「因襲打破、現実暴露」という「進歩的」な「精神」がみられないとして、前作『其面影』を含め「自然主義文学とは考へない」[3]（土井湧）と評されることになる。『平凡』は、善くも悪しくも当時一世を風靡していた「自然主義」という〈モード〉によって先ず捉えられ、その上で相隔たる評価がなされていたのである。

しかし、二葉亭自身はこの作品に対するイメージを全く違う地点から語っていた。二葉亭は『平凡』完結直後、『『平凡』物語」と題する談話筆記を『趣味』（明治四一・二）に発表する。例によって自作を「いや失敗して了《しま》つたよ」と自嘲気味に語り、その第一の原因を「あれは元来サタイヤをやる心算ぢやなかつた」、それが「サタイヤになつて了《しま》」つたとし、「本来堂々と正面から理屈をやるつもりだつたのが（中略）どうも冷嘲《ひやか》す様な調子になる」、「つひ終《しま》ひまで戯謔《ふざけ》通して了《しま》つた。その意味に於て全く失敗さ」と述べている。

二葉亭の「心算」ではトルストイの「クロイツェル・ソナタ」（一八九一）――姦通した妻を殺してしまった男が、車中で同席した人物にそのいきさつを懺悔の気持を込めながら追懐するという小説――が先ず念頭におかれていたという。二葉亭はそのすぐれたところを、作中人物の主義主張すなわち「理屈」の吐露だけで、「所謂描写《べうしや》などはまるきりやつて居らぬが、それでゐて実に面白い。読者を全然《すつかり》それに惹付けて了《しま》つて、力強き感銘《インプレッション》を与へる」点とする。『平凡』はこうした表現の方法を参照しながら、作中人物の「描写」によるのではなく、一人称的な〈語り〉によってその思想から人格までを表わすことを試みたと思われる。二葉亭はこの「クロイツェル・ソナタ」と比較しながら自作を次のようにも述べている。

〔「クロイツェル・ソナタ」の〕稍《やゝ》描写がかつた所は姦夫姦婦の通ずる一節だが、これとても正面からの描写では無い。で、全体を通じて描写の筆といふものはない。唯話を運んで理屈を言ふだけでゐながら深大の感銘を与へる（中略）。『平凡』が其所《そこ》を行かうとした以上は、と思つたが何《ど》うにも恁《こ》うにも持ち切れない。然し描写をやつては卑怯だと飽くまで我慢して来たのだが、とう〳〵仕方なしに逃げ出した。それが終《しま》ひのお糸さんとの一節さ。余り逃げ出し栄えもしなかつたかも知れないが……。（傍線は引用者による。以下同じ）

二葉亭は『平凡』執筆にあたり「描写」に極めて意識的だった。しかも、「クロイツェル・ソナタ」を目指して小説から「描写」なるものを周到に排除しようとしていた。しかしながら『平凡』が、はからずも「描写」的になってしまったところに大いに不満があるとしているのである。自然主義の文学理論の中核をなしているとされる〈描写〉的であったことが「失敗」の第二の原因であるとしているのだ。そこに『平凡』のディスクールを解く手懸りがある。

ならば、二葉亭のいう「描写」とはいかなる事態を指しているのか——。まず、二葉亭自ら「描写」へ「逃げ出した」とする「お糸さんとの一節」から考えてみなければならない。

二　語りと「描写」

『平凡』は次のように語り起こされる。

私は今年三十九になる。人世五十が通相場《とほりさうば》なら、まだ今日明日穴へ入らうとも思はぬが、しかし未来は長いやうでも短いものだ。過去つて了へば実に呆気ない。まだ〳〵と云つてる中にいつしか此世の隙《ひま》が明いて、もうおさらばといふ時節が来る。其時になつて幾ら足搔《あが》いたつて藻搔《もが》いたつて追付かない。覚悟をするなら今の中だ。

いや、しかし私も老込んだ。(後略)(一)

役所づとめの「腰弁当」の身である「私」は、不惑を来年に控え、改めてなすところなく過ぎ去った歳月と、すっかり「老込んだ」自分の姿に思い到る。そして、「見え透」いた「前途」を前にして、つい折にふれて「憶出し栄《ばえ》のせぬ過去」を「憶出して」しまう。「内職」の「安翻訳」の仕事に取りかかっている時も、「忽然として懐かしい昔が眼前に浮」び、「不覚其《つい》に現《うつつ》を脱かし、肝腎の翻訳」にも身が入らない。そこである日、「寧《いつ》そのくされ、思ふ存分書いて見よか」と、「内職の賃訳《ちんやく》が弗《ふつ》と途切れた」のを契機に「兎に角書いて見やう」と思い立つ。語り手は、纏いつく「過去」を振り払うために半ば自分に向けて、いわば自分を第一の読者として語り始めようとする。これが、この「懺悔談」執筆の一つの〈動機〉ということになろう。

一方、あとがきによるとこの小説は最終的に「稿本」のまま「夜店」で売られていたことになるのだが、昔の「文士」仲間の紹介で、この「原稿を何処かの本屋に嫁《かたづ》けて、若干《なにがし》かに仕て呉れる人が無いとは限らぬ。さうすりや、今年の暮は去年のやうな事もあるまい」という金銭的な思惑もあった。できることならば、どこかの「本屋」から出版したい……。こうした意味では、「凡そ人間在つて以来の文学者といふ意味」[4]を相対化するという『平凡』のメッセージ性を考えあわせると、文学を必要以上に神格化する不特定の文学享受者たちも、〈内包された読者〉として念頭に置かれていたということができる。かつ、先に引用した二葉亭の随想「『平凡』物語」がそうであるように、その記述の仕方は、どこかの雑誌記者を前にした寛いだ座談風の文体が選ばれており、明確でない読者と同時に、半ば自分に向けてコミュニケートするかのように語っている。『平凡』の語り手は思いのほか漠とした聞き手を想定しながら回想記を語ろうとしていたことになる。

これに対し「クロイツェル・ソナタ」の方は、ポズドヌイシェフという妻殺しの罪を負う人物が、同じ汽車に乗り合わせた「わたし」というもう一人の作中人物に向かって、眼前の聞き手の反応を確かめながら、諄々とあるいは狂熱的に過去の出来事を述べるという形で語られている。実際の会話を模したコミュニケーション回路がとられているのである。これによって、二葉亭のいう「理屈」——抽象的な女性論・夫婦論も一人の人間の思想として机上のものでないリアリティを帯びることになっている。この意味で、両者の語りの差異は明瞭である。『平凡』では、必ずしもはっきりとした聞き手を特定しないまま、過ぎ去った「昔」をあるいは懐かしみあるいは恥じ入りながら語るという語りのスタンスが一貫してとられているのである。そして、これが、むしろ二葉亭自ら禁じた「描写」へ容易に移行させることになっていると思われるのである。

「私」は中学卒業と同時に両親の反対を押し切って法律を学ぶため上京する。遠縁の小狐三平という人物の家で「書生」生活を送ったあと、初恋の相手雪江さんの結婚と前後するように文学に志す。一、二年ののち文壇でささやかな地歩を得た「私」は、作家としての更なる飛躍のため「人生に触れて主観の修養をしなければならん」と思い立つ。その折しも、下宿屋の女お糸さんに出会うことになる。「私」は「人生の研究」を名目に、父親の病気を横目にしながらお糸さんに近づいていく。

全体六十章中、終りの十章がこのお糸さんとの関わりに当てられているが、そのエピソードの前半は例えば次のように、確かに一定の時間の経過後の回想という大枠から語られている。

私がお糸さんに接近する目的は人生研究の為で、表面上性欲問題とは関係はなかつた。が、お糸さんも活物《いきもの》、私も死んだ思想に捉はれてゐたけれど、矢張《やつぱり》活物だ。活物同志が活きた世界で顔を合せれば、直ぐ其処に人生の諸要素が相轢《あひれき》してハズミといふ物を生ずる。即ち勢《いきほひ》だ。（五十六）

当時の「私」からすれば、お糸さんに「接近」するのは「人生研究の為」であったのだが、この回想記を記している〈今〉からしてみれば「活物同志」の「勢《いきほひ》」に巻き込まれる結果になってしまったと捉え返される。過去のある出来事を〈今〉という時間から意義づけようとする語りのスタンスはここでも忠実に守られている。

しかし、お糸さんとの仲が深まり決定的な関係へと進展する、新富座で観劇を楽しんだ晩の様子は次のように語られている。一足先に帰ったお糸さんは、父の重病を知らせる手紙を読んでいる「私」の部屋へそっと入ってくる。

今日は風呂日だから、帰つてから湯へ入つたと見えて、目立たぬ程に薄《うツす》りと化粧《けは》つてゐる。寝衣《ねまき》か何か、袷《あわせ》に白地の浴衣を襲《かさ》ねたのを着て、扱《しごき》をグル〳〵巻にし、上に不断の羽織をはおつてゐる秩序《しどけ》ない姿も艶《なま》めかしくて、此人には調和《うつり》が好い。

「一本頂戴よ」、といひながら、枕元の机の上の巻烟草を取らうとして、袂を啣《くは》へて及腰《およびごし》に手を伸ばす時、仰向きに臥《ね》てゐる私の眼の前に、雪を欺く二の腕が近々と見えて、懐かしい女の香が芬《ぷん》とする。（五十九）

語り手は、それまで多用してきた「〜た」という「全体を統合し回想するような視点を可能にする」[5]（柄谷行人）、いうなれば半生の懺悔を語るのに則した文末詞を改め、〈小説的現在〉を繰り返している。引用文頭の「今日」は新富座に行ったその日（今）であり、「懐かしい女の香が芬《ぷん》とする」のは「仰向きに臥《ね》てゐる私」（ここ）の眼前に「二の腕が近々と見え」るほど「女」が近づいてきたからである。あたかもその場に立ち会っている「私」の〈今〉〈ここ〉、またその時の〈感情〉に即するかのように語っている。いうなれば、状況指向的に語っているのである。と同時に懺悔するという語りのスタンスから微妙にはずれている。ここに二葉亭のいう「描写」的なるものへの傾斜があると思われる。

こうした特徴は、二葉亭が「稍《やや》描写がかつた」しかし「正面からの描写では無い」とする、「クロイツェル・ソナタ」の「姦夫姦婦の通ずる一節」との比較からも明らかである。ポズドヌイシェフは聞き手の「わたし」に向かって、妻と男が密会している部屋に押し入る場面を次のように語っている。

そっと忍びよるなり、わたし〔ポズドヌイシェフ〕はふいにドアを開けました。あの二人の顔の表情を、今でもおぼえていますよ。表情をおぼえているというのも、その表情がわたしに苦しいほどの喜びをもたらしたからです。それは恐怖の表情でした。まさしくそれこそ、わたしの求めるものだったのです。わたしの姿を見た最初の瞬間、どちらの顔にもあらわれた、あの絶望的な恐怖の表情を、わたしは決して忘れないでしょうよ。（原卓也訳、新潮文庫）

「わたし」はその場に居あわせた者、当事者としての記憶が呼びさまされるかのように状況指向的に語りながら、その一方で「今でもおぼえていますよ」と、発話している〈今〉〈ここ〉から離れることができない。はっきりとした聞き手を設け、あたかもその聞き手に向かって出来事を語っているというスタンスを崩してはいないのである。それが「正面からの描写では無い」とされる所以であろう。

これに対して『平凡』では、漠とした聞き手を想定しながら語るということにつながる語りの位相の自由な転換が、「描写」的なるもの、ないしは「描写」的なる印象を呼び込んでいる。語られる対象との距離の転換こそが「描写」を成立させる契機となっているといってもいい。二葉亭はこうした「描写」のシステムに自覚的であった。それ故、自作に不満を抱いていたのではないか。のみならず、『平凡』失敗の一つの原因をそこに求めていたと考えられるのである。

だが、こうした二葉亭の考えるところとうらはらに、『平凡』はまさに「描写」的なるがゆえに評価されてきたのである。

三　教科書のなかの『平凡』

教育者としても名望を得ていた、二葉亭の畏友坪内逍遙（雄蔵）は早くから国語の教科書編纂に関わっていた。外国の「読本」を翻訳編集した『挿画英文読本』（香雲書屋、明治一八・一二）から数えれば六種類に及ぶ。なかでも、『平凡』発表直後に刊行された、「口語体の修辞に力《つと》む[6]」ことを「編纂方針」の一つとした『中学新読本』巻一（明治図書、明治四一・一二）では、『平凡』の一部を「犬ころ」としていちはやく採用している。これが一つのきっかけとなって、明治・大正・昭和を通じ『平凡』の文章が幾度となく教科書に掲載されることになっていく[7]。

ただし、掲載された箇所は必ずしも同一部分というわけではない。だが、それらの取捨選択の傾向は容易に見て取ることができる。

教科書掲載時の題名をあげれば「犬ころ」「ポチ」「愛犬」「犬好きは犬が知る」「狗ころ」「子犬」「愛犬ポチ」「東京遊学」「門出」「祖母の思い出」と多様であるが、大別すれば「犬」についての思い出、「東京遊学」出発当日の心情、「祖母」についての記憶の三種になる。題名を一目して瞭然であるが、これらのなかでも圧倒的に多いのが『平凡』の十章から二十章までに該当する愛犬ポチをめぐる思い出である。かつ、これについてもおのずと傾向があり、十一章の雨の夜の迷い犬についてを中心にした「犬ころ」系と、十五章の放課後のポチと「私」の交流を中心にした「愛犬」系（例えば、藤村作編『増補大正読本』大日本図書、大正一・五）に分類できる。しかも、そのいずれもが先に指摘した二葉亭の考える「描写」的な箇所に当たっているのだ。いうなれば、「描写」的なる部分が「口語文」というジャンルとして、狙いうちされるかのように意図的に採られていたのである。

では、この「犬」との関わりは「私」によってどのように語られているか、詳しくみていくことにしよう。

犬についての回想は十章冒頭の「ポチは言ふ迄もなく犬だ」から始まる。これ以前の語り方が、両親の死をはじめ様々な経験を経た三十九歳の〈今〉から、過ぎ去ったいくつもの出来事を対象化し改めて意味づけ直そうとするような口吻であったとすれば、ここからは微妙に語りの質が変わっていく。

> 忘れもせぬ、祖母の亡なつた翌々年の、春雨のしと〳〵と降る薄ら寒い或夜の事であつた。宵惑《よひまどひ》の私は例の通り宵の口から寝て了つて、いつ両親は寝に就いた事やら、一向知らなかつたが、ふと目を覚すと、有明が枕元を朦朧《ぼんやり》と照して、四辺《あたり》は微暗《ほのぐら》く寂然《しん》としてゐる中で、耳元近くに妙な音がする。ゴウといふかとすれば、スウと、或は高く或は低く、単調ながら拍子を取つて、宛然《さながら》大鋸で大丸太を挽割《ひきわ》るやうな音だ。（十）

「或夜の事であつた」とまず概括するように回想し、そのあと、「微暗《ほのぐら》く寂然《しん》とし」た〈薄ら明り〉のなかに入り込み、「私」は「妙な音」を耳にする。その音は今はない父の鼾《いびき》なのであるが、その父の鼾を思い起こすことで、子供時代の自分の記憶・感覚が呼び覚まされ、そこに引き寄せられている。そして、それをきっかけに、語る〈今〉との時間的・空間的連続性は切れ、幼い日の感性に寄り添いながら叙述されていくのである。いわば、対象との距離の転換。同時にそれ以降、「〜た」という中立的な回想を暗に示す語尾から、「音がする」「礑《はた》と止む」「スウと鳴る」というその場に居あわせていることを指示する〈現在形〉が重ねられていくことになる。

そして、そうした子供時代の自分の耳に「幽かにキャン〳〵といふやうな音が聞こえる」のである。幼い「私」にはその音が気になってしまってなかなか寝付くことができず、目を覚ました母に「如何したんだらう？」と問うてみる。そして暖かい「夜着の中」から、捨てられた子犬の姿に想像をめぐらす。これ以降の部分が、逍遙編の『中学新読本』をはじめとする「犬ころ」系では中心的に採られている。

寝られぬ儘に、私は夜着の中で今聴いた母の説明を反復《くりかへ》し〳〵味つて見た。まづ何処かの飼犬が椽の下で児を生んだとする。小ぽけなむく〳〵したのが重なり合つて、首を擡《もた》げて、ミイ〳〵と乳房を探してゐる所へ、親犬が余処《よそ》から帰つて来て、其側へドサリと横になり、片端から抱へ込んでベロ〳〵舐ると、小さいから舌の先で他愛もなくコロ〳〵と転がされる。転がされては大騒ぎして起返り、又ヨチ〳〵と這ひ寄つて、ポツチリと黒い鼻面《はなつら》でお腹《なか》を探り廻り、漸く思ふ柔かな乳首を探り当て、狼狽《あわ》てチウと吸付いて、小さな両手で揉み立て〳〵吸出すと、甘い温《あつた》かな乳汁《ちち》が滾《どく》々と出て来て、咽喉へ流れ込み、胸を下つて、何とも言へずお甘《い》しい。

（十一）

「私」は母の愛情に守られていた幸福な日々の記憶をもとにしながら、犬の親子の慈愛に満ちた様子を思い浮かべる。二つの親子はパラレルな関係にあるといえよう。「母の説明を反復《くりかへ》し〳〵味つて見」ている「私」は、「温《あつた》かな乳汁《ちち》」を飲んでいる「小狗《こいぬ》」たちの様子を想像し「何とも言へずお甘《い》しい」と、思わず「小狗《こいぬ》」に焦点化しながら語ってしまっている。視覚的な「描写」を超えた「小狗」たちの感触を生き生きと伝えている。

この部分について、畑有三は「小いぬに同化した立場をとりながら描かれている。この部分のリアリティを支えているのは小いぬに対する作者自身の愛情であろう」(8)としている。無論、「愛情」によって細部が支えられていることは間違いない。しかし、こうした説明だけでは、『平凡』の突出した表現の特質を捉えるのには不十分ではないか。さらに、もう一方の教科書掲載部、十五章の「放課」後のポチとの様子から考えてみることにしよう。

ポチもだいぶ大きくなったのちのことである。「放課の鐘が鳴る」と「私」は、遊びの約束やらふざけっこやらをしている友人たちを尻目に「側視《わきみ》もせずに切々《せつせ》と帰つて来る」。すると、いつものようにポチが「門前」で「私」の帰宅を待っている。

家の横町の角迄来て擽《くすぐツ》たいやうな心持になつて、窃《そツ》と其方角を観る。果してポチが門前へ迎へに出てゐる。私を看附《みつけ》るや、逸散《いつさん》に飛んで来て、飛付く、舐《な》める。何だか「兄さん！」と言つたやうな気がする。若し本包《ほんづつみ》に、弁当箱に、草履袋で両手が塞がつてゐなかつたら、私は此時ポチを捉《つか》まへて何を行《や》つたか分らないが、其が有るばかりで、如何《どう》する事も出来ない。拠《よん》どころなくほた〳〵しながら頭を撫で、遣るだけで不承《ふしよう》して、又歩き出す。と、ポチも忽ち身を曲《くね》らせて、横飛にヒヨイと飛んで駆出すかと思ふと、立ち止つて、私の面《かお》を看《み》て滑稽《おどけ》た眼色《めつき》をする。追付くと、又逃げて又其眼色《めつき》をする。かうして巫山戯《ふざけ》ながら一緒に帰る。（十五）

「擽《くすぐつ》たいやうな心持」という内部感覚、「窃《そツ》と其方角を観る」「私の面《かお》を看《み》て滑稽《おどけ》た眼色《めつき》をする」という視感覚・眼差し、「飛付く、舐《な》める」「撫で」るという触覚、さらに「横飛にヒヨイと飛んで駆け出す」という運動感覚――これらの、子ども時代の記憶と知覚・感覚を手繰り寄せることによって、ある日の放課後の様子が活気に満ちた臨場感をもって再現されている。こうした軽やかなフットステップが、子ども時代の自分のみならず、「小狗《こいぬ》」に焦点化しながら「小狗」の感覚で語るという表現を可能にしているといえよう。いわば、知覚表現のレベルでの「子ども」が、定式化した表現を活性化させる一つの媒介項になっているのである。必ずしも、〈客観〉を目指しているのではない。

　これは、同時代の自然主義的「描写」意識とは明らかに異なっている。自然主義文学の代表的描写論である「平面描写」を展開した田山花袋は、自らの描写論を集大成した「描写論」(9)（明治四四・四）において、次のようなイメージを述べている。

描写―描くといふことの目的は、趣意を伝へたり、筋を語つたりするのではない。又、事件を伝へるのでもない。眼から頭脳に入つて生々として居る光景をそのまゝに文の面に再現させて見せやうとするのである

それによれば、「描写」のためには何よりもまず〈主観〉を排し、「眼から」入った「光景をそのまゝに文の面に再現させ」る――つまり、対象化機能のもっとも強い〈視覚〉に特権的な位置を与え、そこから対象を「傍観」するかのように語られなければならない、とされる。メタのレベルから語ることが「描写」を成立させると考えていたのである。

無論その一方で、文学における主観的な要素をいかに表現するかも問題にされていた。しかし、『平凡』のそれは、主観と客観を神秘主義的にあるいはロマン主義的に一致させようというのとも遠く隔たっていた。語り手をメタ化するのではなく、語り手の〈心的状態〉を媒《なかだち》にして、そこから様々な知覚に焦点化しながら、〈現在形〉を基本として巧みに語られているのである。

それは、むしろ「写生文」的といえるのかもしれない。(10) 福田清人はこうした犬の叙述に漱石の『吾輩は猫である』を連想しているが、(11) 周知のように漱石は「写生文」を考える上で「作者の心的状態」に注目すべきだとしている。『平凡』と同年に発表した「写生文」(『読売新聞』明治四〇・一・二〇)では、

写生文家の人事に対する態度は貴人が賤者を視るの態度ではない。賢者が愚者を見るの態度でもない。君子が小人を視るの態度でもない。男が女を視、女が男を視るの態度でもない。つまり大人が子供を視るの態度である。両親が児童に対するの態度である。

として、必ずしも対象を〈客観〉化するのではない、「大人が子供を視る」ような「心的」な微妙な距離を問題にしているのである。こちらは「作者」（写生文家）と〈対象〉についてであるが、『平凡』で試みられている語りのスタンス――〈語り手〉と〈対象〉の玄妙な距離のとり方ともズレながら重なりあっているといえよう。

こうした意味では、『平凡』の一部が明治大正期の教科書に採られるにあたり、俳句・短歌の「写生」を散文にまで及ぼしたとされる「記事文」「叙事文」という範疇に分類されていたのも、必ずしも偶然のことではないのである。

四　『平凡』の〈終り〉

では、何故、こうした他ならぬ「描写」的あるいは「写生」的な部分が、「口語文」として教科書に頻繁に採られることになったのだろうか――。

それは、第一義的には、「犬」という親しみのある題材であること、また内容が平易であることが中等学校初学年の教材に適していると判断されたからだと考えられる。だが、それだけではなく、そこには明治四十年前後の「口語文」教育のありようも関わっていると思われる。

当時の中等学校の作文教科書のいくつかを繙いてみると、例えば、上田万年著『中等教科作文法上巻』[12]（明治四二）では、「文体」は「語法上」「構想上」「修辞上」の三点から分類できるとし、「語法上の種類」に「口語文」「普通文」「候文」をあげている。しかし、「口語文」については、わずかに「「暖である」「暖でございます」の如く、現代の口語に標準を設けて書ける文章をいふ」とされるのみで、具体的に触れられてはいない。これに対して鹿島浩・安武磯喜共編『新撰中学文範一』[13]（明治四三）では、「文の種類」を「記事」「叙事」「日記」「紀行文」に分類し、「記事文と叙事文」について「耳目に触れ、心に惑ずる事物を有りのまゝに記述する文を記事・叙事の文と称する」として、その具体例に「長谷川四迷」の『平凡』の一部が掲載されているのである。教科書によって取り上げられ方が全くちがっているのだ。これらは当時の「口語文」教育のゆれそのものを示していると思われる。

一方、大正期になると、高木武著『中等作文教本巻一』[14]（大正一三）では「口で話す通り、文に書きあらはしたものを口語文といふ」として、ありのままに書くという教育がなされることになる。第一課、その名も「ありのまゝに書くこと」という章では、どんな文題に出あつても自分の感想を、口で話すやうに書きあらはしたら、文は、わけもなく出来るのであつて、文を作るといふことは決して、むつかしいことではないのである。これをむつかしいことのやうに思ふのは、自分の感想を、口で話すやうに、ありのまゝに書きあらはす練習をしないからである。

とされている。「自分の感想を、口で話すやうに、ありのまゝに書きあらはす」――こうした教育と語り手の感性・感覚を手繰りよせながら、「思ふまゝに筆を運ばせた」[15]とされる『平凡』の表現が見事に引き合っている。特に座談的な要素も教科書と『平凡』の結びつきを促していると思われる。『平凡』は当時の作文教育において模範とすべき文章であったのである。とするならば、二葉亭の「口語文」の試みは、言文一致体の先駆とされる『浮雲』だけがクローズアップされ、明治二十年代の問題として取り上げられることが多いのだが、むしろ明治四十年代以降の教育に深く関わっていたことにこそ注目すべきなのではないか。

　しかし、これまでの研究では『平凡』が表現論の側面から取り上げられることは稀であった。その評価はもっぱら二葉亭の個人史と結びつけ論じられることが圧倒的に多い。同時代的な言及に遡れば、例えば自然主義を強く推し進めた長谷川天渓は、二葉亭への追悼文で『平凡』の末尾を問題にし、「彼れ〔二葉亭四迷〕が生命は『平凡』の末段に於けると等しく、多くの将来を貽《のこ》して、突然切断せられぬ。「一寸お話中に電話が切れた恰好」とは、実に好く彼れが最後を表象するもにあらざるか」[16]と述べている。こうした言説が後の研究でも長らく当然のように踏まえられてきたのである。それは、作中人物と書き手を等身大に対応させるという、まさに〈自然主義〉的な眼差しから自由ではないということを意味していよう。

改めて『平凡』末尾を引用すれば、次のように記されていた。

（略）況んやだらしのない人間が、だらしのない物を書いてゐるのが古今の文壇の、、

（終）

二葉亭が申します。此稿本は夜店を冷かして手に入れたものでござりますが、跡は千切れてござりません。一寸お話中に電話が切れた恰好でござりますが、致方がござりません。

「二葉亭」と名乗る虚構化された〈作者〉の顔出しという戯作風の手法を使いながら、物語内容をもう一度相対化してみせる。異なったレベルの〈語り〉を導入することで、なんとか苦しい決着をつけようとしているかのようである。これは、二葉亭自身が批判的に享受した坪内逍遙の『当世書生気質』の結末にもみられる、近世的な戯作の残滓をのこす常套的な〈終り〉方だといえなくも

ない。しかし、問題はそこにとどまらない。語り手みずからが自己韜晦することにより、文学の価値を過大評価する文壇に対する批評的位置を得ているといえるのではないか。自然主義的な物語の実践をしてみせながら、むしろギリギリのところで自然主義文学をパロディ化し距離をおく。そのことにより、批評性を担保している。こうした『平凡』のディスクールを支えているのが、自然主義的な表現と一線を画した巧みで自在な〈語り〉のスタンスの取り方だと思われるのである。むろん、この、小説の〈終り〉に出現した〈語り〉と「描写」における〈語り〉の位相とは遠く隔たるものではない。

「描写」とは〈語り〉の調律の仕方、語られる対象との距離の転換によってなされる――。そこに十分意識的だった〈非凡〉なる語り手によって達成された『平凡』のディスクールにこそ、われわれは改めて目を向けていかなければならないのではないか。

第三章　勧善懲悪小説的な〈終り〉——夏目漱石『虞美人草』

『虞美人草』を論ずるにあたって、この小説が勧善懲悪的であるか否かは、ことのほか大きな問題であるようだ。江戸から夏目漱石を読み返すと宣言する小谷野敦にとっては当然のことかもしれないが、[1] 近年出色の『虞美人草』論である水村美苗の論も、問題の発端を「『虞美人草』は「勧善懲悪」があるから失敗作なのではなく、そこにある「勧善懲悪」が破綻しているから失敗作なのである」[2]というところにおいている。時代を遡れば、漱石研究においてそれまでなされてきた「否定的評価」に対して、「再検討の機運」[3]を作ったとされる平岡敏夫の論考も、「「虞美人草」が一種の勧懲小説であることは動かぬところであろう」[4]という前提から展開する。『虞美人草』論は「勧善懲悪小説」であるという「評価から出発する他はない」[5]とする西垣勤も同断である。この意味では、漱石みずから語る「文学は矢張り一種の勧善懲悪であります」(「文学談」[6])という「勧善懲悪」なる枠組みは、嵌るにしろ、外すにしろ、論者の想像力を刺激するフレームとして有効に機能しているといえるのかもしれない。ここでは、『虞美人草』を論ずるにあたり「勧善懲悪」のもつ意味から考えていくことにする。

一 「勧善懲悪」という枠組み

『虞美人草』の小説作法には古風な根っこが残っている。物語の展開からすればノイズのような過剰な語り、鋳型にはめたような作中人物たちの性格と行動、すべての問題にケリがついてしまう大団円。どれをとっても、日本の近代小説成立期、いやそれ以前に逆戻りしたかのような印象を受けてしまう。こうした、『虞美人草』の〈古さ〉を論ずるおりに、しばしば召喚されるものとして、正宗白鳥の「夏目漱石論」[7]がある。『虞美人草』の語りを「近代化した馬琴」とする白鳥は、「才に任せて、詰らないことを喋舌り散らしてゐる」、「どのページにも頑張つてゐる理窟に、私はうんざりした」と言ってはばからない。正宗白鳥（一八七九〜一九六二）たちの世代にとって、善きにつけ悪しきにつけ、小説を理解する参照項として『南総里見八犬伝』が依然健在であったということは見やすいことであろう。

この白鳥より一世代上で、小説改良にあたり、やはり滝沢馬琴の『八犬伝』を念頭においていたのは、いうまでもなく坪内逍遙（一八五九〜一九三五）であった。逍遙は文学の歴史をジャンルの進化論的な変遷として考え、その最後に現われたのが「小説《ノベル》」である、しかも「勧懲小説」を乗り越えた「模写小説」こそが「小説」のあるべき姿だとする。逍遙は『小説神髄』（明治一八〜一九）のなかで、馬琴が述べた「小説の法則」「一に主客、二に伏線、三に襯染《しんぜん》、四に照応、五に反対、六に省筆、七に隠微」を踏まえて、「小説の脚色中」で「忌む」べきの第八として「学識誇示」を上げている（「脚色《しくみ》の法則」）。これは、文字どおり「作者が学識を誇示する事」で、逍遥は「我が国の小説家にては曲亭馬琴もつとも此類の病に富めり」とする。白鳥は、『虞美人草』の語りに馬琴の「病」を見ているといえよう。

また、白鳥は作中人物の一人宗近の人物造型についても、次のように述べている。

この一編には、生き〳〵した人間は決して活躍してゐないのである。（中略）宗近の如きも、作者の道徳心から造り上げられた人物で、伏姫伝受の玉の一つを有つてゐる犬江犬川の徒と同一視すべきものである。「虞美人草」を通して見られる作者漱石が、疑問のない頑強なる道徳心を保持してゐることは、八犬伝を通して見られる曲亭馬琴と同様である。知識階級の通俗読者が、漱石の作品を愛誦する一半の理由は、この通常道徳が作品の基調となつてゐるのに本づくのであるまいか。

宗近は「作者の道徳心」の「模型《いがた》」から作られた人物であり、作者の「頑強なる道徳心」の発現に過ぎない。それは『八犬伝』における、仁義八行を体した八犬士のごときものであり、この作品の基調となっている「通常道徳」が、読者に「愛誦」される理由であると同時に、作中人物たちが「生き〳〵」と「活躍」する妨げになっているというのである。ここでも、明治十年代的な小説の改良を企図した『小説神髄』の言、「『八犬伝』中の八士の如きは、仁義八行の化物にて、決して人間とはいひ難《がた》かり」（「小説の主眼」）が二重写しに見える。

こうした正宗白鳥の批評と『虞美人草』との詳細な対照はさておくにしても、文学者の小野、哲学専攻の甲野、法科出の宗近という三者の価値観、行動、発想は、この専攻の枠にそっくり沿って表象されているのは間違いない。これらの人物は、最初に割り振られた学問的な枠を踏み越えるようなことはないのである。ある意味で、専攻による喩は有効に生かされているともいえるのだが、まさに「模型」から作られた人物であり、小説のダイナミックな展開の障害になっているように思われる。

また、古めかしさでいえば、馬琴に限らず人情本のパロディであった二葉亭四迷の『浮雲』も連想させる。『浮雲』が坪内雄蔵の名を冠して発表されたことは広く知られているが、第三回「風変りな恋の初峰入　下」では、お政と下女が家を空けている折に、文三とお勢が噛み合わないながら気持を交わそうとする場面がある。内気で口べタな文三は、自分の思いをなかなか口に出せない。しかし、お勢の挑発とくすぐりによって、内気な文三もついにその思いを告白しようとする、そのすんでのところではぐらかされ話は頓挫する。この場面を、プレテクストとして『春色梅児誉《しゅんしょくうめごよ》美《み》』（一八三二～三三）を念頭において理解すれば、男性の「丹治郎」が、巧みな甘言によって、女性たちを手玉にとり、その気持を自分に差し向けるという「人情本」的恋愛パターンの、まさに逆の構図が繰り広げられていることになる。それが、ひいては選ばれなかった男の内面を語るという

『浮雲』の新しさを成立させる契機にもなっていくのだが、『虞美人草』における藤尾と小野のきわどい会話も、この『浮雲』の構図との意外な類似性が指摘できる。

藤尾は、自身を道成寺伝説の清姫、小野を僧安珍に見立てて挑発する。


「ホヽ、私は清姫の様に追つ懸けますよ」

男は黙つている。

「蛇《じや》になるには、少し年が老け過ぎてゐますかしら」

時ならぬ春の稲妻は、女を出でゝ男の胸をするりと透した。色は紫である。

「藤尾さん」

「何です」

呼んだ男と呼ばれた女は、面と向つて対座して居る。六畳の座敷は緑り濃き植込に隔てられて、往来に鳴る車の響さへ幽《かす》かである。寂寞たる浮世のうちに、只二人のみ、生きてゐる。（中略）茶縁の畳を境に、二尺を隔てゝ互に顔を見合した時、社会は彼等の傍《かたへ》を遠く立ち退いた。

呼ぶは只事ではない、呼ばれるのも只事ではない。生死以上の難関を互の間に控へて、羃然《べきぜん》たる爆発物が抛げ出されるか、抛げ出すか、動かざる身体の二塊《ふたかたまり》の焔である。

「御帰りいつ」と云ふ声が玄関に響くと（下略）（一二）

思わせぶりな女の態度に引き込まれて、つい男は自分の気持を打ち明けようと女の名を呼ぶ。その瞬間、留守だった母が帰宅する。『浮雲』でいえば、意を決した文三が「お勢さん」と震声《ふるひごゑ》で名を呼んで、「今一言の言葉の関」を越えかけたその折しも母が帰ってくる場面と重なる。口達者な女性が主導権をにぎり、男性の告白を誘うが、家人の邪魔でそれが中断する。しかも、文三も小野も英語を家庭教師しており、教える／教えられるという師弟間の権力関係は成り立っているのだが、男女間の力関係は逆転してしまっている。藤尾と小野の「人情」は、『浮雲』的恋愛の範疇にあるといってもいいのかもしれない。

しかし、白鳥が依拠する『小説神髄』的な論理に照らして古めかしいからといって、必ずしも「勧善懲悪」的ということにはならない。また、人情本的な記憶を呼び起こす古風な小説作法に則っていることが、すなわちその小説の瑕瑾《かきん》となるわけでもない。先行するテクストを引用しパロディ化するのは、小説のあり方として当然のことであり、むしろ、新しさを生み出すこともある。では、何故『虞美人草』が「勧善懲悪」的に見えることになるのか。

二　アレゴリー小説としての『虞美人草』

『虞美人草』の語りには、先にも示したような過剰な饒舌がある。それは、語り手の顔出し、読者への挨拶、自ら語ろうとする物語への自己言及という形で、うるさいほど現われている。この語りのあり方自体が「近世」的といえばそういえるのであるが、『坊つちやん』において参照したとされるディケンズはじめ、ヨーロッパの十八、九世紀文学との類同性も指摘できる。しかし、こうした語り口のなかでも、『虞美人草』において目立つのは、作中人物への趣味・好悪をはっきり述べ立てている点であろう。

兄欽吾を無能呼ばわりする藤尾と母の辛辣な噂話を叙したあと、語り手は次のように述べる。

（八）

此作者は趣なき会話を嫌ふ。猜疑不和の暗き世界に、一点の精彩を着せざる毒舌は、美しき筆に、心地よき春を紙に流す詩人の風流ではない。（中略）たゞし、地球は昔しより廻転する。明暗は昼夜を捨てぬ。嬉しからぬ親子の半面を最も簡短に叙するは此作者の切なき義務である。

この母娘に対する語り手の風当たりはことのほか厳しい。ふたりの、継子に対する「猜疑不和」をあらわにする「趣なき会話」は描きたくはないが、作者の「義務」として「親子の半面」を叙するのだという。これについて、いま一度『小説神髄』から引用すれば、「小説の作者たる者」は一旦「仮作りたる人物」であれば「其感情を写しいだすに敢ておのれの意匠をもて善悪邪正の情感をば作設《つくりまう》くることをばなさず只傍観してありのまゝに摸写する心得にてあるべきなり」（「小説の主眼」）とされる。これに対して、漱石は小説を著わすためには、「作者が作中の事件に就いては黒白の判断を与へ、作中の人物に就いては善悪の批評を施さねばならない」(「文学談」)と確信をもって明言している。こうした考えを踏まえれば、『虞美人草』の語り手が、作中人物に善悪好悪の批評を付するのは当然のことなのかもしれない。

ただし、語り手のコメントは、善悪好悪にとどまるものではなく、その作中人物が背後に背負っている同時代的なコンテクスト・社会的位置も包まず説明してくれる。

文学者であり、詩趣を解しているとされる小野については、とくに容赦ない説明が加えられる。「文明の詩は金剛石《だいやもんど》より成る」(十二)として次のように述べる。

詩人程金にならん商売はない。同時に詩人程金の入る商売もない。文明の詩人は是非共他《ひと》の金で詩を作り、他の金で美的生活を送らねばならぬ事となる。小野さんがわが本領を解する藤尾に頼《たより》たくなるのは自然の数《すう》である。あすこには中以上の恒産があると聞く。腹違の妹を片付けるのに只の箪笥と長持ちで承知する様な母親ではない。(十二)

小野をとおして、俗世間から遠く離れているようで俗に即いている「文明の詩」のありよう、「文明の詩人」のありようを諷していると思われる。また、その恋の相手である藤尾については、「藤尾は己れの為にする愛を解する。人の為にする愛の、存在し得るやと考へた事もない。詩趣はある。道義はない」(十二)と評され、「セータン〔サターン〕の耳を切る地獄の風」を「我《プライド》！

我《プライド》！」（十二）と聞く近代人のエゴのありようを表わしていると考えられる。さらに、甲野についていえば、哲学者的ともいえる、藤尾母子を含めた現実社会に対するスタンスの取り方そのものが、「二十世紀的」な世界への距離として文明批評になっているようにみえる。表層的なキャラクター、人物配置、出来事の裏側に別な意味や観念を寓しているかのような語りぶりである。むしろ寓意的な読みを、暗にしかも積極的に求めているといったらいいのかもしれない。事実、研究者をふくめ多くの読者は、そうした要請に応えるようにこのテクストを受容している。

一般に、寓意――アレゴリーはギリシャ語の「別様に語る」に由来し、表現の背後にレベルの異なった意味体系を盛り込むことを指している。こうした小説作法は、日本において、いまだ実現していない政治的未来を語るのに相応しいと考えられたためか、明治十年代の「政治小説」にとくに顕著にみられる表現方法であった。例えば、最初の政治小説とされる戸田欽堂の『民権演義情海波瀾』（聚星館、明治一三）では、魁屋阿権《さきがけやおけん》という芸者と和国屋民次《わこくやみんじ》という青年との恋路が、それに横恋慕する豪商国府正文《こくぶまさぶみ》との関係をとおして描かれ、最終的に国府正文（政府）が身をひき和国屋民次（国民）と魁屋阿権（権利）の結婚を祝う経緯がまさにアレゴリカルに示されている。一見すると個人的日常的な恋愛譚を、抽象化された政治の領域の出来事として迂回しながら語っているのである。

むろん、歴史的にみれば、アレゴリー的発想あるいは方法は、古くはギリシャ神話や聖書も貫く、文学ジャンルを越えた広範多岐にわたる表現技法であった。中世ヨーロッパにおいてとくに盛んだったとされるが、近代においては、漱石も『文学評論』で好んで取り上げたスウィフトの『ガリバー旅行記』(一七二六)のように社会的・政治的諷刺の方法として意識的に試みられている。一方、アレゴリカルな表現法またそれに基づく解釈法は、基本的には小説の背後に盛り込まれた事象と、現実との対応関係を想定しながら意味づけることを前提にしていながら、それでいて、その対応関係は因果論的なものではなく暗示的に提示するにとどまる。それゆえ、多様な解釈の余地を残すことになるのである。

この意味では、『虞美人草』のアレゴリカルな解釈には、平岡敏夫がいうような「政治小説の系譜につらなる「文明」批判」(8)というところにとどまらない。水村美苗のように「藤尾的なもの」に「英文学的なもの」を見いだし、『虞美人草』の構図を「中国と英国の対立」と考えることも可能である。

漱石の「藤尾的なもの」に対する嫌悪は、何よりもまず、漢籍から文学に入った人間が、人生の途中で、まったく異質の文学に出会わざるをえなかった世界史的必然から生まれたものとして把握されるべきである。(9)

この場合、「漢文学」が称揚されるべき「善」で、「僕は英国が大嫌ひあんな不心得な国民は世界にない」(10)という漱石の言を踏まえれば、「英文学」が常に排除されるべき「悪」ということになる。

また、後半、とくに倫理の問題がせり上がってくるこの小説では、極めて単純化すれば人物配置の背後にも「善」（「道義」）と「悪」（反＝「道義」）のアレゴリカルな戦いを容易に読みとることができよう。反＝「道義」的な藤尾と小野の恋愛は潰え、宗近のいう「真面目」の前に屈服する。「善」の勝利というわけだ。この意味では、「別様に語る」という単にアレゴリー的なあり方を超えて、「善」と「悪」との二項対立からなる倫理的な世界観を含み込む、まさに「勧善懲悪」的布置がしかれているというべきだろう。しかも、先に引用した「文学は矢張り一種の勧善懲悪であります」（「文学談」）という漱石自身の言もある。こうした理解の受け皿が「勧善懲悪」小説と読まれる道筋を準備しているのではないかと考えられる。

ただし、一口に「勧善懲悪」といってもさまざまな水準の「勧善懲悪」がありえると思われる。飯田祐子の指摘するように、新聞小説である『虞美人草』は家庭小説として受け容れられていた可能性が高く(11)、わかりやすい通俗的な「道徳」によって「黒白の判断」（「文学談」）がつけられていることが、家庭小説的な「勧善懲悪」主義という理解につながっていると推測される。また、高木元によれば「読本」において「勧善懲悪」は、「構成上要求された原理で、作者と読者を結ぶ暗黙の約束である〈仮説された理法〉として機能していた(12)」とされる。「勧善懲悪」は倫理的なイデオロギーであるというより、物語を構成する「理法」のように機能しており、それは読者との間でも広く共有され、物語理解の大枠にもなっていたというのである。こうしたジャンルの記憶が『虞美人草』を「勧善懲悪」と認識させるコードとして働いていたと考えられる。眼差す角度によってアレゴリカルで様々なレベルの「勧善懲悪」小説と見えることになるのである。

ならば、『虞美人草』を古めかしい「勧善懲悪」的だから失敗作であると、一義的にいうことはできない。家庭小説としては成功したともいえるし、漱石が「文学談」で述べるように、小説のなかで自己の倫理を展開する小説は、多かれ少なかれこうした傾向を持っているとも考えられる。また、「勧善懲悪」は小説を構成する「理法」、あるいは小説を理解する準拠枠として機能していたともいえる。ゆえに、「勧善懲悪」的であるか否かは小説の出来を計る物差しにはなりえない。

では、作者自らが失敗作と意識する原因はどこにあったのか。それは「美文」的としばしば指摘される語りの問題と関わっていると思われるのである。

三 『虞美人草』の結末

『虞美人草』の物語進展の契機は二つある。一つは、井上孤堂・小夜子父子の東京への引っ越しであり、もう一つは、宗近の外交官試験及第であろう。宗近が試験に合格することにより、海外赴任まで一ヶ月というタイム・スケジュールが決まり、もともと行動的であった宗近の精力的なアクションがはじまる。それによって、それまで影で進行していたこと、あるいは言語化されずそれぞれの心の奥に沈んでいたことが明るみに出される。宗近自身と藤尾の関係、藤尾と小野の関係、小野と小夜子の関係、そして甲野と糸子の関係がそれである。これに呼応するように、大団円に向かって物語は一気に加速していく。ただし、この宗近の外交官試験合格は全十九章中の第十六章で明らかにされるのであり、すべての問題が決せられる大団円が十八章であることからすると、なんとも慌ただしい終息を迎えることになる。

それと同時に、「美文」的といわれる饒舌な語りは、少しずつ影を潜めていく。一口に「美文」といってもさまざまな形のものがあり得るが、『虞美人草』においては、漢文学的な詩想をベースに高踏的な位置から俯瞰するように、かつシニックに人事を批評的に語る語り口とでもいったらいいか。語尾は「である」「〜した」という口語文で統一されてはいるが、その文体は明らかに文語文に属するものである。そこにはある種の伝統的な美意識、倫理、世界観が織り込まれており、柄谷行人によれば「「もの」を描くというよりも、彼〔漱石〕の言語的フェティシズムが縦横に発揮される[13]」と評される。

では、こうした「詩趣」と美意識を重んずる語り手は、十六章以降、軽薄児から正義の徒に変貌し、急激に影響力を増すに到る宗近をいかに叙述することになるのか。注意深く見てみると、あれほど饒舌でシニックだった語り手は、この「真面目」という通俗的な倫理の代弁者に対して、コメントらしいコメントを付していない。むしろ、小説の解釈コードを示しこれまで能弁だった語り手は後退し、物語の中心にせり上がってきた宗近が体現する「真面目」という理念が、他の作中人物たちを動かす動力となっている。「文学者」あるいは「詩人」としての陰影を感じさせる小野をも改心させ、「道義」とは無関係に生きている藤尾まで塗り込めていく。小野に、藤尾との恋愛を断念させ、小夜子と「徳義上」の結婚をすすめる宗近は、次のように説得する。

「僕が君より平気なのは、学問の為でも、勉強の為でも、何でもない。時々真面目になるからさ。なるからと云ふより、なれるからと云つた方が適当だらう。真面目になれる程、自信力の出る事はない。真面目になれる程、腰が据る事はない。真面目になれる程、精神の存在を自覚する事はない。天地の前に自分が厳存して居ると云ふ観念は、真面目になつて始めて得られる自覚だ。真面目とはね、君、真剣勝負の意味だよ。（中略）実を云ふと僕の妹も昨日真面目になつた。甲野も昨日真面目になつた。僕は昨日も、今日も真面目だ。君も此際一度真面目になれ。人一人真面目になると当人が助かる許《ばかり》ぢやない。世の中が助かる。――どうだね、小野さん、僕の云ふ事は分らないかね」（十八）（傍線引用者）

具体的な内実が明らかにされないまま「真面目」が連呼される。ここにロジックはない。しかし、宗近の「真面目」な語り口によるのか、具体性のないままに、あるいは具体性がないがゆえにか聴き手である小野を「真面目」に巻き込んでいく。「家庭的な婦人」（六）として登場した糸子が、十八章できっぱりとした自信に満ちた態度をもって欽吾の母に接する大胆な変貌振りも同様である。物語の収束の道筋は、語り手の言ではなく一作中人物である宗近の言動に寄りかかっている。強引といえば強引な筋道がつけられているといえよう。

ここには「虞美人草はいやになつた。早く女を殺して仕舞たい」（高浜虚子宛の書簡[14]）という、書き手である漱石の願望が表われているのかもしれない。物語は、それまで基調であった美文的で高踏的語りに反するかのような、通俗的な社会道徳の勝利という結末に一気に向かっていく。小説の展開からいえば、十九章の甲野の日記で述べられる「功利」に対する「道義」の優位も宗近の論理を補強するものでしかない。こうしたバランスの崩れかけたあやうい強引さは、物語の不整合あるいは破綻と意識されていたのか、漱石はこの自作に対して「出来栄よろしからざるものに有之」（高原操宛書簡[15]）という印象を終生持ち続けた。『虞美人草』における錯綜した俗な人間関係は、「美文」という天上から俯瞰する語り（視点）では語りきれなかったというのか。そして、終りを急げば急ぐほど、いよいよ「勧善懲悪」という「作者と読者を結ぶ」「仮説された理法」（木田元）に引き寄せられ、「善」なるものを体現する宗近の言に依拠せざるをえない。この意味では、性急な〈終り〉（幕引き）と「美文」の語りの消失は無関係ではなかったといえよう。

＊　＊

周知のように、『虞美人草』以降、漱石は二度と「美文」的な語りを選ばなかった。『坑夫』では場面内的な位置に立つ写生文的な語りを選び、『三四郎』では視点人物として三四郎という熊本出の青年を選ぶ。『彼岸過迄』では、三人称と一人称が意識的に組み合わせられ、『行人』『こころ』では書簡、手記を重ね合わせることによって多元的な焦点化を試みている。漱石は常に新たな語りの創出をめぐって精力的な実験を試みているといっていい。そして、こうした小説改良の原点にあるのが、『虞美人草』の苦い失敗の意識であったのではないだろうか。大正二年、『虞美人草』のドイツ語訳を出版したいという高原操の申し出を「単に芸術上の考よりはとくに絶版に致し度と存居候[16]」と強く固辞している。だが、漱石自身が「該著作は小生の尤も興味なきもの[17]」と述べるのとうらはらに、「美文」的語り、あるいは「勧善懲悪」的な〈終り〉からの離脱という、意識的な小説改良の重要な起点になっているのは間違いないと思われるのである。

第四章 〈暴力〉小説の結末——芥川龍之介『藪の中』

一 〈物語〉の〈場〉

芥川龍之介『藪の中』（『新潮』大正一一・一）を原作とした映画『羅生門』（大映、一九五〇・八）は、日本映画としてははじめて国際舞台で数々の賞を受賞し[1]、監督黒澤明の名とともに日本映画の評価を高からしめた。なかでも、文字どおり『藪の中』の「藪」に意味を見いだした黒澤は、その視覚化に力を注ぎ、演出の仕方が古びてしまった現在においても、「藪」の映像の新鮮さはいまだ失なわれていない。しかし、黒澤の苦心はここにとどまっているのではない。周知のように橋本忍の原作どおりの脚本に、第四の物語つまり事件の一部始終を目撃したとされる木樵りの話と、舞台を設定した〈羅生門〉に捨てられた赤児のエピソードを付けくわえたのである。これについて黒澤は、淀川長治との対談において、「第四話とラストがぼくの創作ですよ。子供のあれがなくて三つの話だけだと作品にならならないんです[2]」と述べている。そこには上映時間の長さという問題もあったと思うが、『藪の中』の一読者でもあった黒澤は、投げ出された三つの話だけでは〈物語〉が成立

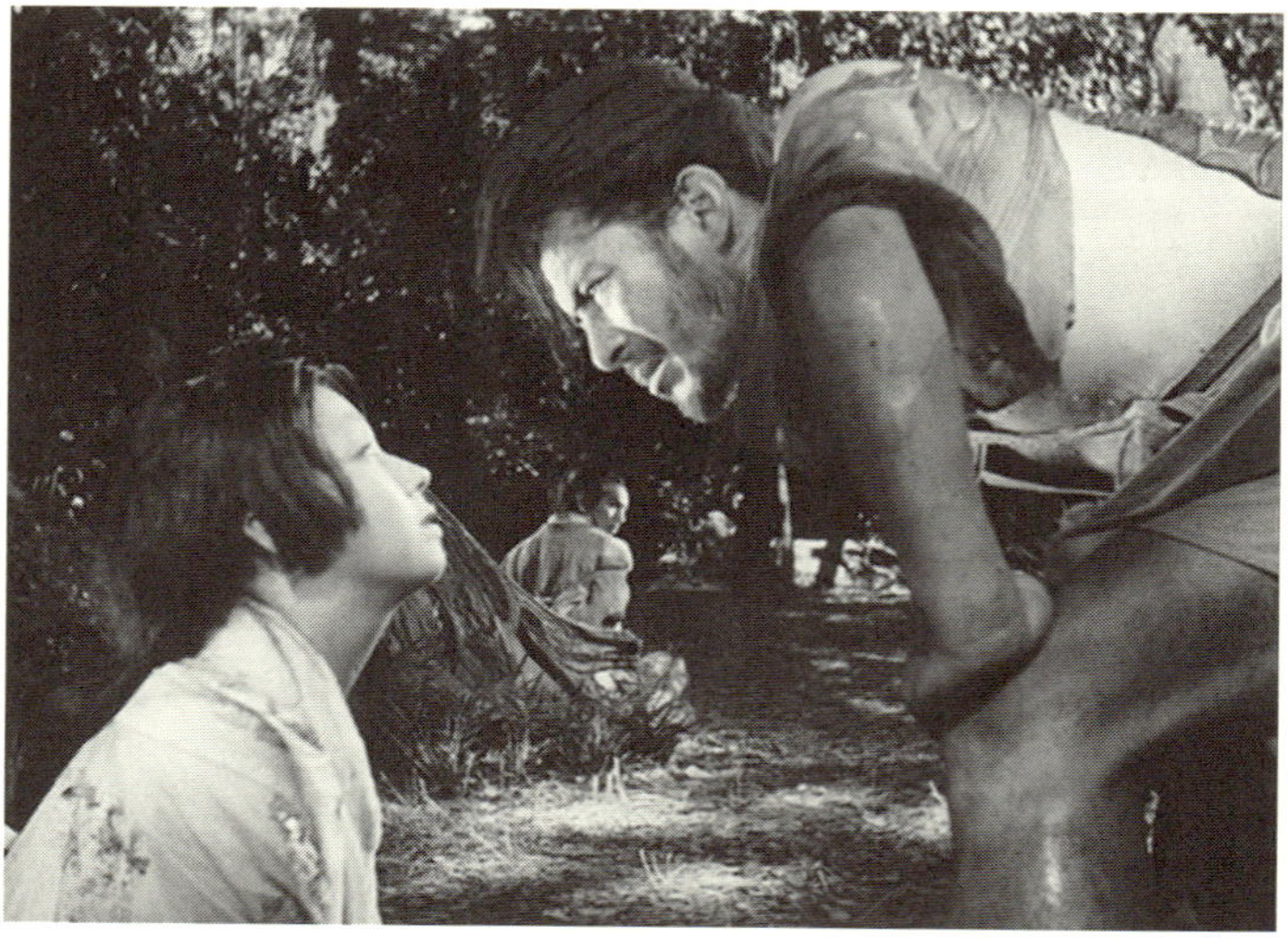

図5　黒澤明監督『羅生門』（大映，1950）の一場面（『羅生門』Ⓒ1950角川映画）。

しないと考え〈藪の中〉の〈真相〉を付けくわえたのであろう(3)。

ただし、こうした読みの問題は映画制作上に限られたことではない。〈真相〉がありうるのか否か——、文学研究の場でも『藪の中』が発表されて以来しばしば問題にされてきている。例えば、今日の『藪の中』研究隆盛の呼び水ともなった中村光夫と福田恆存の論争もここから始まっているのである。簡単に振り返ってみると、中村の述べるところは「三つの「事実」が、どれも同じ資格で並列されているのでは、読者はどれが本当なのか」分からず、これでは「活字の向うに人生が見えるような印象(4)」を与えることができない、と言うのである。これに対して福田は「『藪の中』の主題」は「事実、或は真相といふものは、第三者の目にはつひに解らないも

のだといふ事だ」[5]と述べ、〈事実〉〈真相〉は必ずしも必要としないとしながらも、

真相は恐らくこんな事ではなかつたか。多襄丸は目的を達してしまふと、持前の残忍さから全く無目的に武弘の胸を刺し、大笑ひしながら逃げ去つたであらう。

という一つの「事実」を付け加えている。というより、「話の筋道に矛盾があつてはならない」という中村の主張を肯定する福田は、〈一つの「事実」〉を付け加えずにはいられなかった、と思われる。このような小説への接近の仕方は、「危機に直面した人間の自己暴露」という「主題」を提示しながらも、「事件の真相」として〈武弘の自殺〉説を補足する高田瑞穂の論[6]とも共通する。ここには、『藪の中』を前にした黒澤が感じた戸惑いと近いものがあるのではないか。

そして、こうした雰囲気は、この後大岡昇平の「真相さがしはどうでもいい」ということは「対象たる作品の虐殺ではないだろうか」[7]という強い意見もあって、まさに〈藪の中〉の〈真相〉探しという『藪の中』研究の大きな潮流を形作っていくことになる。三島譲は、これらの諸説を、①「多襄丸証言が真とする説」、②「武弘を真とする説」、③「三者とも虚偽だとして真相を再構成しようとするもの」に分類、検討した上で、一九八四年の執筆当時すでに「真相は不明だとの見方がほぼ定着しつつあるように思われる」[8]という研究の動向を示している。しかし、〈藪の中〉の〈真相〉を究めようという試みは、ここにとどまらず、この後も安東璋二の「『藪の中』の真実」（『語

学文学』一九八六・三）、笠井秋生の「『藪の中』再論──真相究明は果たして〈徒労〉か」（『梅花短大国語国文』一九八九・七）と綿々と引き継がれているのである。

　では、こうした議論の成果はどうなっているのだろうか。数の上からいえば、最も優勢なのが「武弘を真とする説」である。その論拠について見ると、例えば大岡は、「死者は生者のように、現世に利害を持っていない」、「三つの陳述の最後におかれている」また「武弘の陳述は、他の二人の陳述にはない描写的文章がある」[9]という、主に〈外側〉からの判断をあげている。これに対して、笠井秋生は、「武弘の〈死霊〉の陳述が、多襄丸と真砂の陳述に対して抱いた〔読者の〕疑問を解消し、藪の中で演じられたドラマを筋道の通ったものにしているという点にこそ、その信憑性は求められねばならない」[10]と話の「筋道の矛盾」の少なさという、もっぱら〈内側〉から論じている。さらに、長野甞一によると「作者芥川はこの武弘の心境に大きなシンパシイを寄せているふしが見える」[11]ともされている。

　ただし、これと同時に「多襄丸の証言が真とする説」も存在する。例えば、村橋春洋は、「『藪の中』はあくまで物語として読まれるべきである」としながら、「真砂と武弘の独白の部分が事実として構成されていないことは明白であると思われる」と「矛盾」を指摘し、「多襄丸の話を偽りとする根拠は作品から見出せない」[12]と述べているのである。また、中村光夫は「この紳士的盗賊は、作者自身の、とは云えなくとも、作者の思想のもっとも直接な分身」[13]であるとし、芥川と多襄丸を重ねた上で「テーマ」を導き出している。

両者の論のうち、どちらが正しく、どちらが誤りであるとも今ここでにわかには判じ難い。むしろ問題なのは、この相矛盾する二つの説が同じレベルで立論されている——、さらにいえば同じ論拠をもって成立しているということにある。つまり、『藪の中』というテクストは複数の〈真相〉を同時に浮上させていることになるのである。

また、ここでなされている小説分析の手続き——多襄丸、真砂、武弘、それぞれの陳述から共通点・「符合する状況や場面」[14]を抜き出し、整合性のない部分を捨て去って一つの〈真相〉を作り上げ、そこからテーマを引き出すという「消去法的」[15]な検討は、小説の〈読み〉の実態から遠ざかっているとも考えられる。小説を〈読む〉とは『藪の中』に限らず、むしろ読者が細部の意味を捨てること無く、いわば〈加算法〉的に付け加えることによって様々な紋様を織り成していくことであるといえる。

こう考えるならば、やはり、一つの〈真相〉にすべてを収斂させることには無理があるということになる。この意味では、海老井英次が述べる「〈真相〉は〈創造〉の次元にある」[16]という意見は首肯できる。海老井は次のように指摘する。

三人のモノローグの一致点を集めたり、矛盾する部分を削除したりして、三人が現実にくり広げたであろう事実を確定しようとしたりするのは、もとより徒労なのである。[17]

ただし、このように〈整合性〉〈真相〉を求めることは「徒労」であり、断念すべきだと論じて『藪の中』研究に一石を投じた海老井が、最終的には一義的な意味づけをしていることは興味深い。海老井は、次のように述べている。

夫の目の前で盗賊に凌辱された人妻の人間的極限状況を場として、結局は主観的にエゴイスチックにしかその人生を生きられない、相対化され、それゆえに多様化されてしまった、近代個人主義に基づく人生の認識を表出しようとした[18]（後略）

つまり、『藪の中』とは、人は「主観的にエゴイスチックにしか人生を生きられない」という「認識」を表出した小説である、としているのである。これは、〈真相〉を求めないとする側でも、〈真相〉を与えると同じような一義的な意味――いうなれば違うレベルの〈真相〉を与えていることにはならないか。無論、〈エゴイズム〉の表出は『藪の中』のある重要な部分を占めており、それを第一義と考えることは可能である。しかし、こうした一つの〈意味〉に置き換えられた瞬間、『藪の中』の持っている喚起力・衝撃力はすっかり抜け落ち、他の小説と同等の〈安全な小説〉に転じてしまうのではないか。のみならず、唯一の〈真相〉のみを追求することは、『藪の中』から立ち上がる他の〈物語〉を意識の世界から締め出してしまうことになるのではないか。この意味では、三島譲が述べるように「作者芥川龍之介がこの作品の中で「主題」などという方向性を持つ主張を決しておこなってはいない」[19]と考えるのが、むしろ積極的な読みといえるかもしれない。

しかし、また三島が指摘するように「如何なる読み方をも許容するところにこそ、『藪の中』という小説の独特の性格を求めるべきだ」というのも不十分である。それは、一つにはどのような〈読み〉も許容するというのは、『藪の中』だけの特性とは必ずしも言えないという一般論からであり、また、「如何なる読み方をも許容する」――つまり、一つの〈真相〉〈見方〉に収斂することができないということ自体が、既に『藪の中』というテクスト内部の意味の一部とされてしまっていると考えられるからである。互いが互いの話を打ち消すような独白が投げ出され、一見読者の物語化の欲望を引き延ばし宙づりにしておきながら、最後には一気に反転し、唯一の〈真相〉はありえないということ自体も全体を支える意味（物語）の一部と理解させてしまう不可思議な喚起力を『藪の中』は持っている。ここでは、『藪の中』の特質を、いくつもの〈声〉が〈抗争〉として提示され、ズレながら互いに打ち消し合いながら、また〈中心〉に誘うかのようでいて故意に引き延ばしはぐらかしながら、読者に〈二重拘束《ダブルバインド》〉を強い〈宙吊り〉にする、そのような〈場〉が意識的に開示されていると考えることで十分だと思われる。

中島一裕は、「作者の意図は、三つの陳述が互いに矛盾対立し、なおかつ三つの陳述のいずれもの心理的必然性とリアリティをそなえているような物語を作り出すところにあった」[20]と述べている。これを一歩進めて、むしろ、読者に緊張の持続を強いる〈はぐらかし〉〈矛盾〉〈不可解性〉こそが、それぞれの陳述の生々しさと迫真性を支えていると考えられるのではないか。

ただし、「当事者三人の陳述はそれぞれ等価的に並列されて」[21]（海老井英次）いるという指摘は、ある意味では正しくある意味では十分ではない。というのは、いわゆる「落ち」「どんでん返し」が好んで付された芥川的小説から考えてみても、『藪の中』というテクストも構成上、〈終り〉に向かう線条《リニア》的な〈読み〉が暗に要請されているように思われるからである。周知のように、『藪の中』は七人の作中人物の陳述から成り立っているが、これらは単独で有意味性を持っているのではない。ズレながら重なりながら、しかも線条的に読まれる時間の継起とともに意味を産出する。言ってみれば、時間的空間的に前に置かれた陳述は、インターテクストのように後に置かれた陳述に入り込み、正に〈加算法〉的に意味生成の一部を担っていくと考えられるのである。読者は矛盾するまま投げ出された陳述を読み進めていくうちに、必ずしも一つの〈真相〉に向かう「物語」だけでない、さまざまな「物語」を紡ぎ出しながら終息に向かっていくことになる。

　ここでは、こうした「等価的に並列」しながらも〈意味〉の重なりを持っているという観点に立って、〈真相〉の追求のために無意識の世界に追いやられた、『藪の中』の世界を支えているもう一つの〈物語〉を考えていくことにする。

二　〈藪の中〉の〈暴力〉

『藪の中』における七つの陳述は、しばしば事件の当事者と非当事者に分けられ論じられている。

表記の上からいっても、その間には両者を分け隔てる「＊＊＊」という記号が付されており、おのずからそこには大きな断層があるといえる。これを踏まえて、例えば山口幸祐は、「木樵り、旅法師、放免、媼、の「物語」は、局外者のものであり、彼等の証言によっては事件の輪郭しか明らかにされない(22)」と、はじめから限定的な位置を与えている。また、海老井英次は「多襄丸と二人の出会いを始点として一つの現実のドラマが展開され、その帰結として武弘は死んだ(23)」と、当事者三人をもとにして「ドラマ」を概略している。無論、海老井が述べるように、『藪の中』を「主観的にエゴイスチックにしかその人生を生きられな」い、「近代個人主義に基づく人生の認識を表出しようとした」小説と読む観点からすれば当然のことである。しかし、こうした陳述の分類は必ずしも固定的なものではない。

山科から関山の方へ向かって月毛の馬とともに歩いていた武弘と真砂を、その途中で見かけた人物として「旅法師」がいる。それは、「昨日」の「午頃《ひる》」とされるからには、多襄丸がすれ違った「昨日の午少し過ぎ」の直前ということになる。この後、武弘が変死し真砂が行方不明になったことからすれば、最終目撃者ということになろう。この法師を生前の武弘に直接出会った人物と捉えれば、多襄丸に限りなく近い位置に立つことになる。

その時の旅法師の記憶はかなり鮮明である。武弘の弓矢について「黒い塗り箙《えびら》へ、二十あまり征矢《そや》をさし」ていたと証言している。しかし、女については「牟子《むし》を垂れて居りましたから、顔はわたしにはわかりません。見えたのは唯萩重ねらしい、衣の色ばかりでございます」とはっきりと述べ立ててはいない。法師は、女を〈見なかった〉――もしくは、法師には女は〈見えなかった〉。言い換えれば、法師と〈見えない存在〉である女との間には交わるべき何ものもなかったのだ。だから、女との間に起こるべき〈事件〉は存在しえなかった。ただし、この意味は、ここにとどまるのではない。つまり、後の多襄丸が女を〈見たこと〉、あるいは多襄丸には女が〈見えたこと〉とを明確に差異化し、読者に〈見ること〉の有徴性を示していくことになるのである。こうして考えてみると、確かに〈事件〉は多襄丸と女の出会いから始まったとしても、〈物語〉は法師は〈見なかった〉、もしくは法師には〈見えなかった〉というところから既に始まっていると思われるのである。

多襄丸は、その出来事を次のように述べている。

わたしは昨日の午少《ひる》し過ぎ、あの夫婦に出会ひました。その時風の吹いた拍手に、牟子《むし》の垂絹が上つたものですから、ちらりと女の顔が見えたのです。ちらりと、――見えたと思ふ瞬間には、もう見えなくなつたのですが、一つにはその為もあつたのでせう、わたしはあの女の顔が、女菩薩《によぼさつ》のやうに見えたのです。わたしはその咄嗟《とつさ》の間に、たとひ男は殺しても、女は奪はうと決心しました。（傍線引用者、以下同じ）

「ちらりと女の顔が見えた」瞬間、多襄丸は「女は奪はうと決心」する。〈見えたこと〉が、両者の関係を決定づけ多襄丸を行動に駆り立てていくのである。ただし、ここでは多襄丸は〈見た〉ではなく、〈見えた〉と対象との受動的な関わりを指示しながら述懐していることに注意しなくてはならない。というのは、女を「手に入れ」て初めて多襄丸は女を〈見る〉ことになるからである。多襄丸は「どちらか、生き残つた男につれ添ひたい」という女（真砂）の言葉を聞いて、思いもかけず男を殺す気になる。取り調べの検非違使に向かって多襄丸は、次のように述べる。

きつとわたしはあなた方より、残酷な人間に見えるでせう。しかし、それはあなた方が、あの女の顔を見ないからです。殊にその一瞬間の、燃えるやうな瞳を見ないからです。わたしは女と眼を合せた時、たとひ神鳴に打ち殺されても、この女を妻にしたいと思ひました。

多襄丸は女を力ずくで奪うことよりも、「女と眼を合せ」ること——つまり「燃えるやうな女の瞳」を〈見た〉ことによって大きな驚きに打たれる。そして、ここでなされた〈見る〉というより能動的な行為によって、思いもかけない自分と出会い、さらに新たな行為に駆り立てられていく。多襄丸は、「ぢつと女の顔をみた刹那」「男を殺さない限り、此処は去るまいと覚悟」を決め、かつ、男を殺すのも「卑怯な殺し方」は選ぶまいと決意するのである。

こうして考えてみると、〈見る〉という行為は『藪の中』というテクストにおいて大きな意味をもっているということができる。多襄丸は〈見る〉という行為によって自分自身を新たな段階へ押し進めていき、それと相似形に読者はその〈見る〉という行為を〈読み〉のコード（行為コード）として『藪の中』に新たな〈物語〉を織り上げていくことができるのである。

＊　＊

では、当の真砂はどのような位置に置かれているのか――。多襄丸の言によれば、「藪の外へ逃げようとする」多襄丸の腕へ「縋りつき」次のように叫んだという。

　あなたが死ぬか夫が死ぬか、どちらか一人死んでくれ、二人の男に恥を見せるのは、死ぬよりもつらい（後略）

多襄丸が終始〈見る〉位置に立っているのに対し、はじめから真砂は自分を「見せる」――〈見られる〉位置に置いているのである。ここには多襄丸の意識が反映されていると思われるが、こうした位置づけは真砂自身の「懺悔」でも繰り返され、〈見られる〉という行為が極点に達する。〈見る〉意識から〈見られる〉意識へ――多襄丸の「白状」の記憶をもとに真砂の「懺悔」を読み解いていくことにしよう。

「手ごめ」にされた後、真砂が最初に思いやるのは「縛られた夫を眺めながら、嘲るやうに笑」う多襄丸の〈眼差し〉に対する夫の「無念」さである。真砂は思わず走り寄ろうとするが、多襄丸によって蹴倒されてしまう。「丁度その途端」、夫の眼に宿っている「何とも云ひやうのない輝き」

を覚ってしまう。

何とも云ひやうのない、——わたしはあの眼を思ひ出すと、今でも身震ひが出ずにはゐられません。口さえ一言《いちごん》も利《き》けない夫は、その刹那の眼の中に、一切の心を伝へたのです。しかも其処に閃いてゐたのは、怒りでもなければ悲しみでもない、——唯わたしを蔑んだ、冷たい光だつたではありませんか？　わたしは男に蹴られたよりも、その眼の色に打たれたやうに、我知らず何か叫んだぎり、とうとう気を失つてしまひました。

〈見られる〉存在は夫ではなく自分であった。真砂は、思いもかけない夫の〈眼差し〉に射竦められ、一方的に〈見られる〉存在に追いやられる。この位置は、真砂が主体的に選んだわけではない。しかし、夫の眼の「蔑んだ、冷たい光」をはね返すことができずその場に卒倒してしまう。しばらくして気が付いたときにはもう多襄丸はいなくなっていたが、夫の眼の色は少しも変わっていない。「やはり冷たい蔑みの底に、憎しみの色」さえうかべ、〈見つめ〉ているばかりである。ここに、真砂のなかに夫への殺意がめばえることになる。

この夫への同情から殺意への心理的メカニズムは、様々に論じられている。影山恒夫は、「恥を見た夫を死に追うことによって恥を消滅させようというエゴイズムと居直り」[24]を見、佐々木雅発は「夫の「蔑《さげす》」みを峻拒すべく夫を殺害しようと」[25]したと読んでいる。また、両者の間に交わされる

〈視線〉から、「真砂は武弘の眼の中に、自己の内的衝動〔殺意〕を読んでしまう(26)」とする山口幸祐、また両者の対立の元凶は「視線の認知という心理的行為のすれ違い(27)」とする溝部優実子の指摘もある。ただし、追いつめられた真砂が心中を迫っても「それでも夫は忌はしさうに、わたしを見つめてゐるばかりなのです」と繰り返されるように、両者は〈見つめ〉合ってはいない。真砂は、夫の侮蔑の〈視線〉を意識しているだけである。とするならば、あくまで一方が一方を〈眼差し〉ているという、その視線の方向性も考え合わせなければならないのではないか。

周知のように、サルトルは対他的存在としての人間のありようを説明する基本概念として、他者の「眼差し」を取り上げている(28)。人間は個としては「対自存在」であるが、他者の存在と出会うことによって、自己は他者の意識の対象ともなりうる。この他者の意識をとおした自己が「対他存在」であり、自分がどう見られるかは、自分を〈眼差す〉他者の自由に委ねられる。この意味で、眼差しが向けられることは「対自存在」として〈自由〉な〈主体〉である〈私〉の存在が奪われることになり、〈私〉が他者を〈眼差す〉ことは他者の〈自由〉を奪い取ることになる。サルトルによれば、眼差し合うとは、互いに〈自由〉を奪い取り合うこと、「一方が支配者としての地位を獲得するまでの無言の闘争(29)」とされている。

ひるがえって、多襄丸と真砂、武弘と真砂の間には争うべき権力関係の「闘争」は有り得ただろうか。サルトル風にいえば、〈眼差さ〉れた真砂は、一度でも〈眼差し〉返しただろうか。それは、見てきたとおりである。真砂は、はじめから所与のものとして徹底的に〈見られる〉位置に置かれていた。いってみれば、一方的に〈男〉たちの〈眼差し〉によって射竦められ、主体の〈自由〉が奪われてしまっていた。R・D・レインは、他者の〈眼差し〉によって「対他存在」に転落させられることを「石化」と呼んでいる。それは、「人が石に変えられるほどの恐怖の一特殊形態」であり、「生きた人間から死んだ物に」、「行動の人間的自律性を欠いた死物、石」[30]に変えられるような恐れを内蔵しているという。この意味では、真砂は多襄丸からは個人としてではなく性的欲望の対象として物化されてしまう〈恐怖〉、また夫である武弘からは人間から遠く隔たった非人格として〈排除〉されてしまう〈恐怖〉に晒されていたといえよう。

とするならば、女性の社会的存在は男に〈見られ〉ること、自らを見られる対象に転化することによって決定されるとしばしば指摘される如く、[31]『藪の中』というテクストには、まさにそうした〈見る〉者／〈見られる〉者という半ば規範化された男と女の関係が、〈暴力的〉に発現しているといえるのではないか。〈見られる〉側に一方的に追いやられた真砂の人格は剥奪され、男たちの〈眼差し〉と〈抗争〉すべき言葉も持ち得ず、不当な沈黙に押しやられる。それは、まさに〈暴力〉的と言わざるを得ない。

また、「暴力の概念とは、第三項排除である」とする今村仁司は、「あらゆる個物（存在者）は互いに原初的暴力（排除）を揮いあう」[32]とし、なかでも「眼と視覚は圧倒的に排除と物象化の原動力である」[33]と述べている。こうした観点に立てば、夫武弘は手ごめにされた妻を、手ごめにされたという意味において自己と交わる線のない「他者」として〈眼差し〉、〈暴力〉的に〈排除〉しているといえよう。ここには、力づくで相手の自由を奪うという目に見える〈暴力〉のみならず、目に見えない、セカンドレイプともいえるもう一つの〈暴力〉が三人の関係を横断していたということができるのである。

こうした状況に置かれた真砂に対する批評に次のようなものがある。中村光夫は、先にも引用した『藪の中』から」[34]で、「この作品のもっとも重要なテーマ」は「強制された性交によっても、女は相手の男に惹きつけられることがあるということ」と断じ、「この夫によれば、彼の妻は、性感と甘言によってだけ動かされる、動物的存在であり、(中略)このような女性を愛していた彼が、人生に絶望するのは当然です」と述べている。論の当否はここでは問題にしないが、少なくとも〈見られる〉側ではなく〈見る〉側に立って立論されていることは指摘できる。多襄丸を「紳士的盗賊」とする中村からすれば当然のことなのかも知れないが、レイプがしばしば加害者の〈目〉から報道されがちであるように、〈暴力〉を発動する側からの〈眼差し〉で見つめていると思われるのである。この意味で〈藪の中〉の〈暴力〉に加担している。ただし、それは中村の論に限ったことではない。武弘の語ることだけを〈真相〉とする説もこうした傾向を抜き去りがたく持っている。とするならば、『藪の中』というテクストは読む側の〈暴力〉をも引き出しているといえるのではないだろうか。

ミシェル・フーコーは十八世紀以降、「性についての知と権力の特殊な装置」が発展し、「性」を監視・管理する時代に入ったとする。そのプロセスとして「まず女性の身体は、隅から隅まで性的欲望《セクシュアリティ》の充満した身体として分析され、つまり評価され貶め(35)られ、「病理学」の対象とせられたと述べている。つまり、女性の身体が「ヒステリー」として〈病〉を内包していると位置づけられ排除せられたのである。『藪の中』の受容のされ方も、こうした歴史的な見方と無関係ではない。それは中村の論を繰り返すまでもない。無論、書き手である芥川龍之介とてその「権力装置」から自由であったとは思われない。しかし、論ずる側にそうした対象のありようを意識的に対象化する〈眼差し〉がなければ、やはりその「権力装置」に加担しているということになるのではないだろうか。この意味では、『藪の中』はまさに「権力構造」・「権力装置」を顕在化させるテクストであり、これまで問題にされることのなかった不可視の〈暴力〉によって支えられているということができるのである。

三　閉じられる〈眼差し〉

小説を読み進めることにしよう。「真砂の懺悔」によって〈見られる〉側に転ぜられたテクストは、「死霊の物語」ではもう一度〈見る〉側に揺り戻される。

武弘は、やはり見つづける。盗人（多襄丸）の言葉に聞き入っている妻を「妬《ねたま》しさに身悶え」しながら見、「うつとりと顔を擡《もた》げた」妻を、「おれはまだあの時程、美しい妻は見た事がない」と、無限の距離をもって〈眼差〉す。しかし、縛られ身体の自由を奪われながらも、武弘には〈見られ〉ている意識はまったくない。

多襄丸が、「あの人を殺して下さい」と叫ぶ真砂を「一蹴りに蹴倒」し、武弘のもとに近づく。それとも助けてやるか？ 返事は唯頷《うなづ》けばよい。殺すか？」――おれはこの言葉だけでも、盗人の罪は赦してやりたい。（再び、長き沈黙）

盗人は静かに両腕を組むと、おれの姿へ眼をやった。「あの女はどうするつもりだ？ 殺すか、

「おれの姿へ眼をやった」――見られたのではない。見ている多襄丸を捉え返し、「客体化」しているのだ。だからこそ武弘は「杉の根がたへ、括りつけられ」ながらも自己の主体を維持し、「盗人の罪は赦してや」れるのである。そして、「赦してや」れる自由な〈主体〉として多襄丸と連帯するのである。この意味では、武弘は「夫」ではなく「男」として真砂を排除したということができよう。

しかし、取り残された武弘にはもはや〈眼差す〉べき他者はいない。ふと「誰かの泣く声」に「耳を澄せ」るが、「その声も気がついて見れば、おれ自身の泣いてゐる声だつたのではないか？」と、他者を見続けていた〈眼〉は自分に向けられることになる。〈見ること〉と〈見られること〉の狭間に成り立っていた〈主体〉は次第に〈藪の中〉に見失われていかざるを得ない。ただし、今事切れようとする武弘の〈主体〉を奪い取るのは、真砂の場合とは異なり、実在する〈他者〉の

〈暴力〉ではなく、非在の〈他者〉である「死」という〈暴力〉であったといえよう。

> その時誰かが忍び足に、おれの側へ来たものがある。おれはそちらを見ようとした。が、おれのまはりには、何時か薄闇が立ちこめてゐる。誰か、――その誰かは見えない手に、そつと胸の小刀《さすが》を抜いた。同時におれの口の中には、もう一度血潮が溢れて来る。おれはそれぎり永久に、中有《ちうう》の闇へ沈んでしまつた。……

「胸の小刀《さすが》を抜いた」のは一体誰だったのか――。「薄闇が立ちこめた」深い〈藪の中〉では「見よう」としても、もう誰も見ることはできない。武弘の眼が塞がれ、〈見る〉／〈見られる〉ということによる展開力はにわかに失われてしまう。と同時に、ただ一つの〈真相〉の手掛かりは、意識的に指示され仄めかされながら決して〈見られる〉こと即ち明らかにされることもなく、意味づけられるのを拒否するかのように未決のまま〈藪の中〉に投げ出される。ここに到って、様々な陳述のズレそのものがもう一度前景として立ち現われ、読者をいくつもの矛盾のなかに引き裂いていくことになる。

しかし、それは一つの〈真相〉に回収されることはない。『藪の中』の〈見ること〉／〈見られること〉をめぐって紡ぎ出された〈物語〉は、目に見えない〈視線〉の〈暴力〉を浮上させながら、また武弘のみならず読み手をも迷宮の中に〈宙吊り〉《サスペンディング》にしたまま、「中有の闇」に向かって一気に閉じられていくのである。無論、〈真相〉の追求から離れた、新たな〈読み〉の可能性を読者に向かって開示しながら。

第五章 〈痕跡〉としての「楢山節」——深沢七郎『楢山節考』

一 作られた「民話」

中央公論第一回新人賞受賞作『楢山節考』（『中央公論』一九五六・一一）は、同時に掲載された伊藤整、武田泰淳、三島由紀夫らの「選後評」とともに、強い衝撃をもって世に受け容れられた。文学と無縁であるかのような日劇ミュージックホールのギター弾きによって書かれたこともさることながら、「姥棄て」という特異な題材を取り上げたことも人々の目を引き、文壇を超えたセンセーショナルな話題を巻き起こすことになったのである。選者である武田泰淳は「民話のすごみというものをワクにして」「人間の美しさ」を描いたとし、同じく伊藤整も、「ああこれがほんとうの日本人だったという感じがする」、「僕ら日本人が何千年もの間続けてきた生き方がこの中にはある」[1]と賛辞を惜しまない。なかでも、辛辣な批評で知られる正宗白鳥をして「人生永遠の書」[2]と言わしめたことはあまりに有名である。こうした率直な感想が、当時の『楢山節考』受容のあり様を示していると思われる。今日から見ても、創作された〈民話的小説〉として希代の評価を得ていたということができよう。

しかし、一方において、民俗学研究者からは別の形で取り上げられていた。発表の翌年にこの小説を読んだ関敬吾は、一般にもたれている民俗学的な関心に反して、「なんの感興もわかなかった」(「姥捨山考」『文庫』一九五七・五)とする。関によると、伝承としての「姥棄伝説」は各地に流布しているのは事実だが、「日本にこうした慣習があったかどうかを示す証拠も知らない」、「この伝説から棄老の習慣を推測することは不可能である」と明言される。そして、逆に次のような問題提起がなされるのである。

この小説がたんなる空想と見るなら別だが、食にこまって親をすてることが日本の過去の習慣であり、これが日本人のなん千年ものあいだつづけてきた生き方であると速断し、感心する以前に、もっとこうした問題を掘り下げて見る必要があろう。

つまり、「小説」という虚構の世界と、実際にあったかどうかも定かではない「姥棄て」習慣を重ね合わせ、「父祖伝来の貧しい日本人のもっている非常に暗い、いやな記憶」(3)(三島由紀夫)――いわば〈日本人の心性〉を掬い上げる議論の安易性を戒めているのである。民俗学的な観点からすれば、〈棄老伝説〉という題材が必ずしも『楢山節考』のリアリティを保証しているわけではないということになろう。

とするならば、むしろ実際の存在を確かめられない「姥棄て」についての伝説が、いかにして創作された民話である『楢山節考』の土俗的な〈力〉を支えることになっているかが問題となるはずである。山本健吉はじめ、「『楢山節考』は不思議なリアリティを持つ作品であった」[4]と繰り返すが、その「リアリティ」は文学テクストの分析のレベルで問われなければならない。

ここでは、そうした分析をとおして、『楢山節考』の独自性を解き明かす一つの試論を示したい。

二　「潜勢力」としての「楢山節」

あらためて指摘するまでもないが、『楢山節考』はいく層かの〈ことば〉から成り立っている。先ず、この小説は次のように始まる。

山と山が連っていて、どこまでも山ばかりである。この信州の山々の間にある村——向う村のはずれにおりんの家はあった。

山本健吉は、「テンポの緩慢な作者の文体」は「昔話の語り口や、民謡の唄い口を連想させるものがある」[5]としているが、話の舞台を「信州の山々の間にある村」と特定せず、しかも一歩距離をおく「向う村」[6]とするスタンスの取り方も同様に、昔語りの特徴的な語り起こしであるといえよう。

これらの民譚を指向する〈ことば〉の運用は、読者に一定の理解の枠組みを提示することになる。しかし、次の段落では、「その日、おりんは待っていた二つの声をきいたのである」と、昔語りの時間と語っている〈今〉とを無造作に重ね合わせる一方、おりんに焦点化した、いわば近代小説の常道である作中人物を視点人物とする語り口（ことば）で語られる。かつ、この物語の始点であるおりんの耳に届く「二つの声」（情報）の一方は、「今朝裏山へ行く人が通りながら唄った」祭り歌、

楢山《ならやま》祭りが三度来りゃよ
　栗の種から花が咲く

という「楢山節」の〈ことば〉によってもたらされる。そしてまた、その歌には、「この歌は三年たてば三つ年をとるという意味で、村では七十になれば楢山まいりに行くので年寄りにはその年の近づくのを知らせる歌でもあった」と解説する別の水準の〈ことば〉が続けられるのである。『楢山節考』は、基本的にこれらの位相を異にしたいく層かの〈ことば〉によって組み立てられており、それは結末まで変わることはない。

なかでも特に注目すべきは、引用された（という体裁をとっている）メタレベルの情報である「楢山節」であろう。無論、実在する民謡ではないが、肉声によって繰り返し唄い継がれることにより、村人たちの生活を縁取っているかのように意識的に意味づけられている。この小説のなかで

紹介される十数種に及ぶ「楢山節」のヴァリエーションのうち、いくつかをあげてみことにしよう。語り手によると、「楢山祭りの歌は、栗の種から花が咲くというのが一つだけであるが、村の人達が諧謔な替歌を作っていろいろな歌があった」とされる。例えば、盆踊りの歌でもある「楢山節」には、次のような「替歌」がある。

おらんの父っちゃん身持の悪さ
　三日病んだらまんま炊いた

「贅沢を戒めた歌である」と解説されるこの歌には、さらにパロディがある。

おらんの兄ちゃん身持ちの悪さ
　三日病んだらまんま炊いた

こちらは、息子が怠けているときなど、親とか兄弟が唄って、「あんな御苦労なしの奴は、白萩様〔白米〕を炊いて食べたいなどとと云い出しはしないだろうかと警告代りにも使われたり」すると語られ、生活上のゆるやかな規範性を持つ「警告」「格言」として機能している。

この他にも、猥歌をもじった、

おらんのおばあやん納戸《なんど》の隅で
鬼の歯を三十三本揃えた

の初句が「ねっこのおりんやん」と実名に替えられたりもする。年老いても何でも食べられるような丈夫な歯（鬼のような歯）をもっているおりんを、替歌にして孫のけさ吉がからかったのが、実名とともに村中に広まったのである。こうした〈もじり〉や〈パロディ〉は一種の〈ノイズ〉であり、ヤーコブソン流のコミュニケーション図式によると、メッセージの伝達を阻害する要因となりえるが、ここでは逆に、猥雑さとともに村の生活の雰囲気を、生き生きと読者に伝えている。同時に、それは実在の人物が容易に歌詞の一部とされるように唄う側に開かれており、「楢山節」とそれを唄い継いできた村人との距離の近さをしるしづけているともいえよう。

また、そこには食料の乏しいこの村において、楢山まいり――七十の歳で楢山に遺棄されること――が近づいていながら、「いかにも食うことに退《ひ》けをとらない」ような丈夫な「歯」を持っていることは「恥ずかしいこと」であるという、「棄老」と「食」をめぐる村の共通理解が表われている。「楢山節」のヴァリエーションのなかには、こうした食糧事情が唄われることが多い。例えば、

三十すぎてもおそくはねえぞ

一人ふえれば倍になる

という、晩婚を奨励したこの歌は、くいぶちを減らすことの奨励でもある。〈解説〉にも、「倍になるということはそれだけ食料が不足するということである」と明言されている。この村の最大の関心事が食料であることが繰り返され歌のなかに刻み込まれているのである。それは村の唯一の祭りである楢山祭りにも結びつけられている。

年に一度のお山のまつり
　ねじりはちまきでまんま食べろ

「山」とは言うまでもなく「楢山」のことである。語り手によると「楢山には神が住んでいる」「楢山へ行った人は皆、神を見てきたのであるから誰も疑う者などなかった」とされ、「現実に神が存在するというのであるから、他の行事より特別に力をいれる祭りをしたのである」と語られる。その、村の行事の中心にある楢山祭りの日だけは、価値が転倒され腹一杯「まんま」を食うことができる。村人たちはこの日のために一年間節制するのである。

しかし、逆に、口減らしのために、その神が住む「楢山」に老人たちを遺棄すべきことを、その祭り歌が示してもいる。ここに、村人たちにとっての「楢山」の特別な意味がある。

塩屋のおとりさん運がよい
　山へ行く日にゃ雪が降る

この歌は、「楢山へ行く日に雪が降ればその人は運がよい人」とされるこの村で、運のよい代表人物――何代か前に実在した「おとりさん」の記憶を伝えている。「山に行く」とは薪とりや炭焼きの仕事で山に行くのとちがって、「楢山」に行く、すなわち楢山に遺棄されることを意味している。この歌が「楢山祭りが三度来りゃよ」という、楢山まいりの覚悟を促す歌と対になっておりんの耳に聞こえてくることからしても、〈村〉という〈現世〉に対して〈山〉（楢山）という〈他界〉の構図を潜在させていると考えられる。楢山祭りが来るたびに〈村〉から〈山〉に少しずつ近づく――そこには、生と死を〈内〉と〈外〉とに空間化する、楢山を中心とする村のコスモロジーを読み取ることができよう。

「楢山節」には、こうした村人たちの〈生〉と〈死〉の秩序、楢山まいりに到るプロセスが、さまざまなヴァリエーション（替歌）として唄い込まれているのである。それらの替歌が、いかにノイズを含み込み原形から隔たっているように見えようと、中心としての「楢山」の磁場によって容易に元歌に復元されうる。それは、村の生活とコスモロジーが繰り返し唄われ伝承されることによって、〈痕跡〉として刻みつけられているからであろう。「楢山節」には、唄われるたびに生きられた〈世界像〉を現前化させる、村人たちの〈生〉の基盤が書き込まれているということができるのである。

ただし、語り手はその「楢山節」が、いかにして自分の耳に伝わってきたかということは不問に付して語らない。ただ、村人たちの〈今〉と語っている〈今〉とを自由に横断しながら、村の記憶の〈痕跡〉である「楢山節」を、いわば自身に残された〈痕跡〉であるかのように語り続けている。それは、あたかも歴史学者が、偶然残された歴史上の記録あるいはドキュメントをもとに、事実を再構築するかのような所作であるといえよう。

「痕跡の思想家」とされるヴァルター・ベンヤミンは、人類が残した歴史上・文化上の遺物を「廃墟《ルイーネ》」と呼び、そのなかのわれわれに働きかける力――「潜勢力」によって過去の全体を復元することができると考える。[7] その「廃墟」とは「楢山節」に刻み込まれた記憶の〈痕跡〉ということになろうが、その〈痕跡〉とそれを手掛かりに復元された始源的な存在布置（ベンヤミンのいう「星座《コンステラツィオーン》」）との関係は、小宇宙《ミクロコスモス》と大宇宙《マクロコスモス》にたとえることができる。こうしたベンヤミンの認識論に立てば、〈痕跡〉の一つ一つは、復元された全体と提喩的な関係を持っていることになる。

『楢山節考』における、村人たちの生きられた世界と「楢山節」の関係も、同様の喩によって捉えることができる。すなわち、〈痕跡〉としての「楢山節」は、それ自体がミクロコスモスとして完結しながら、楢山を中心とした村のコスモロジーと重ね合わせられる類似《アナロギア》に比定されているのである。語り手は、肉声をともなった歌[8]として繰り返し提示することで、架空の「楢山節」が「潜

図6　新潮文庫『楢山節考』に付された「楢山節」の楽譜。

勢力」を持った記憶の〈痕跡〉でもあるかのように語り、物語の拠り所を作り上げると同時に、そこに村のコスモロジーをアレゴリカルに盛り込んでいるのである。かつ、それが理解のコードともなされている。極めて周到な仕掛けというべきであろう。

松本鶴雄は、ここで取りあげた「楢山節」とその解説の「反復性」をあげ、「このような種々の反復性は小説のスタイルに螺旋型の構造をもちこむ」とし、「民衆生活を支えている日常性の反復リズムが、そのようなスタイルを決定したとも考えられよう」[9]と述べている。構造のイメージを「螺旋型」としたこともさることながら、「反復性」の意味を物語内容と絡めて理解したことは注目すべきであるが、むしろ重要なのは、〈痕跡〉としての「楢山節」と、それに対する解説というレベルの異なる〈ことば〉との組合わせと繰り返しが、どのような意味作用を担っているか、ということであろう。

繰り返せば、語り手は、村人たちの時間と語りの現在とを交差させながら、実際に自分の耳に聞こえてきた〈肉声〉について解説するかのように語り、架空の「楢山節」を物語の典拠として示すと同時に、村人たちの生きる基盤のみならず、読者の理解の枠組みをも提示している。いわば、〈痕跡〉をめぐる想像力をかきたてることによって、物語としての「姥棄伝説」を呼び込みながら、楢山まいりに到る事情を巧妙にコンテクスト化しているといえるのである。(10)

では、そうした「楢山節」を後景に、物語はどのように展開しているのだろうか――。

三　物語の〈場〉としての「楢山節」

既に指摘したとおり、物語は待ちのぞんでいた「二つの声」（情報）がおりんの耳に届くところから始まっている。一つは「楢山祭りが三度来りゃよ」という祭りの歌であり、もう一方は一人息子辰平の後妻の候補ができたという知らせであった。楢山に「早く行くだけ山の神さんにほめられるさ」と思っているおりんにとって、楢山まいりを促す祭り歌と、気になっていた息子の後妻が決まりそうだという知らせは、喜ばしいたよりに違いない。単純に考えれば、『楢山節考』の物語とは、こうした待ちのぞんでいた「声」に促されながら、おりんが〈村〉（現世）から〈山〉（他界）へと意味論的な境界を越える話、といえるかもしれない。しかし、必ずしもこの二つの情報が同一のファクターとなって物語を展開させているわけではない。

楢山まいりに行くことを「目標」とし、かつそれによって自分の〈生〉が完結できると考えていたおりんには、準備すべき事柄がいくつかあった。山へ行くときの振舞い酒、山で坐る筵《むしろ》の用意、辰平の後妻を決めること、そして例の丈夫な歯を欠くことである。しかし、これらのやるべきことを果たしても、おりんは未だ安心できない。というのも、前妻を失って「ぼんやりしてしまい、何かにつけて元気のない」と思われていた辰平の様子が、おりんの思惑と違い、新しい嫁を貰っても相変わらずであったからである。「辰平は後妻を貰うことより何か外のことで思いつめていることがあるのじゃァないか」というおりん自身の疑いどおり、その「ぼんやり」には母親の楢山まいりが関わっていたのである。その鬱屈は容易に晴れることはないのだが、後におりんの楢山まいりに同行することによって、辰平はある識域を越えることになる。構造主義風にいうと、〈不均衡状態〉から〈均衡状態〉への移行である。

この点に注目すれば、『楢山節考』にもう一つの物語を読み取ることができる。つまり、辰平が母親の楢山まいりの同行を機会に心理的な境界線を越える話、辰平をめぐる物語の存在である。(11) こう考えるならば、冒頭の後妻についての喜ばしい知らせは、逆に辰平の心的な〈不均衡状態〉を示唆する「声」となっていたということもできよう。

では、こうしたおりんと辰平の二つの物語は、どのように交錯することになるのか――。

おりんの覚悟がすっかり出来上がっているのに対し、山へいく日が近づいても、辰平の心は一向に定まらない。しかし、辰平の後妻玉やんと孫けさ吉の嫁松やんの二人の家族が増えたこともあり、おりんは新しい年を迎える四日前に決意を固める。その前夜、村のしきたりに従って、山へ行ったことのある人たちを集め振舞い酒を出す。同席するおりんと辰平は口を利くことはできない。既に楢山まいりは、始まっているのである。

呼ばれた者のなかで山へ行った順に、用意されたどぶろくを飲みながら、一人一つずつその作法をやはり口承によって伝授する。

お山へ行く作法は必ず守ってもらいやしょう
一つ、お山へ行ったら物を云わぬこと

日頃と違う「本を読むような口ぶり」で、一人が言い終わると、また、

お山へ行く作法は必ず守ってもらいやしょう
一つ、家を出るときは誰にも見られないように出ること

と、呪文のように続けられる。そして、四人目は楢山へ行く道順を次のように教え、儀式は終わる。

お山へ行く道は裏山の裾を廻って次の山柊《ひいらぎ》の木の下を通って裾を廻り、三つ目の山を登って行けば池がある。池を三度廻って石段から四つ目の山へ登ること。頂上に登れば谷のま向うが楢山さま。谷を右に見て次の山を左に見て進むこと。谷は廻れば二里半。途中七曲りの道があって、そこが七谷《ななたに》というところ。七谷を越せばそこから先は楢山さまの道になる。楢山さまは道はあっても道がなく楢の木の間を上へ上へと登れば神様が待っている

村から山中他界である楢山に至る道筋が、具体的に語られている。ただし、これらの〈ことば〉は必ずしも端的に道順を示すことだけが目的とされているわけではない。例えば、三つ目の山にある「池を三度廻って石段から四つ目の山へ登ること」という説明は、楢山へ至るプロセスを故意に引きのばし、その迷路化された空間を通過すること自体に意味があるかのように語られている。それらは呪術化された〈ことば〉によって、楢山を中心とする先に示した空間的コスモロジーを具現化しているのである。この意味では、ここで伝えられる〈ことば〉は単なる道案内ではなく、「楢山節」が楢山まいりを促す〈表〉の伝承であるのに対して、〈裏〉の伝承として村の世界像を具体的に支えているということができよう。

その次の晩、おりんはにぶりがちの辰平を責めたてて楢山まいりの途につく。前夜教えられた〈ことば〉を反復するように、辰平は裏山の裾を廻って柊の木の下を通る。この場面から辰平に焦点化した語り手は、次のように語る。

（前略）楢山に近づくにつれて辰平の足はただ一歩ずつ進んでいることを知っているだけだった。楢山が見えた時から、そこに住んでいる神の召使いのようになってしまい、神の命令で歩いているのだと思って歩いていた。

茫然と歩き続ける辰平に対して、おりんは伝えられた村の記憶を自分自身に刻み込みながら、一歩ずつ生きながら〈死〉へと近づいていく。楢山の頂上に着いたときには、家にいるときの顔とは違った「死人の相」が現われているとされる。楢山に到る道とは、そうした〈生〉から〈死〉に到る過程をメタフォリカルに表わしているのである。

このような楢山行を、『遠野物語』の姥棄て譚との比較から捉えようとする赤坂憲雄に、〔『遠野物語』における〕村落からデンデラ野を経てダンノハナへ到る、生→老→死のゆるやかに移ろいゆく習俗の時間が、『楢山節考』では楢山まいりという、生から老＝死へと一気に昇りつめる劇的な道行きへと圧縮されている(12)。

とし、そこに『遠野物語』にはない「固有の物語の位相」「物語への意志」を読み込んでいる。民俗学的な見地から『楢山節考』を捉えようとする興味深い指摘ではあるが、『遠野物語』に記述されているとされる岩手の一地方の具体的な「習俗や伝承」と、文学テクストである『楢山節考』に描かれた〈姥棄て〉とのズレから、ただちに「固有の物語の位相」を抽出することが可能であるかどうか疑問がないわけではない。むしろ、赤坂も触れているように、『遠野物語』も一つの文学テクストであり、両者の関係は純粋にテクスト間の問題として考えるべきではないだろうか。こうした資料の側のテクスト性をどう扱うかは、民俗学的な研究の一つの課題である。

さて、頂上に着いたおりんは辰平の背中からおりて、岩かげに筵《むしろ》を引く。死の領域に入っているおりんは辰平を見つめることはないが、辰平は身動きもしないおりんの顔に眺め入る。その顔には既に死相が現われている。おりんは辰平の身体を今来た方に向かせ、堅く手を握りしめて、それから背中をどーんと押した。最後の黙劇がなされた後の様子を、語り手は次のように語っている。

辰平は歩み出したのである。うしろを振り向いてはならない山の誓いに従って歩きだしたのである。

十歩ばかり行って辰平はおりんの乗っていないうしろの背板を天に突き出して大粒の涙をぼろぽろと落とした。

語り手は、親子の別れをことば少なに語り、内面に入り込むことを注意深く避けようとしている。逆に、そこにふっ切れなさを引きずりながら山を下る辰平の無念の思いが伝えられている。

しかし、楢山の中腹まで降りて来た時舞いはじめた雪が、辰平の気持をぱたりと変えてしまう。辰平は、山の掟も、お山まいりの誓いも忘れて、まっしぐらに禁断の山道を引き返す。せめて一言、「本当に雪が降ったなあ！」と母親に言いたかったのである。それほど、楢山まいりの「雪」は辰平にとって大きな意味を持っていた。

辰平が、岩かげからそっとおりんをのぞいて見ると、おりんは「前髪にも、胸にも、膝にも雪が積もっていて、白狐のように一点をみつめながら念仏を称えて」いる。辰平は、そうした母親の鬼気迫る様子にひるむことなく、今回はその背中に語りかけることができた。

「おっかあ、雪が降ってきたよう」

おりんは振り返らない。

「おっかあ、寒いだろうな」

翌月には孫ができるという辰平が、この小説のなかで唯一、一人の〈子ども〉として「おっかあ」と呼びかける。しかし、おりんは手を振って、帰れという合図を送っている。

「おっかあ、雪が降って運がいいなあ」

三度繰り返したそのあとから、「山へ行く日に」と辰平が歌の文句をつけ加えた時、はじめて「おりんは頭を上下に動かして頷」き返す。その歌とは、言うまでもなく、「楢山節」の一節、

塩屋のおとりさん運がよい
山へ行く日にゃ雪が降る

である。この歌詞が、二人のやりとりのコンテクストとして機能しているのである。即物的にいえば、楢山に遺棄されるその日に雪が降るように寒いと、短い苦しみで成仏できるということであろうが、おりんにとってはこの歌のなかに自らを刻み込むことによって、幸運な自分の〈生〉をまっとうすることができる。一方、辰平はこの歌によって、おりんに近づくことができた。すなわち、村の記憶が〈痕跡〉として刻み付けられている「楢山節」に母親を浮かび上がらせることによって、他界へ向かう母親を心残りなく見送ることことができた。いわば、はじめて母親の〈死〉を受け入れることができたのである。これが辰平の抱えた物語であるといえよう。この意味では、おりんと辰平の二つの物語は、まさに「楢山節」を物語生成の〈場〉として重ね合わせられているということができるのである。

この後辰平は、ふっ切れたように、「おっかあ、ふんとに雪が降ったなァ」ということばを残して、「脱兎のように」山を駆けおりる。もはや振り返ることはない。

＊　＊

おりんの不在を気にかけながら辰平が家に帰ってみると、何もなかったように、臨月近い大きな腹におりんの縞の細帯を巻いている松やんと、やはりおりんの形見である綿入れを羽織っているけさ吉がいる。そこには、おりんがいた時と同じような時間が流れていた。思えば、楢山祭りの祭り歌、

楢山祭りが三度くりゃよ
　栗の種から花が咲く

という歌には、楢山祭りをめぐって円環する時間と、「三年たてば三つ年をとる」それだけ「楢山まいり」に近づくという〈生〉における時間の線条性との交錯、しかもそれが栗の花の開花という新たな生命のイメージと重ね合わせられる、いわば村人たちの〈生きられた時間〉が編み込まれていた。ここには、そうした緩やかな時間が流れているのである。

辰平はふっと大きな息をして、「あの岩かげでおりんはまだ生きていたら、雪をかぶって綿入れの歌を、きっと考えてる」と思う。おりんの不在を示す形見の「綿入れ」も、「楢山節」のなかに

浮かべられることによって、今一度鮮やかな意味を放つ。

なんぼ寒いとって綿入れを
　山へ行くにゃ着せられぬ

「楢山節」で始まったこの小説は、やはり「楢山節」の一節で閉じられる。ここに到って、おりんと辰平の物語を後景として支えてきた「楢山節」が、物語の枠組み以上の意味をもって、もう一度前景としてわれわれの前に立ち現われる。まさに『楢山節考』とは、「楢山節」によってコード化された、「楢山節」そのものの物語、いわば、「楢山節」というメタレベルに仮構されたテクスト〈祭り歌〉に自己言及することで開かれ、そして閉じられる物語ということができよう。そこに、〈近代文学〉的な小説空間とは異なる「不思議なリアリティ(13)」の秘密がある。

第六章　一人称小説の〈終り〉——村上春樹『ノルウェイの森』

一　自己療養としての語り

『ノルウェイの森』（講談社、一九八七・九）と森鷗外の『舞姫』（『國民之友』明治二三・一）が似ているといったら奇矯な感じがするだろうか。近代一人称小説の遠い起源である『舞姫』と、世界中で一千万部も売れたという現代のベストセラーには遙かな距離がある。しかし、両作とも誰かを〈死〉に追いやった男の回想であると概括することができる。片やドイツからの帰途、セイゴン（サイゴン）の港の船中で過ぎし日を回想する『舞姫』、片やドイツに向かうハンブルク空港の機内で過去を追想する『ノルウェイの森』。思い出すのは、「精神的に殺し(1)」てしまったエリスを、あるいは「最後の最後で放り出し」（一七章）てしまい自殺に追い込んだと自覚される直子を、しかも同じく一人称の回想体で記述している。思いのほか、物語の設定が近似している。『ノルウェイの森』の特殊な語りを考えていくうえで、近代一人称小説の祖型ともいえる『舞姫』を参照することは迂遠であっても、無駄なことではなかろう。まずは、『舞姫』の語りのスタイルから取り上げてみることにする。

西洋の地ドイツを離れて三十日ほどの時間が経ち、いまや東洋のセイゴンの港に到達したにもかかわらず、依然として「人知らぬ恨《うらみ》に頭のみ悩まし」ている太田豊太郎は、手記を書き始める動機を次のように述べている。

此恨《うらみ》は（中略）腸《はらわた》日ごとに九廻すともいふべき惨痛をわれに負はせ、今は心の奥に凝り固まりて、一点の翳《かげ》とのみなりたれど、文読むごとに、物見るごとに、鏡に映る影、声に応ずる響の如く、限なき懐旧の情を喚び起して、幾度となく我心を苦む。嗚呼、いかにしてか此恨を銷《せう》せむ。（中略）今宵はあたりに人も無し、房奴《ばうど》の来て電気線の鍵を捩るには猶程もあるべければ、いで、その概略を文に綴りて見む。

ここにいう「恨《うらみ》」とは、自分の選択が結果的にエリスを「生きる屍」としてしまった、豊太郎自身に対する「恨」と考えてよかろう。時に応じ、事に応じ、この「恨」は再帰して、「腸日ごとに九廻す」という惨痛となって「余」を苛む。その苦しみを鎮めるための自己治療として、この文章を綴ってみようと思い立ったというのである。

「余」は、幼少期の教育から語り起こし、早く父を失ったこと、母の期待に応えて大学を「一級の首」として卒業したこと、官長からベルリンに洋行を命ぜられたこと、滞留三年目にエリスと出会ったこと、と詳細に秩序だった時系列に沿ってリニアに整然と記している。そのベースにあるのは、ドイツでの五年間という書かれている時間と、セイゴンの船中で書いている時間の二重性であるといえよう。それは書かれている自己と書いている自己という二重性と相同しており、自分がいだく自分のイメージと他者（エリス）の目に映じた自分のイメージの差異化と同一化を通して新しい自己を創出することになる。[2] 具体的にいえば、自己とのコミュニケーション過程で「弱くふびんなる心」としての自己を析出し、その自己がいかにエリスに「誠実」に関わろうとしたかを、倫理的にあるいは自己弁護的に物語っている。それは、自覚的な一人称小説という形式によってもたらされた、まさに一人称的なテーマであるということができよう。

一方の『ノルウェイの森』では、ハンブルク空港に着陸しようとするボーイング747の機内で聴いた「どこかのオーケストラが甘く演奏するビートルズの『ノルウェイの森』」によってもたらされた動揺と混乱が語られたのち、この「文章」を書く理由を次のように述べている。

その十月の草原の風景だけが、まるで映画の中の象徴的なシーンみたいにくりかえしくりかえし僕の頭の中に浮かんでくる。そしてその風景は僕の頭のある部分を執拗に蹴りつづけている。おい、起きろ、俺はまだここにいるんだぞ、起きろ、起きて理解しろ、どうして俺がまだここにいるのかというその理由を。痛みはない。痛みはまったくない。蹴とばすたびにうつろな音がするだけだ。そしてその音さえもたぶんいつかは消えてしまうのだろう。他の何もかもが結局は消えてしまったように。しかしハンブルク空港のルフトハンザ機の中で、彼らはいつもより長くいつもより強く僕の頭を蹴りつづけていた。起きろ、理解しろ、と。だからこそ僕はこの文章を書いている。僕は何ごとによらず文章にして書いてみないことには物事をうまく理解できないというタイプの人間なのだ。（第一章）

「その十月の草原」とは、十八年前、心を病んで京都の奥にある療養施設「阿美寮」で暮らしている直子のもとを訪れたときに、一緒に歩いた療養所そばの草原である。それから十ヶ月後に自ら命を絶った直子と「その十月の草原」でした約束、「私のことをいつまでも忘れないでね」を果たすため、長い歳月の間に薄らいでいく記憶に抗するかのように、この「文章」を書きはじめるというのである。十八年前の「風景」は「俺はまだここにいる」「起きて理解しろ」と「僕」の頭の一部を蹴り続ける。それは、あたかも「俺」というもう一人の自分が、今この文章を書いている「僕」に、〈忘れるな、思い出せ〉と訴えかけコミュニケートしているかのようである。それは、「最後の最後で放り出し」てしまった「僕」の倫理的責務であると自覚されている。

また、自分が語りはじめる物語に自己言及するこの章では、「僕」が語り終えて最後にたどり着いた地点の思いも述べられている。記憶が薄らいでいけばいくほど、より深く直子を理解することができるようになったいま、なぜ直子が「私を忘れないで」と頼んだかの理由がよくわかるようになった。それは同時に、そう訴えかけた直子が「僕のことを愛してさえいなかった」ことに気づかせることにもなる。語る僕自身も、倫理的であろうとするために、容易に和らげることができない痛恨を抱えている。それを癒し自己治療するために、何遍か試みて挫折した直子と自分をめぐる物語を語ろうとする。しかし、語ることを通して心の傷を深めることにもなっているのである。まさに一人称的な矛盾と葛藤を生きているということができよう。

しかし、この小説で語ることをとおして自己治療を試みているのは、「僕」（ワタナベ）一人ではない。直子、緑、レイコ、主要な登場人物も同様に物語ることで自己の存在を確認し、再構築しようとしているようにみえる。「自己という存在を物語ることの困難」を『ノルウェイの森』の中心的な主題とする鈴木智之は、「自己とは、現在の語り（telling）によってそのつど構成されていくもの」であり、「自己の生を物語的形象へと構成」する営みと所産を「自己物語」（self-telling）と呼ぶとして、次のように述べている。

想起する主体の意志とは無関係に暴力的に回帰する記憶、身体的な苦痛として表れてしまうその記憶の形は、想起されるべき出来事がいまだトラウマとして彼のなかにあることを示している。「僕」のなかで、その出来事は時間的な距離をもって回想されるような「過去」になりきっておらず、非言語的な感覚（ここでは音楽）を契機として、身体的な変調を伴いながら、意図せざる記憶を立ち上げてしまう。ナラティヴ・セラピストであれば、こうした「トラウマ的な記憶」は「語り直し」という手続によって、物語へと再統合され、構造化されなければな

らないということだろう。[3]（第1部第1章）

こうした心的外傷を物語に変換し回復を目指す、いわばセルフ・セラピーの実践は、それぞれ形を変えながら、直子、緑、レイコによってなされている。物語の起点は、直子にとっては姉とキズキの自死であり、緑にとっては少女期の心傷であり、レイコにとってはピアノを教えた少女との出来事であろう。いずれも、ことばと思考のズレを強く意識している一人称的物語であり、いずれの聞き手も「僕」ということになる。それが成功したかどうかは別にして、「僕」は何人もの自己物語を聴きながら、自らの自己物語を紡ぎ出している。この意味では、早くから遠藤伸治が指摘するように、『ノルウェイの森』は「語ることによる「自己療養の試み」[4]」の記録ということができよう。

しかし、ここに記されている文章は精神分析、あるいはナラティヴ・セラピーの症例集ではない。過剰に語ることも、あるいは語らないで隠蔽することも、物語る順序も、ちりばめられた比喩表現も伝統的な小説技法に則ったり外したりしながら構成されていると思われる。まちがいなく小説というジャンルに属している。ここでは、その小説的な技法に注目しながら『ノルウェイの森』の語りについて考えてみることにする。

二　意匠としての語り

時間と物語の相互関係を論じたポール・リクールは『時間と物語』[5]の「日本語版への序文」で、「人間の時間経験は物語言述のおかげで言語のレベルで分節されてはじめて意味をもつのであり、その物語言述は、歴史物語とフィクション物語（民話、叙事詩、戯曲、小説、など）というちがった形式をもつ」、また「物語の主要な機能は時間の諸相を明らかにすることであり、その時間の諸相は、自然の継起する出来事の単なる年代順には還元されず、かえって、緊張の度合、形式の順序といった質的な相を、要するに線状的でない構造論的特徴を提示するものである」と述べている。「人間の時間的経験」は、「物語る行為」と不可分であり、「時間」は物語によって分節化されることをとおして、「人間的な時間」となるというわけである。

『ノルウェイの森』においても、意識的な物語言述の順序が選ばれており、それをとおして語り手である「僕」（ワタナベ）の「人間的時間」が構成されることになる。なかでも、とくに方法的意匠を凝らしているのは、記憶の入口である第一章と第二章ということができよう。

> 昔々、といってもせいぜい二十年ぐらい前のことなのだけれど、僕はある学生寮に住んでいた。僕は十八で、大学に入ったばかりだった。東京のことなんて何ひとつ知らなかったし、一人暮しをするのも初めてだったので、親が心配してその寮をみつけてきてくれた。そこなら食事もついているし、いろんな設備も揃っているし、世間知らずの十八の少年でもなんとか生きていけるだろうということだった。もちろん費用のこともあった。寮の費用は一人暮しのそれ

に比べて格段に安かった。（第二章）

「僕」は二十年くらい前の東京での寮生活を始めるいきさつから語りはじめ、寮の建物、うさんくさい雰囲気、珍妙な儀式、地理学を専攻する風変わりなルームメイト（突撃隊）についてと話を進めていき、ふいに「僕が突撃隊と彼のラジオ体操の話をすると、直子はくすくすと笑った」と話題を転換する。それを起点に、しばらく「五月の半ばの日曜日」の四ツ谷駅近辺の様子を「情景法」[6]的に語った後で、その時の印象を「挿入的」に述べる。「彼女（直子）のやせ方はとても自然でもの静かに見えた。まるでどこか狭くて細長い場所にそっと身を隠しているうちに体が勝手に細くなってしまったんだという風だった」と。そのあと、ほんの少し時間を巻き戻し、二人が中央線の電車の中で偶然会ったいきさつを述べ、再びその日の散歩の様子が「情景法」的に語られる。そして、「＊」（アステリスク）の後、時間は二年前に遡り、直子と高校二年の時に知り合った事情がカットバックして叙述される。さらに、高校時代を語る叙述でも、突然キズキの死が語られ、話にはいくつも切断面が無造作に、あるいは周到に配置され、直子と僕が置かれた複雑な関係について述べられ、「今にしては思えばたしかに奇妙な日々だった」と、現在時の語りへと戻ってくる。物語内容の時間と物語言説の時間が意識的にズラされている。それは単に「僕」の意識の流れに沿って想起される順に語られているというだけではすまされない。『ノルウェイの森』という小説で語られる物語内容がけっして線条的に語れるようなものではないことと同時に、語りながら行きつ戻りつするワタナベの内面のありようを、語り方そのものが伝えているかのようである。それは、明瞭な継起性をもって語られる『舞姫』との比較を俟つまでもないことであろう。

ポール・リクール風にいえば、現在から遠く隔たった十八年前の出来事は、線条的な継起性から離れ、物語られることをとおし、異質なものが綜合され、人間的な時間経験となっていくといえようか。

とくに、鮮やかなのは第一章である。ルフトハンザ機のなかで「混乱」してしまったことを起点に回想をはじめ、十八年前の記憶に戻っていく。かつ「記憶というものはなんだか不思議なものだ」という、語る現在時の想いにも言及している。そして、やはり突然「彼女はそのとき何の話をしていたんだっけ？／そうだ、彼女は僕に野井戸の話をしていたのだ」と前置きののち、タイムスリップしたかのように、十八年前の「十月の草原」の様子が、二十歳の僕の視線（語り）によって再現的に語られる。

「本当に深いの。でもそれが何処にあるかは誰にもわからないの。このへんの何処かにあることは確かなんだけれど」

彼女はそう言うとツイードの上着のポケットに両手をつっこんだまま僕の顔を見て、本当よという風ににっこり微笑んだ。

「でもそれじゃ危くってしょうがないだろう」と僕は言った。「どこかに深い井戸がある、でもそれが何処にあるかは誰も知らないなんてね。落っこっちゃったらどうしようもないじゃないか」

「どうしようもないでしょうね。ひゅううう、ポン、それでおしまいだもの」（第一章）

その時の二人のことば（会話）が引用され、その時の時間の流れをミメーシスするように語られている。それは、あたかも物語られる時間に切断線を入れ、別の時間を接ぎ木しているような手法である。かつ、この部分を、第六章の物語内容の時間に沿って語られる場面に差し戻そうとしても、そのぴたりと当て嵌まる場所を探し出すことは容易にできない。むしろ、簡単に復元できないパズルのように構成されているのではないだろうか。

こうした手法は、『ノルウェイの森』にだけみられるのではなく、村上春樹の第一作『風の歌を聴け』にも見られる意識的なものだと思われる。著者自ら「小説的フラグメント（断片）の寄せあつめみたいな感じで出来上がってしまった」（「バビロン再訪」『村上朝日堂の逆襲』朝日新聞社、一九八六・六）と述べるように、この作品は四十の短いチャプターから成り立っている。短いのでは、「この話は1970年の8月8日に始まり、18日後、つまり同じ年の8月26日に終る」というたった一行のものもある。村上春樹はこうした手法を映画的だとし、「ぼくの小説はチャプターがすごく多いでしょう。あれは順番に書いていくわけじゃなくて、映画でいえば、シーンごとに撮っていくわけ。それを、あとで編集する。少し伸ばしたり、短くしたりして、こんどはトランプ繰るみたいに、上にしたり下にしたりしてね。ふつう頭から書いていくでしょう。ぼくにはできないんだね」（『ウォーク・ドント・ラン』講談社、一九八一・七）と述べている。まさに「映画的記憶のコラージュ」を企図しているということになろう。読者は、こうした時間的にも前後するいくつもの散りばめられた断片を、拾い集めつなぎあわせながら、全体を貫く物語を紡ぎ出していくことになる。また、『風の歌を聴け』には、やはり語ることへの自己言及が記されている。(7)

今、僕は語ろうと思う。
もちろん問題は何ひとつ解決してはいないし、語り終えた時点でもあるいは事態は全く同じということになるかもしれない。結局のところ、文章を書くことは自己療養の手段ではなく、自己療養へのささやかな試みにしか過ぎないからだ。
しかし、正直に語ることはひどくむずかしい。僕が正直になろうとすればするほど、正確な言葉は闇の奥深くへと沈みこんでいく。（1）

こうした語りの自己言及的な言述のあり方は、『ノルウェイの森』と相通ずるところがあると思われる。ワタナベが記憶の断片にコンテクストを設定し、しばしば脱＝時間的に錯時法的に過去を語る、しかも、ワタナベは、他の作中人物が語る物語の聞き手でもあり、それを自ら語る物語内容の一部として物語のなかに組み入れている。例えば直子の語り、レイコの物語を『ノルウェイの森』の一人称語りは、様々な非均質的で異質な記憶・出来事と結びつけ、一つの物語としていく。読者は、こうしたワタナベによって語られた物語の切片をつなぎあわせるという形で小説世界を理解し解釈することになる。それは、ワタナベが断片化した過去の記憶を物語化するのと、相似形をなしているといえよう。『ノルウェイの森』の語りには、記憶を断片として提示する方向と、綜合して語り物語を作り上げ「人間的時間」を生き直し、「自己療養」するという二重の方向を向いた運動を確認できる。ジェラール・ジュネットは「物語る行為が存在しなければ、言表は存在せず、場合によっては物語の内容すら存在しない」[8]と述べるが、この意味では、語り／語り直し続けることこそが前期の村上春樹小説のテーマを支えているといえよう。

三　切断と結合

ただし、物語の構造化に深く関わっているのは、叙述の形式にとどまるものではない。それは多分に隠喩的なものである。例えば、小林康夫は、『ノルウェイの森』は「恋愛小説」というより「本質的な意味で「性交小説」だ」と述べるが、作中人物たちをつないだり引き離したりする小説構成上のメタフォリックな装置として「性交」をあげることができる。周知のように、「僕」と直子は、直子の二十歳の誕生日の晩にただ一度だけ性的な関係を持つ。その晩の直子はいつもと違っていた。四時間以上、堰を切ったように話し続け、何かが損なわれたかのように、ふつっと止まってしまう。まるで、「作動している途中で電源を抜かれてしまった機械」のように。そして、体内にある異物を嘔吐するごとくに「吐くような恰好で泣」いた。「僕」はその動揺を自分なりに受け止めたつもりでいた。木股知史によれば、「「僕」は、一度のまじわりをのぞいて直子が体を開かないというまさにそのことゆえに、直子に引き寄せられているのだ[9]」とされるが、小林康夫はさらに精細に論じている。

> 愛によるのでも、欲望によるのでもなく、しかも本質的に交通不可能な者とのあいだで、しかし〈性交〉、それも「本当に素晴らしい」〈性交〉が起こる。エクリチュールという観点からすれば、もしこのただ一度の〈性交〉がなかったならば、このエクリチュールは発動しなかったと考えてもいい。だからこう言ってよければ、『ノルウェイの森』という小説は、――戦慄的なことですが――実は、ただ一度の〈性交〉の代価なのです。たった一回の不可能な〈交通〉の出来事が、十数年の時間を隔ててなお、このエクリチュールを要求していると考えることができるわけです[10]。

「僕」と直子の間で、「ただ一度だけ、まったく奇跡のような交通つまり〈性交〉intercouse が起こった」というのである。このあと、「僕」はエロス的な願望に導かれて「生」の側に引き戻るが、直子は「死」の側へ突き進むことになる。インターコースは字義通り「交通」なのであるが、この行為によって二人は引き離され分断される。人間と人間とをつなぐものが、逆に無限の距離を表わし、物語を構造化する、まさにメタフォリックで逆説的な装置として機能しているのである。

これについては、これまで何度も論じられてきたので詳しくは論じない。むしろ同様に物語を作動させる装置としての「電話」に注目しなければならないのではないか。『ノルウェイの森』では、「電話」というコミュニケーション・ツールが、じつに六〇年代的に表徴的に用いられている。個人専用の電話を持つことが稀であった時代、直子はアパートに電話はなく、「僕」は寮のロビーにあるだけ。不完全で一方通行的なコミュニケーションがなされるという意味では隠喩的である。どうやら、この二人は次回のデートの日時をデート中に決めるのではなく、いちいち土曜日の晩に連絡を取っていたらしい。

土曜の夜になると僕は電話のある玄関ロビーの椅子に座って、直子からの電話を待った。土曜の夜にはみんなだいたい外に遊びに出ていたから、ロビーはいつもより人も少なくしんとしていた。僕はいつもそんな沈黙の空間にちらちらと浮かんでいる光の粒子を見つめながら、自分の心を見定めようと努力してみた。いったい俺は何を求めてるんだろう？　そしていったい人は俺に何を求めているんだろう？　しかし答らしい答は見つからなかった。僕はときどき空中に漂う光の粒子に向けて手を伸ばしてみたが、その指先は何にも触れなかった。（第三章）

毎週土曜日の夜になるとロビーで直子からの来るとも知れぬ電話を待ち、人の少ない沈黙の空間で、「光の粒子」を見つめながら内省にふける。「僕」は「空中に漂う光の粒子」に手を伸ばしてみるが、何もつかむことはできない。電話を介して直子への非対称的な思いが表わされている。十八歳から十九歳の間、「日曜日が来ると死んだ友だちの恋人とデートした」と記されているように、電話が通じ約束を交わした日もあったはずだが、直子との電話が通じたことは一度も語られない。空間的距離を超えて人と人とをつなぐはずの電話は、むしろコミュニケーション不全を表象するツールであるように思われるのである。

一方の緑との電話はやや様相を異にしている。若林幹夫によれば「人が電話で話をするとき」「切断と結合が常に同時に起こっている」とされる。つまり、電話は人と人とをつなぐ「結合のメディア」であると同時に、他者を切り離す「切断のメディア」として機能することもある。また、遠く離れていて空間的には切断されていながら、「対面的な対話に類似した」親密な「ふれあい」を作ることも可能であるというのである。こうしたコミュニケーション・メディアの特性を生かした村上春樹の小説に『土の中の彼女の小さな犬』(『すばる』一九八二・一一)があげられよう。語り手の「僕」は、一緒に来るはずだった恋人に、雨に降り込められたホテルから、何度も何度も電話するが相手は出ない。しかし、ホテルで一緒になった女性を癒すことができた、そのあとの電話では、同じ切断/結合も、「僕」には違った意味に感じられてしまう。また、その女性が、かつて庭に愛犬とともに埋めた預金通帳を掘り起こすときにも、遠くで電話の呼び鈴が鳴り響き、背後にある他者との関係性を意識させている。電話は近さ／遠さの二項対立を喚起すると同時に、相手の不在／存在、切断／結合を意識させるツールであるといえよう。

緑の電話に話を戻せば、緑と「僕」の間では十回の通話が試みられている。緑からは二回、「僕」からは八回。緑からの電話は、父の死を伝えるものと、新宿のジャズバーＤＵＧに「僕」を誘い出す電話である。一方、僕がした電話のうち四回は緑が不在。一回は姉が出るが、緑は電話に出ることを拒否。三回は緑本人が出る。しかし、一度は「今あなたと話したくないの」と伝えられ、一度は何も言わずにがちゃんと切られている。コミュニケートは明らかに拒まれている。緑との関係において、電話は切断と結合を意識させながら、その実、「接続」とはほど遠い、相手の不在、拒絶、切断を強く意識させるツールとして機能しているといえる。ここからすると、『ノルウェイの森』における電話というメディアは、いくつもの記憶の切片やら人間関係の断絶と相乗しながら、物語の構造を支える方法論的な装置であると考えられるのである。

四　脱＝中心化された〈終り〉

ならば、小説末尾の緑への電話はどう理解すべきか。

村上春樹は『ノルウェイの森』を発表した二年後の一九八九年に、柴田元幸のインタヴューに答えて、長編小説の〈終り〉のイメージを次のように述べている。

ところが長編はそうじゃない。適当なところでぷつんとぶったぎって、はいこれでおしまいと言って放り出しても、読者はそれでは納得しないですよね。もちろん書いてる方だって納得できない。長編というのは作者も読者もしかるべきカタルシスを要求しますからね。長い時間をかけて書き、長い時間をかけて読むんだから、そんなことしたら「なんだこれ?」ということになって、欲求不満が残りますよね。長編というのは、なんというかね、ある種の自己変革を要求するくらいのパワーのあるものじゃなくてはならないと僕は思うんです。(12)

この村上春樹のことばに沿って『ノルウェイの森』の末尾を理解するとするならば、直子を救うことはできなかったが、「僕」はその分身ともいえるレイコを救う(阿美寮から解放する)ことができた。このことを通して、直子とのことにも区切りをつけ、緑との共生を希う新たな生のステージに上ることができた、ということができよう。「僕」は「ある種の自己変革」を成し遂げ、他者とコミットメントする勇気を得たといったらいいか。

むろん、そう意味づけることは十分に可能である。だが、この小説はむしろ作者自身の言及を裏切るような形に出来上がっているように思われるのである。

僕は緑に電話をかけ、君とどうしても話がしたいんだ。話すことがいっぱいある。話さなくちゃいけないことがいっぱいある。世界中に君以外に求めるものは何もない。君と会って話したい。何もかも君と二人で最初から始めたい、と言った。

緑は長いあいだ電話の向うで黙っていた。まるで世界中の細かい雨が世界中の芝生に降っているようなそんな沈黙がつづいた。僕はそのあいだガラス窓にずっと額を押しつけて目を閉じていた。それからやがて緑が口を開いた。「あなた、今どこにいるの？」と彼女は静かな声で言った。

僕は今どこにいるのだ？

僕は受話器を持ったまま顔を上げ、電話ボックスのまわりをぐるりと見まわしてみた。僕は今どこにいるのだ？　でもそこがどこなのか僕にはわからなかった。見当もつかなかった。いったいここはどこなんだ？　僕の目にうつるのはいずこへともなく歩きすぎていく無数の人々の姿だけだった。僕はどこでもない場所のまん中から緑を呼びつづけていた。（第十一章）

あまりに有名な末尾の文章である。「僕」は、直子の死後ずっと引きずっていた思いからふっ切れ、緑に率直な思いを告げる。長い沈黙――「世界中の細かい雨が世界中の芝生に降っているようなー」沈黙のあと、緑が「あなた、今どこにいるの？」と問いかける。しかし、「僕」は答えることができない。自分の居場所を自分でも了解しえないのだ。二人の電話は、「接続」しているのか「切断」しているのか。長大な物語を語り終えて行き着いたのは「どこでもない場所」であった。

何かがふっ切れ、新しい自分を発見したと同時に、自分を見失っている。語ることが、改めて自分を揺るがす契機にもなっているのである。「自己療養」には容易に到達しない。だからこそ、三十七歳の「今」も、同じように「混乱」し、語り直さなければならないという責務を感じ続けているのである。

繰り返せば、これは『舞姫』的な一人称小説とは明らかに異なっている。『舞姫』の語り手である「余」も、同様に自分を苛む対自的な「恨《うらみ》」から語り始めるが、最後まで自分を見失うことはない。友人相沢謙吉にエリスが廃人になってしまった責任の一端を押しつけながらも、国家有為の人材たるべきであるという、自らの明治的なアイデンティティは決して揺らがない。ドイツから帰国途次の今という時間から、ドイツでの体験が、一つの消失点を持った近代的な遠近法に則るかのように、明瞭に物語化され意味づけられているのである。近代的な主体を立ち上げ支える一人称的物語といってもよかろう。

これに対し、『ノルウェイの森』の一人称はどう考えたらいいだろうか。野家啓一は歴史のナラトロジーを論じ、「物語り行為とは「始め」と「終わり」を相関させるコンテクストを中間項として導入することにより、出来事の「変化」を時間的に組織化する手続き(13)」にほかならないと述べている。『ノルウェイの森』の語りは、この意味では破綻しているように見える。なるほど、明瞭な「終わり」という地点から、「始め」を語り出し、両者を相関させるコンテクストと中間項を導入し記述・説明するという正統的な物語の塑型からは逸脱している。しかし、むしろ、意図的に見通している地点を中心点とせず曖昧化することで物語を閉じているように思われるのである。いわば、近代的な『舞姫』的一人称小説の文法を崩すことで成り立っている。この意味では、すっきりした一人称の理念型からズレる、一九八〇年代的なポストモダン的〈主体〉観に根ざした一人称小説ということができよう。大きな物語に支えられた統一的な〈主体〉はすでに解体してしまって、断片化した集合でしかない。ならば、『ノルウェイの森』の〈終り〉とは、無限に反復・回帰するまさに脱＝中心化されたポストモダン風の〈終り〉というべきものなのかもしれない。つねに語り直され複数化する可能性をもっている。

注

はじめに

（1）アーサー・C・ダント『物語としての歴史――歴史の分析哲学』（河本英夫訳、国文社、一九八九・一〇）。
（2）大橋洋一『新文学入門――T・イーグルトン「文学とは何か」を読む』（岩波書店、一九九五・八）。
（3）上田真「文学研究における終結の問題」（『終わりの美学――日本文学における終結』上田真・山中光一編、明治書院、一九九〇・三）の注によると、Mariama Torgovnick, *Closure in Novel*, Princeton, 1981。
（4）明治二十八年五月十日に遼東半島還付の詔勅が発布された直後の、同月十五日付の『東京朝日新聞』「社説」には以下の文章が載せられている。「勝つて驕らざるのみならず前後の事情を忖度するときは所謂胆を嘗め薪に坐して大に実力を培養するの必要あることは此際国民一般の感ずるところならん」（破扇子「此際に於ける一言の注意」）。

第一部　主題としての〈終り〉

第一章　消し去られた〈終り〉

（1）二〇一二年現在、もっとも精密で信頼に足る筑摩書房版『二葉亭四迷全集』（一九八四年刊）の『浮雲』（初出を底本）の本文には、「（終）」は記されておらず、十川信介の「解題」には以下のように述べられている。「〔『都の花』〕第二十一号十九回の末尾には（終）とあるが、手記「くち葉集　ひとかごめ」の第三篇構想によって中絶であることが明らかである」。ただし、後に、同じく十川が校注した『坪内逍遙　二葉亭四迷集』（岩波書店、二〇〇二・一〇）では「（終）」が明記され、「強いて物語的な「筋」を終らせるよりも、いわゆるオープン・エンディング的な「終」りかたで読む方が、文学作品としては優っているはずである」という解説が付されている。なお、本稿の初出は一九九三年二月（『共立女子短期大学紀要』第三六号）である。

（2）頭注では「初出雑誌に「（終）」と記されているのだが、「くち葉集　ひとかごめ」の構想メモや、また「落葉のはきよせ　二籠め」に記されている第一九回以降の展開を含んだ覚え書き断片の存在によって、このあとさらに展開していく予定であったのが途中で中絶したものであることは、ほとんど疑いの余地がないことだと考えらる」とされ、「（終）」の意味が打ち消されている。

（3）アトランダムにあげると、最新の『二葉亭四迷全集』と同じ筑摩書房から刊行されている『藤村全集』では、形式的ながら「終」が付されている。また、その編集意図は与かり知るところではないが、岩波書店刊の『鷗外全集』の例えば『澀江抽斎』『伊沢蘭軒』には「（終《おはり》。）」が明記されている。

（4）改造社版「現代日本文学全集」第一〇巻（一九二八・一〇）、および春陽堂版「明治大正文学全集」第四巻（一九三〇・二）には、「（終）」は示されていない。

（5）『浮雲』の初出は以下のとおり。第一篇（金港堂刊、明治二〇・六）、第二篇（同、明二一・二）、第三篇（『都の花』金港堂発行、明治二二・七～八）。

（6）『朝野新聞』（明治二〇・七・三）掲載の広告に、『浮雲』が「極《きわめ》て通俗なる言辞を選びまるで平生の談話の如くに人情世態を述られたる者なり」と、意識的に「談話体」をとっている旨を述べた後、「文章の改良を重んずるの士并《ならび》に東洋の将来に於いて必ず行はるゝ文章の体は果して如何ならんと思ふ人は此の小説を一読して大に悟る所あるべきなり」とある。

（7）石橋忍月「浮雲の褒貶」（『女学雑誌』、明治二〇・九・三、一七～一〇・八、一五）。

（8）『國民之友』（明治二二・二・三）、『いらつめ』（明治二二・四・一〇）などに掲載。
（9）Yu・M・ロトマンは「不動的登場人物《ペルソナージ》は、主要な、無題材的なタイプの構造に従属する。彼らは分類に所属し、自らによってそれを確立する。境界線を越えることは彼らに禁じられている」とする（『文学理論と構造主義――テキストへの記号論的アプローチ』磯谷孝訳、勁草書房、一九七八・一二）。
（10）本書第二部第一章「三人称的な〈終り〉の模索――坪内逍遙訳『贋貨つかひ』」参照。
（11）例えば、『いらつめ』（明治二二・一二・一五）の「文芸美術」欄掲載の「明治廿二年度の日本文学世界」でも、逍遙の「明治廿二年文学界（重に小説界）の風潮」（『読売新聞』明治二三・一・一四）でも、二葉亭の名は上がっているが『浮雲』第三篇には言及されていない。
（12）合冊本の末尾は形式的に「浮雲　第三篇　終」とされているが、『太陽』臨時増刊号の方は、同時に掲載された『当世書生気質』『浮城物語』などと同様に「(完)」とされている。
（13）『其面影』（『東京朝日新聞』明治三九・一〇・一〇～一二・三一）、『平凡』（同、明治四〇・一〇・三〇～一二・三一）。
（14）長谷川天溪「無解決と解決」『太陽』明治四一・五。
（15）正宗白鳥「二葉亭氏」坪内逍遙・内田魯庵編『二葉亭四迷』易風社、明治四二・八。
（16）田山花袋「二葉亭四迷君」坪内逍遙・内田魯庵編『二葉亭四迷』易風社、明治四二・八。
（17）島崎藤村「長谷川二葉亭氏を悼む」坪内逍遙・内田魯庵編『二葉亭四迷』易風社、明治四二・八。
（18）田山花袋「『生』に於ける試み」『早稲田文学』明治四一・九。ただし、相馬御風による談話筆記。
（19）田山花袋「描写論」『早稲田文学』明治四四・四。
（20）片上天弦「未解決の人生と自然主義」『早稲田文学』明治四一・二。
（21）島村抱月「自然主義の価値」『早稲田文学』明治四一・五。

(22) 片上天弦「無解決の文学」『早稲田文学』明治四〇・九。
(23) 吉田精一『自然主義の研究』下巻、東京堂出版、一九五八・一。
(24) 長谷川天溪「自然派に対する誤解」『太陽』明治四一・四。
(25) 注20に同じ。
(26) 島崎藤村『新生』第一部(『東京朝日新聞』大正七・五・一〜一〇・五)、第二部(同、大正八・四・二七〜一〇・二三)。
(27) 長谷川天溪「二葉亭四迷子逝く」『太陽』明治四二・六。
(28) 注17に同じ。

第二章 〈未完〉の成立

(1) 素川「二葉亭君」『大阪朝日新聞』明治四二・五・三〇。
(2) 小森陽一「文学の時代」『季刊文学』一九九三・四。
(3) 明治四十二年五月十七日と十八日の『東京朝日新聞』より。
(4) 坪内逍遙談「志に殉したる二葉亭」『東京朝日新聞』明治四二・五・一七。
(5) 内田魯庵談「二葉亭の人物」『新小説』明治四二・六。
(6) 坪内逍遙『柿の蔕』中央公論社、一九三三・七。
(7) 広津和郎「二葉亭を想ふ」『東京日日新聞』大正一〇・六・一七〜二一。
(8) 阿部次郎『人格主義』岩波書店、大正一一・六。
(9) 中村光夫『今はむかし――ひとつの文学的回想』講談社、一九七〇・一〇。
(10) 中村光夫「二葉亭の不幸」『東京新聞』一九五〇・一〇・一四。

（11）中村光夫「二葉亭四迷伝と私」『近代文学論文必携』学燈社、一九六三・六。
（12）『二葉亭論』は原則として初出より引用した。ただし、初版単行本を参考にした部分もある。
（13）藤森成吉「『浮雲』の歴史的分析」（『明治文学研究』一九三四・六）。また、中村光夫の「二葉亭四迷論」と同一雑誌に掲載された辻野久憲「文学への懐疑——二葉亭四迷について」（『文学界』一九三三・一一）においても、『浮雲』の「未完」については言及されてはいない。
（14）これは、同時期に、柳田泉が東京朝日新聞社版の『二葉亭四迷全集』（明治四三～大正二）に付された「日記」の写真から『浮雲』の未完に説き及んでいること（『文学』一九三七・九）にも重なっている。
（15）『浮雲』の未完を匂わす二葉亭の友人の言は一、二あるが、中村光夫はそれを根拠としてはいない。それらは、『浮雲』の未完を前提とする後の研究者たちによって遡及的に探し出された資料であって、少なくとも同時代の読者が、それを根拠として『浮雲』の未完を論じたというものは報告されていない。
（16）自らも『浮雲』の作者として名を連ねた坪内逍遙の『小説神髄』（晩成堂、明治一八・九～一九・四）における「小説《ノベル》」の概念の記述を思い起こせば十分であろう。逍遙は、「小説すなはちノベル」は「世の人情と風俗をば写すを以て主脳となし、平常世間にあるべきやうなる事柄をもて材料として而して趣向を設くるものなり」（「小説の変遷」）としている。
（17）小林秀雄「ドストエフスキイに関するノオト——『未成年』の独創性について」『文芸』一九三三・一二。
（18）平野謙『現代日本文学入門』要書房、一九五三・七。
（19）発表誌は以下のとおり。中村光夫「転向作家論」（『文学界』一九三五・二）、横光利一「純粋小説論」（『改造』一九三五・四）、中村光夫「純粋小説について」（『文学界』一九三五・五）、小林秀雄「私小説論」（『経済往来』一九三五・五～八）、中村光夫「私小説について」（『文学界』一九三五・九）。
（20）瀬沼茂樹「心境小説の転向」『セルパン』一九三三・七。

(21) 例えば、宇野浩二「私小説私見」(『文芸首都』一九三三・九)、河上徹太郎「私小説の私小説(文芸時評)」(『文芸』一九三三・一二)、田村泰次郎「私小説とリアリズムとの遊離」(『新潮』一九三四・八)、亀井勝一郎「私小説についての感想」(『新潮』一九三五・八)などの私小説についての言及があり、雑誌『新潮』でも「私小説とテーマ小説」(一九三五・一〇)という特集を組んでいる。

(22) 「リアリズムに関する座談会」(『文学界』一九三三・一〇)における尾崎士郎・青野季吉の発言、横光利一の「純粋小説論」(前掲)など。

(23) 注20に同じ。

(24) 中村光夫「伝記を書いて」『群像』一九五八・一一。

(25) 宇波彰「小林秀雄における批評の方法」『三田文学』一九六九・四。

(26) 岩崎萬喜夫「『浮雲』に於ける写実精神」『季刊明治文学』一九三四・一一。

(27) 片岡良一「二葉亭と明治時代」『文学』一九三七・九。

(28) 磯田光一「戦後批評家論V　中村光夫論」『文芸』一九六八・三。

第三章　〈終り〉をめぐる政治学

(1) 高田知波「解説」高田知波編『近代文学の起源』若草書房、一九九九・七。

(2) 滝藤満義「『浮雲』の中絶と日本近代文学」『語文論叢』一九九八・一二。

(3) 坪内雄蔵・弓削田精一・内田貢編『二葉亭全集』第四巻、東京朝日新聞社、大正二・七。

(4) 廣橋一男「『小説神髄』と『小説総論』」『文学』一九四八・七。

(5) 永平和雄「二葉亭の問題――『浮雲』と『舞姫』」『日本文学』一九五三・一。

(6) 猪野謙二「写実主義成立前後」『近代日本文学講座』3、河出書房、一九五一・一〇。

(7) 安住誠悦「二葉亭における「実感」の問題――その精神形成史序説」『国語国文研究』一九五一・一二。
(8) 坂本浩「モデル小説と私小説」『国文学　解釈と鑑賞』一九五〇・七。
(9) 岩崎萬喜夫「『浮雲』に於ける写実精神」『季刊明治文学』一九三四・一一。
(10) 片岡良一「二葉亭と明治時代」『文学』一九三七・九。
(11) 中村光夫「二葉亭四迷論」『文学界』一九三六・四〜一〇。
(12) 亀井勝一郎「内海文三――二葉亭四迷『浮雲』」『現代文学にあらはれた知識人の肖像』文藝春秋、一九五二・七。
(13) 瀬戸山照文「現代の伝説――二葉亭の文芸観」『東北大学文芸研究』一九五〇・一。
(14) 水野清「二葉亭四迷『浮雲』の分析」『文学』一九四七・一。引用にあたり一部表記を変えた部分がある。
(15) 猪野謙二「日本リアリズムの成立――逍遙・花圃・二葉亭・鷗外」『近代日本文学史研究』未来社、一九五四・一。
(16) その例として、岩城準太郎「二葉亭四迷」(『国語と国文学』一九五一・六)、勝山功「二葉亭四迷の『浮雲』に就いて」(『群馬大学紀要』一九五三・三)、坂本浩「二葉亭四迷論――『浮雲』を中心として」(『日本文学』一九五三・一二)があげられる。
(17) 清水茂「二葉亭四迷――戦後の『浮雲論』について」『日本文学』一九五五・一一。
(18) 川副国基「二葉亭四迷論小史」『日本自然主義の文学――およびその周辺』誠信書房、一九五七・二。
(19) それぞれ初出は次のとおり。「私は懐疑派だ」(『文章世界』明治四一・二)、「余の思想史」(『成功』明治四一・四)、「予が半生の懺悔」(『文章世界』明治四一・六)。
(20) 十川信介「二葉亭四迷における「正直」の成立」(『国語国文』一九六四・八)。後に『二葉亭四迷論』(筑摩書房、一九七一・一一)に再掲。

(21) 藤井淑禎も「正直」をめぐるこれらの論で、十川信介が「作品外の事実によって作品を意味づけ」(「『浮雲』研究の現段階」『東海学園国語国文』一九八四・一〇)ていることを指摘しているが、拙稿とこの論についての評価・位置づけが異なっている。なお、十川が編集した筑摩書房版『二葉亭四迷全集』(一九八四年刊)の『浮雲』「解題」には以下のように述べられている。「第二十一号十九回の末尾には〔終〕とあるが、手記「くち葉集 ひとかごめ」の第三篇構想によって中絶であることが明らかである」と。ただし、後に、同じく十川が校注した『坪内逍遙 二葉亭四迷集』(岩波書店、二〇〇二・一〇)では、「強いて物語的な「筋」を終らせるよりも、いわゆるオープン・エンディング的な「終」りかたで読む方が、文学作品としては優っているはずである」という解説が付されている。ここにも解釈の歴史性が刻み込まれていると思われる。

(22) 石丸久「『浮雲』はなぜ中絶したのか」『国文学 解釈と鑑賞』一九六三・五。

(23) 小田切秀雄『二葉亭四迷――日本近代文学の成立』岩波書店、一九七〇・七。

(24) 荒正人「文学的近代――『浮雲』の文三について」『文学会議』一九四七・四。

(25) 田中邦夫「『浮雲』の完結――第三編の成立過程」(『大阪経大論集』一九九六・三、一九九七・一)。『二葉亭四迷「浮雲」の成立』(双文社出版、一九九八・二)に再掲。

(26) 注2参照。

(27) 高橋修「主題としての〈終り〉」一(『共立女子短期大学文科紀要』第三六号、一九九三・二)、同二(『共立女子短期大学文科紀要』第三八号、一九九五・二)。本書では第一部第一章、第二章にあたる。

(28) 和田敦彦『読むということ――テクストと読書の理論から』ひつじ書房、一九九七・一〇。

第四章 探偵小説の〈終り〉

(1) 小森陽一『構造としての語り』新曜社、一九八八。

（2）藤井淑禎「森田思軒の出発――『報知叢談』試論」『国語と国文学』一九七七・四。
（3）ヴィクトル・ユゴー『私の見聞録』稲垣直樹訳、潮出版社、一九九一。
（4）柳田泉『明治初期翻訳文学の研究』春秋社、一九六一。
（5）森田思軒「日本文章の将来」『郵便報知新聞』明治二一・七・二四〜二八。
（6）*Things Seen*, New York: Harper & Brother Publishers, 1887.
（7）森田思軒『随見録』「序」『國民之友』明治二一・五・一八。
（8）徳富蘇峰『思軒全集　巻壹』「序」堺屋石割書店、明治四〇・五。
（9）丹羽純一郎訳『欧州奇事花柳春話』坂上半七、明治一一・一〇〜一二・四。
（10）二葉亭四迷「落葉のはきよせ　二籠め」。引用は『二葉亭四迷全集』第五巻（筑摩書房、一九八六）より。
（11）依田百川「評言」『國民之友』明治二〇・六・一五。
（12）二葉亭四迷訳『あひゞき』（『國民之友』明治二一・七・六〜八・二）、二葉亭四迷訳『めぐりあひ』（『都の花』明治二一・一〇・二一〜二二・一・六）。
（13）注1に同じ。なお、森田思軒の「社会の罪」という文章が『國民之友』に掲載されたのは、明治二十四年五月十三日号である。
（14）小涙「探偵談と疑獄譚と感動小説には判然たる区別あり」『絵入自由新聞』明治二二・九・一九。
（15）例えば江戸川乱歩の『幻影城』（岩谷書店、一九五一）に書き込まれている次のような定義、「探偵小説とは、主として犯罪に関する難解な秘密が、論理的に、徐々に解かれて行く経路の面白さを主眼とする文学」である。
（16）内田隆三『探偵小説の社会学』岩波書店、二〇〇一。
付記　本稿は二〇〇二年一月の上智国文学会冬季大会で「ヴィクトル・ユゴー『見聞録』と森田思軒訳『探偵ユーベル』の間――「探偵小説」というあり方をめぐって」と題して口頭発表したものに基づいている。また、論の構成上「森田思軒の〈周密〉訳」（新日本古典文学大系明治編『翻訳文学集二』岩波書店、二〇〇二）と一部内容が重なることをお断わりしておく。

第五章　同時代的な想像力と〈終り〉

（1）徳冨蘆花『小説　富士（第二巻）』福永書店、一九二六・一。

（2）山本芳明「ディスクールの世紀末〈父〉の肖像――徳冨蘆花『不如帰』」『国文学』一九九五・九。

（3）渡辺拓「『不如帰』についての二、三の視点」『論樹』一九九五・九。

（4）柄谷行人「病という意味」『日本近代文学の起源』一九八〇・八。

（5）注4に同じ。

（6）明治三十一年十二月七日の『國民新聞』社説には、「超越党派的精神」と題して、「戦勝後」の日本のとるべき方向について以下のような文章が掲げられている。「戦勝後の日本は、其地位の進転と共に其責任亦非常に重くなり、加ふに内には財政の困難を以てせり。たとへグラッドストンをして其局に当たらしむるも、ビスマークをして其局にあたらしむるも、西郷木戸大久保諸公をして其局に当たらしむるも、日本の今日は到底難局なるに相違なし。此の難局に処し、如何にせば日本は、極東に相応の地位を占め、以て其戦勝に因て得たる名誉を平和に因て維持し行くを得べき乎。是れ日本全国民の十二分に考へざるべからざること（下略）」。

（7）「下篇（六）の二」で、武男が旅順埠頭で片岡中将を救う場面でも、「蔭を忍び」背後から中将を襲う「清人」が、卑怯な中国人として表象されている。

（8）佐藤勝「『不如帰』の位置――明治三十年代の文学・その二」『東京女子大学創立五十周年記念論文集』一九六八・一〇。

（9）坪内逍遙「小説の主眼」『小説神髄』松月堂、一八八五・九〜一八八六・四。

（10）広津柳浪『残菊』吉岡書籍店、一八八九・一〇。
（11）福田眞人『結核の文化史――近代日本における病のイメージ』名古屋大学出版会、一九九五・二。
（12）スーザン・ソンタグ『新版　隠喩としての病――エイズとその隠喩』富山太佳夫訳、みすず書房、一九九二・一〇。
（13）『不如帰』初出（『國民新聞』明治三二・五・二四）には「武男さん、確かい頼んますぞ。……前途遼遠しぢや。何も男児の心膽を練るのぢや。……あ、、久し振りだ。武男さん、一処に来なさい。寛々台湾の話でも聞かふ！」（完結）となっている。「わたしは矢張卿の爺ぢや」という父子関係を指示する言葉は見えていない。蘆花は、単行本出版時に、この言葉を付け加えることが『不如帰』の〈終り〉により相応しいと考えたのだと思われる。
（14）山下悦子『マザコン文学論――呪縛としての〈母〉』新曜社、一九九一・一〇。
（15）『不如帰』の結末に言及している論考に山本芳明論文（注2）、渡辺拓論文（注3）のほかに、次のようなものがある。「〈自然〉にふんだんに恵まれた墓地が夢の世界として〈現実〉と対置されていたわけで、そこにおいて初めて妻を亡った青年と娘を亡った老人の魂の浄化が果たされるという結末なのである」（藤井淑禎「海辺にての物語――『不如帰』の系譜」『文学』一九八六・八）、「台湾戦争に対する読者の想像力を喚起する結末になっているということができる。その意味で『不如帰』ほど、日清戦争と台湾戦争との連続性をあらわにした文学作品は珍しいのではないか」（高田知波「「戦前」文学としての「戦後」文学――徳富蘆花『不如帰』への一視点」『社会文学』一九九五・七）、「「武男君《さん》、浪は死んでも、わたしは矢張《やつぱい》卿《あなた》の爺《おやぢ》ぢや。確かい頼んますぞ」云々という言葉は、永遠の妻としての浪子と武男との夫婦関係に確固たる保証を与えることになる。それによって逆説的なかたちで、浪子の美徳は死後の世界における不滅の勝利をおさめるのである。その意味で、『不如帰』の終わりは、「常套の悲劇」を巧みに回避することを通して、より劇的に演出されたメロドラマの新しい様式を打ち出していると捉えてよいだろう」（関肇「始原のメロドラマ――徳富蘆花『不如帰』を読む」『日本文学』二〇〇六・二）。いずれも傾聴に値する論であるが、拙稿とは異なる論点に立っている。

第六章　オープンエンドという〈終り〉

(1) 石原千秋「《座談会》未完小説をめぐって」『季刊文学』第四巻四号、一九九三・秋。
(2) 上田真「〈総合討論〉終わりの美学――文学における終結」上田真・山中光一編『終わりの美学――日本文学における終結』明治書院、一九九〇・三。
(3) 川口喬一・岡本靖正編『最新文学批評用語辞典』研究社出版、一九九八・七。
(4) ウンベルト・エーコ『開かれた作品』篠原資明・和田忠彦訳、青土社、一九九〇・一二。
(5) 佐藤泉『漱石　片付かない〈近代〉』(日本放送出版協会、二〇〇二・一)。この本の「はじめに」で「漱石には、むしろ片付けてしまわないことへの強固な意志があったように感じる。一つの主題に簡単な決着をつけないこと、それを別の台の上に置きなおしてみること。この本では、なかなか片付かない漱石の主題の運動と、社会のなかで変動していった、やはり片付かない「漱石」像とを、たどっていこうと思う」と述べている。
(6) 上田真「日本文学における「終わり」の感覚」『終わりの美学』注2に同じ。
(7) 水村美苗「「男と男」と「男と女」――藤尾の死」『批評空間』第六号、一九九二。
(8) 高橋修「アレゴリー小説としての『虞美人草』――一種の勧善懲悪主義？・」『漱石研究』第一六号、二〇〇三・一〇。
(9) 関肇「メロドラマとしての『虞美人草』」(『漱石研究』第一六号、二〇〇三・一〇)に詳しい。
(10) 柄谷行人「解説」『明暗』新潮文庫、一九八七・六。
(11) 佐藤泰正「『明暗』――最後の漱石」『夏目漱石論』筑摩書房、一九八六・一一。
(12) ジョナサン・カラー『文学理論』荒木映子・富山太佳夫訳、岩波書店、二〇〇三・九。

（13）三好行雄「『明暗』の構造」『講座夏目漱石』第三巻、有斐閣、一九八一・一一。
（14）注5に同じ。

第二部　〈終り〉をめぐる断章

第一章　三人称的な〈終り〉の模索

引用は初出による。

（1）内田不知庵「忍月居士の『お八重』」『女学雑誌』明治二三・五・一一。
（2）石橋忍月「贋貨つかひ　松のうち」『國民之友』明治二二・一〇。
（3）松本伸子「『無敵の刃』について」（『坪内逍遙研究資料』第一二集、一九八四・一二）。松本は同論で、翻訳小説『無敵の刃』についての緻密な分析を行なっている。翻訳文学に深い理解を有していると思われる松本にしても、こう論じているのである。
（4）Anna Katharine Green, X.Y.Z., New York: G. P. Putnam's Sons, 1883（ハーバード大学図書館蔵）。なお、著者であるキャサリン・グリーン（一八四六〜一九三五）は、世界で初めての女性推理小説作家とされ、処女長編『リーヴェンスワースの事件』（一八七八）はとくに有名である。日本においても黒岩涙香によって『真暗』（『絵入自由新聞』明治二二・八・九〜一〇・二六）として翻訳紹介されている。
（5）『読売新聞』初出（明治二〇・一一・二七〜一二・二三）、駸々堂本店刊の単行本（明治二一・八）ともに『贋貨つかひ』とされているが、明治二十五年十一月東雲堂本店発行のものは『贋もの』と改められている（内容は全く同じ）。緒言も「贋もの」とされており、単純にいえば『贋もの』の方がより原文に沿っていることになるが、読まれ方は変わってしまうことになる。

（6）例えば、定宗・丈次郎（弟）兄弟の叔父のことば、“To counterfeit wrong when one is right, necessarily opens one to misunderstanding.”（自分が正しいのに正しくないふりをすること〔To counterfeit〕は、必然的に誤解を受けることになる）を、「五円の金貨を銅貨でございますとごまかすと矢張贋金つかひ〔counterfeit〕と思《おもは》れてトンダ誤解《おもひちがひ》をされる種だ」とし、「贋貨つかひ」との関係を仄めかしている。こう言われる弟は、兄の窃盗の罪をかぶって〔To counterfeit〕家を出ていたのである。“counterfeit”は、「贋金偽造者」「贋もの」「偽ること」と極めて多義的な意味を帯びていたことがわかる。逍遙訳では、一義的に「贋貨つかひ」とされている。

（7）拙稿「『新磨妹と背かゞみ』論――『花柳春話』を軸として」（日本文学研究資料新集一一『近代日本文学の成立』有精堂、一九八六・一二）参照。

（8）『黒猫』（『読売新聞』付録、明治二〇・一一・三、九）、『ルーモルグの人殺し』（同、明治二〇・一二・一〇、一三、一七、三〇）。

（9）木村毅「解題」（明治文学全集七『明治飜訳文学集』筑摩書房、一九七二・一〇）、同『日米文学交流史の研究』（恒文社、一九七二・六）。

（10）小森陽一『構造としての語り』新曜社、一九八八・四。

（11）「私はこれに頷いて同意し、郵便局にあてられている所から散歩に出ようとした。その時、店の反対側から急いで近づいてきた一人の若い男とぶつかった。「失礼」、彼は言った。私は、振り返ってみた。彼の声の調子が紳士風で、率直な謝罪にそえた会釈があまりに自然だったからだ。」

（12）ジェラール・ジュネット『物語のディスクール』花輪光・和泉涼一訳、書肆風の薔薇、一九八五・九。

（13）「之《これ》」は、原文の“I had pushed this.”を踏まえているのだが、一人称的な語りの場で示された“this.”をそのまま引き受けることで、粟栖にとっての今・ここの意識が伝えられることになる。E・バンヴェニストは、「ここ」「いま」「わたし」という代名詞の性質を論じ、「ここといまは、わたしを含むいまの話《わ》の現存と共外延的・同時的な空間的・時間的現存の境界を画定する」（『一般言語学の諸問題』河村正夫ほか訳、みすず書房、一九八二・四）と述べている。

（14）明治二十年の著作では依田学海『侠美人』（明二〇・七、一二）、『ルーモルグの人殺し』（注8参照）があげられる。〈同伴者〉については、注16参照。

（15）『松のうち』（『読売新聞』明治二一・一・五～二・八）、ただし「発端」は「忘年会」として同紙の明治二〇・一二・二八～三〇に発表。

（16）小森陽一は、「同伴者的な一人称の方法の有効性」（『構造としての語り』注10）に注目し、そこから明治二〇年代の前半の表現状況を鮮やかに切り開いて見せた。本稿も、それに負うところが大きい。ただし、「同伴者的な一人称」という地点からだけでは、三人称の形式をとっている「細君」の成功は説明できないのではないか。そこには、語り手が誰に焦点化して語るかという〈視点〉論の問題も組み合わせなければならないと思われる。

（17）「外国美文学の輸入」『早稲田文学』、明治二四・一一。

（18）松屋主人「飜訳の改良」『読売新聞』、明治二〇・三・二六。

（19）山内志朗「創作としての翻訳」（現代哲学の冒険五『翻訳』岩波書店、一九九〇・一二）。山内は、こうした翻訳論を「古典的翻訳論」と呼んでいる。

（20）ロマーン・ヤーコブソン『一般言語学』川本茂雄ほか訳、みすず書房、一九七三・三。

（21）柳田泉『続随筆明治文学』（春秋社、一九三八・八）。なお、『明治初期翻訳文学の研究』（春秋社、一九六一・九）にも同様の記述がある。

第二章　韜晦する〈終り〉

『平凡』の引用は『二葉亭四迷全集』第一巻（筑摩書房、一九八四・一一）による。ルビは適宜省いてある。なお、本章の内容上、拙論「描写」「大人と子供」（『読むための理論』世織書房、一九九一）と一部重なる部分があることをお断わりしておく。

(1) 長谷川天溪「無解決と解決」『太陽』明治四一・五。
(2) 正宗白鳥「二葉亭について」『改造』一九二七・一〇。
(3) 土井湧「『平凡』覚書」『明治文学研究』一九三四・三。
(4) 二葉亭四迷「私は懐疑派だ」『文章世界』明治四一・二。
(5) 柄谷行人「漱石論」『群像』臨時増刊、一九九二・五。
(6) 坪内雄蔵「『中学新読本』編纂の首意」明治図書、明治四二・一。
(7) 第二次大戦前までの中学校国語科教科書の内容を調査した田坂文穂編の『旧制中等教育国語科教科書内容索引』（教科書研究センター、一九八四・二）によれば、『平凡』の一部を掲載した教科書（読本）は数十種に及んでいる。
(8) 日本近代文学体系4『二葉亭四迷集』（角川書店、一九七一・三）の頭注による。
(9) 田山花袋「描写論」『早稲田文学』明治四四・四。
(10) 清水茂も「後期の二葉亭」（『日本文学』一九五八・三、四、七）で「その手法はかなり「写生」的である」と指摘している。しかし、その根拠は明確に示されてはいない。
(11) 福田清人「二葉亭四迷の『平凡』――現代文の扱い方（六）」『国文学　解釈と鑑賞』一九五一・二。
(12) 上田万年著『中等教科作文法』上巻、大日本図書、明治四二・二。
(13) 鹿島浩・安武磯喜共編『新撰中学文範』一、啓成社、明治四三・六。
(14) 高木武著『中等作文教本』巻一、修文館、大正一三・八。
(15) 昭和八年に発行された教師用の指導書『新制国語読本教授参考書』巻一（三省堂編輯所編纂、一九三三・四）の「教授要旨」による。ただし、二葉亭が実際に「思ふまゝに筆をはこばせた」か否かは別問題である。

(16) 長谷川天渓「二葉亭四迷子逝く」『太陽』明治四一・六。

第三章　勧善懲悪小説的な〈終り〉

(1) 小谷野敦『夏目漱石を江戸から読む――新しい女と古い男』中公新書、一九九五。
(2) 水村美苗「「男と男」と「男と女」――藤尾の死」『批評空間』第六号、一九九二。
(3) 吉川豊子「虞美人草」『国文学』一九八七・五。
(4) 平岡敏夫「「虞美人草」論」『日本近代文学』一九六五・五。
(5) 西垣勤「『虞美人草』」『漱石と白樺派』有精堂出版、一九九〇。
(6) 夏目漱石「文学談」『文芸界』明治三九・九。
(7) 正宗白鳥「夏目漱石論」『文壇人物評論』中央公論社、一九三二。
(8) 注4に同じ。平岡敏夫は『虞美人草』を「政治小説の系譜につらなる「文明」批判小説の到達点」であるとする。ただし、平岡が指摘するように、政治小説的「文明」批評と漱石の「文明」批評を一直線に結びつけるのにはためらいを感じる。むしろその両者の質的な具体的差異に注目しなければならないのではないか。
(9) 注2に同じ。
(10) 小宮豊隆宛書簡、明治四〇・七・一九。
(11) 飯田祐子「『虞美人草』――藤尾と悲恋」『彼らの物語――日本近代文学とジェンダー』名古屋大学出版会、一九九八。
(12) 高木元「勧善懲悪」研究資料日本古典文学第四巻『近世小説』明治書院、一九八三。
(13) 柄谷行人「漱石とジャンル」『漱石論集成』第三文明社、一九九二。
(14) 高浜虚子宛書簡、明治四〇・七・一六。

(15) 高原操宛書簡、大正一一・一一・一二。
(16) 注15に同じ。
(17) 注15に同じ。

第四章 〈暴力〉小説の結末

引用は『芥川龍之介全集』第五巻(岩波書店、一九七七・一二)による。ただし、ルビは適宜省いてある。

(1) ヴェネチア国際映画祭グランプリ(一九五〇年)、イタリア記者全国連盟優秀外国映画賞(一九五一年)、アメリカアカデミー賞最優秀外国映画賞(一九五二年)などを受賞している。
(2) 黒澤明「人間を信ずるのが一番大切なこと」『映画ファン』一九五二・四。
(3) 映画『羅生門』については、萩原茂の「映画『羅生門』について——原作『藪の中』にふれて」(『吉祥女子中学・高等学校「研究誌」』一九八八・六)に詳しい。
(4) 中村光夫「『藪の中』から」『すばる』一九七〇・六。
(5) 福田恆存「公開日誌〈四〉——『藪の中』について」『文学界』一九七〇・一〇。
(6) 高田瑞穂「『藪の中』論」『成城国文学論集』一九七三・九。
(7) 大岡昇平「芥川龍之介を弁護する——事実と小説の間」『中央公論』増刊、一九七〇・一二。
(8) 三島譲「「解説」」『作品と資料　芥川龍之介』双文社出版、一九八四・三。
(9) 注7に同じ。
(10) 笠井秋生「『藪の中』私考——三つの陳述の信憑性をめぐって」『評言と構想』一九七九・三。
(11) 長野甞一「『藪の中』」『古典と近代作家——芥川龍之介』有朋堂、一九六七・四。
(12) 村橋春洋「『藪の中』小論——近代人の悲劇」『日本文芸研究』一九七九・一二。

(13) 注4に同じ。
(14) 安東璋二「『藪の中』の真実」『語学文学』一九八六・三。
(15) 注14に同じ。
(16) 海老井英次「『藪の中』主題考――『藪の中』論(二)」『北九州大学文学部紀要』一九七六・一二。
(17) 海老井英次「『藪の中』原典と作家の主体――『藪の中』論(一)」『北九州大学文学部紀要』一九七四・二。
(18) 注16に同じ。
(19) 注8に同じ。
(20) 中島一裕「芥川龍之介『藪の中』の重層的構成――文章表現論の事例研究」『青須我波良』一九八二・一一。
(21) 注16に同じ。
(22) 山口幸祐「『藪の中』試論」『都大論究』一九七九・四。
(23) 注16に同じ。
(24) 影山恒男「芥川龍之介における中有の心象の位相」『成城国文』一九七九・一〇。
(25) 佐々木雅発「『藪の中』捜査――真砂の場合」『比較文学年誌』一九八四・三。
(26) 注22に同じ。
(27) 溝部優実子「『藪の中』私論――悲劇の起因をめぐって」『国文目白』一九八九・一一。
(28) J・P・サルトル『存在と無』II、松波信三郎訳、人文書院、一九五八・二。
(29) 福井康之「まなざしの心理」『現代のエスプリ』一九八五・八。
(30) R・D・レイン『ひき裂かれた自己』阪本健二・志貴春彦・笠原嘉訳、みすず書房、一九七一・九。
(31) 例えば、美術批評家J・バージャーは女性の裸体画を論じて、「男は行動し、女は見られる。男は女を見る。女は見られている自分自身を見る。これは男女間の関係を決定するばかりでなく、女性の自分自身に対する関係をも決定してしまうだろう」と述べている（『イメージ　Ways of Seeing』伊藤俊治訳、ＰＡＲＣＯ出版局、一九八六・二）。

（32）今村仁司「暴力」『現代思想を読む事典』講談社現代新書、一九八八・一〇。

（33）今村仁司『排除の構造』青土社、一九八五・六。

（34）注4に同じ。

（35）ミッシェル・フーコー『性の歴史Ｉ　知への意志』渡辺守章訳、新潮社、一九八六・九。

第五章　〈痕跡〉としての「楢山節」

引用は『楢山節考』（中央公論社、一九五七・二）による。

（1）「選後評」『中央公論』一九五六・一一。

（2）正宗白鳥「また一年――懐疑と信仰」『中央公論』一九五六・一二。

（3）注1に同じ。

（4）山本健吉「深沢七郎の作品」『中央公論』一九五七・一。

（5）注4に同じ。

（6）小説には「村には名がないので〈隣り合う〉両方で向う村と呼びあっていたのである」と記されている。それにしても、こちら側の人間が、自分の村を「向う村」と呼ぶことはあるまい。

（7）ヴァルター・ベンヤミン『ドイツ悲劇の根源』川村二郎・三城満禧訳、法政大学出版局、一九七五・四。

（8）周知のように、『楢山節考』には、あたかも「楢山節」を採譜したかのような楽譜が付されている。この、作曲者名も記されていない楽譜は、文字記号による表現と重なりながら、架空の「楢山節」という民謡の実在性と、それが〈肉声〉をともなっているということを、同時に伝えている。かつ、その節回しも、初出時から単行本に収録される際に微妙に変えられており、そこに、著者が職業的なギター弾きであったという意味にとどまらない、「楢山節」の〈音声〉再現に対する強いこだわりを読み取ることができる。

(9) 松本鶴雄「深沢七郎――土着者の幻視的史眼」『文学者』一九六五・一〇。後に日本文学研究資料叢書『井伏鱒二・深沢七郎』(有精堂、一九七七・一二)に再録。

(10) 呼び起こされるのは、具体的な〈習俗〉としての「姥棄て」ではなく〈物語〉としての「姥棄て」であると考えるべきであろう。

(11) 金井美恵子は、「深沢七郎へ向かって一歩前進二歩後退――作品論のための控え書」(『凶区』一九六九・二)において、冒頭の祭り歌のもう一人の聞き手である辰平に注目している。金井は、辰平が死の世界という「極地」に近づきながら、こちらの世界に戻って来ざるをえないというところに、『楢山節考』のもう一つの中心を読もうとするのである。興味深い論ではあるが、そうした辰平の帰還に、深沢七郎の作家的「運命」を重ねようとする論の性格上、辰平がどのような新しい物語論的地平に立ったかは具体的に論じられていない。

(12) 赤坂憲雄「異相の習俗・異相の物語――『楢山節考』を読む」『ユリイカ』一九八八・一〇。

(13) 注4に同じ。

第六章　一人称小説の〈終り〉

(1)『舞姫』本文には「此恩人は彼を精神的に殺しゝなり」とあり、友人相沢謙吉がエリスを「精神的に殺し」たとされるが、実質的にはエリスを廃人にしたのは太田豊太郎本人である。

(2) 小森陽一『文体としての物語』(筑摩書房、一九八八・四)参照。

(3) 鈴木智之『村上春樹と物語の条件』青弓社、二〇〇九・八。

(4) 遠藤伸治「村上春樹『ノルウェイの森』論」『近代文学試論』一九九一・一二。

（5）ポール・リクール『時間と物語Ⅰ』久米博訳、新曜社、一九八七・一一。
（6）ジェラール・ジュネット『物語のディスクール』（花輪光・和泉涼一訳、書肆風の薔薇、一九八五・九）の「物語の四つのテンポ」の分類による。他に、「休止法」「要約法」「省略法」がある。
（7）四方田犬彦「村上春樹と映画」『世界は村上春樹をどう読むか』柴田元幸・沼野充義・藤井省三・四方田犬彦編、文藝春秋、二〇〇六・一〇。
（8）注6に同じ。
（9）木股知史「手記としての『ノルウェイの森』」『昭和文学研究』第二四号、一九九二・二。
（10）小林康夫「エクリチュールと〈インターコース〉」『文学の方法』東京大学出版会、一九九六・四。
（11）吉見俊哉・若林幹夫・水越伸『メディアとしての電話』弘文館、一九九二・一一。
（12）村上春樹「ロング・インタヴュー　山羊さん郵便みたいに迷路化した世界の中で」『ユリイカ』一九八九・六。
（13）野家啓一「歴史のナラトロジー」新・哲学講義8『歴史と終末論』岩波書店、一九九八・八。

あとがき

はじめて『浮雲』の〈終り〉について論じようと思ったのは一九九一年、作品論・作家論からテクスト論へという大きな地殻変動の時期だった。それは文学研究という領域にとどまらない、言語論的転回とも呼ばれる人間観・社会観・学問観を含み込む知の転換期であり、研究のスタンスを超える世界認識のあり方のまさにシフト・チェンジの時代だった。その勢いは、時に世代間論争を巻き起こし、そこかしこで研究方法をめぐって熱い議論がなされていたと記憶している。そんな折、友人たちと『読むための理論』（世織書房、一九九一年）という本を出版して、『浮雲』の〈終り〉を考えたのは、その実践のような気持もあった。テクスト論的に『浮雲』の結末をみればどうみえるのか。テクスト論的な関心に沿って『浮雲』の末尾をテクストクリティークすればどうなるのか。そのころは、文学研究というディシプリンを問い直すというカルチュラル・スタディース風の明確な問題意識があったわけではないが、それをとおして解釈という行為にはたらくイデオロギーを改めて知ることになった。解釈とは単なるテクストの意味づけ行為ではなく、テクストのまさに本文を作り上げるほどの力を持っている、そんな現場に立ち会ったような思いがした。

むろん、それ以前から小説の〈終り〉の持つ特別な喚起力についての関心がなかったわけではない。たとえば、ジュネットによって「内的多元焦点化」の例として引き合いに出される『藪の中』（黒澤明による映画『羅生門』）は、いくつもの陳述が無造作に並立的に列挙されているかのようにしばしば論じられてきた。しかし、こうしたテクストにおいても読み始める時間と読み終える時間があるはずで、やはり明瞭な〈はじめ〉と〈終り〉をもっている。では、何をもって〈終り〉とするか、そこから眺めるだけで『藪の中』の風景はすっかり変わってしまう。

すべてのテクストは例外なく〈終り〉をもっており、テクストの数だけ〈終り〉方がある。また、〈終り〉をどう受け止めるかも個人的なことであり千差万別である。それでいて、〈終り〉の問題は解釈共同体の内部にとどまらず、テクストの外部たる（本来テクストに内も外もないのだが）同時代的なメタファーの体系、象徴体系とも強く結びついているようにみえる。そこには、文化史・社会史的な問題の広がりがある。こうした認識を持つことにより、〈終り〉のもつ問題は文学研究と文化研究が切り結んでいる地点に浮上してくるということが、おぼろげな輪郭をもって理解できてきたような気がする。遅ればせながら、〈終り〉をめぐる研究領野の広さと深さを知ることになった。〈終り〉にこそテクストを読み解く主題がある。

しかし、思いはあっても研究は遅々として進まず、時が経ってしまった。問題を深められたかも、〈終り〉の持つカタルシスに十分触れられたかどうかも心許ない。それでも、こうした考えの一端を一冊の本としてまとめられたのは幸いなことというしかない。このような試みに付き合ってくれた新曜社には感謝しなければならない。ただ、その後、新しい研究も出て、内容を改めるべき点も多々あると思われる。だが、それはそれとして、書かれた一つ一つの論稿は歴史的なものだと了解して、改稿は一部にとどめ、基本的にそのまま載せることにした。ご批判ご教示をいただけたら幸いである。文学の〈終り〉が声高に語られる今日、〈終り〉をめぐる研究が文学研究の近未来に何らかの問題提起をできれば望外の喜びである。

最後にこうした問題意識の揺籃となった明治初期文化研究会（『花柳春話』研究会）と明治三十年代研究会の面々に深く感謝したい。研究に対する真摯な態度、鮮明な問題意識など、年齢を超えて教えられることが多かったと今さらながら思う。感謝の気持は尽きない。

なお、坪内逍遙訳『贋貨つかひ』の原典であるキャサリン・グリーン **X. Y. Z.** の資料収集にあたり、当時ハーバード大学に勤務していた石田浩さん（現在は東京大学勤務）にご尽力いただいた。また、索引作成や校正で卒業生の大場まりかさんと秋元みち子さんのお手をわずらわせた。これらの方々のご協力があってなんとかまとめ上げることができた。記して感謝する次第である。末筆にはなるが、ハードなスケジュールのなかで、細かいところまでしっかりとフォローしてくれた新曜社の渦岡謙一さんに改めてお礼を申し上げたい。

二〇〇二年三月

高橋　修

初出一覧

第一部　主題としての〈終り〉

第一章　「主題としての〈終り〉――『浮雲』の結末（一）」『共立女子短期大学紀要』第三六号、一九九三年二月

第二章　「主題としての〈終り〉（二）――『浮雲』未完の成立」『共立女子短期大学紀要』第三八号、一九九五年二月

第三章　「〈終り〉をめぐる政治学――『浮雲』の結末」『日本近代文学』（日本近代文学会）第六五集、二〇〇一年一〇月

第四章　「森田思軒訳『探偵ユーベル』の〈終り〉――「探偵小説」というあり方をめぐって」『上智大学国文学論集』（上智大学国文学会）第三八号、二〇〇五年一月

第五章　「『不如帰』の結末――「征清戦争」をめぐるメタファー」『共立女子短期大学文科紀要』第五〇号、二〇〇七年一月

第六章　「〈終り〉をめぐるタイポロジー――『明暗』の結末に向けて」『漱石研究』第一八号、翰林書房、二〇〇五年一一月

第二部　〈終り〉をめぐる断章

第一章　「〈翻訳〉という自己言及――坪内逍遙訳『贋貨つかひ』のパラドックス」『季刊文学』第三巻一号、岩波書店、一九九二年一月

第二章　「〈非凡〉なる語り手――二葉亭四迷『平凡』のディスクール」『日本文学』（日本文学協会）第四二巻九号、一九九三年一一月

第三章　「『虞美人草』をめぐって――一種の勧善懲悪主義？」『漱石研究』第一五号、翰林書房、二〇〇三年一〇月

第四章　「〈暴力〉小説としての『藪の中』」『昭和学院短期大学紀要』第二六号、一九九〇年五月

第五章　「〈痕跡〉としての「楢山節」――『楢山節考』をめぐる試論」『昭和学院短期大学紀要』第二七号、一九九一年三月

第六章　「一人称小説の〈終り〉――村上春樹『ノルウェイの森』」　書き下ろし

『花柳春話』 80, 259, 264, 275
『リエンジー』 148
ルイ＝ナポレオン 76, 81-83, 87
ルソー，ジャン＝ジャック 34, 35, 50, 51, 60
『懺悔録』 50, 51
レイン，R. D 205, 269
歴史 4, 237, 249
——性 20, 26, 44, 55, 258
レファレンス 58, 66
ロシア 32, 36
ロトマン，Yu. M 253
ロマン主義 53, 54, 77, 169
——者 40
ロマンチック 53, 107

わ 行

若林幹夫 245, 272
枠組み 20, 23, 54, 56, 134, 137, 175, 176, 214, 221, 230
和田敦彦 70, 258
渡辺拓 92, 260, 261
わたなべまさこ 105, 109
『不如帰』 105, 109

三島由紀夫　211, 212
三島譲　193, 196, 197, 268
水野清　62, 257
水村美苗　175, 184, 262, 267
溝部優実子　204, 269
未定稿　37-39, 72
ミメーシス　147, 240
脈絡　120, 138
——通徹　24, 112, 120, 137-139, 147
三好行雄　125, 263
民俗学　212, 225, 226
民話　211, 213, 237
村上春樹　7, 231, 240, 242, 245-247, 271, 272
『風の歌を聴け』　240, 241
『土の中の彼女の小さな犬』　245
『ノルウェイの森』　7, 231, 233-250, 271, 272
村橋春洋　194, 268
明治天皇　116
メタファー　92-97, 107, 108, 274
メディア　34, 48, 70, 76, 87, 151, 152, 245, 246, 272
メロドラマ　91, 102, 116, 261, 262
目的論　28, 66
模型　101, 177, 178
模写　23, 24, 63, 67, 68, 148, 176
モード　25, 26, 54, 156
物語　53, 122-124, 134, 136, 139, 143, 146, 149, 152, 174, 176, 180, 185, 188, 189, 191, 194, 196-198, 200, 202, 209, 220-222, 225, 226, 228, 230, 231, 234-237, 241, 242, 244, 249, 250, 271
——内容　29, 48, 53, 61, 88, 89, 136, 173, 220, 238, 240, 241
——の構造　122, 242, 243, 246,
——の時間　96, 133, 134, 214, 238-240
——り行為　249
——り文　4
——る　4, 86, 134, 147, 235-237, 242
森鷗外　87, 231
『舞姫』　231-233, 239, 249, 250, 256, 271
森田思軒（文三）　72, 74, 76, 77, 79-87, 89, 150, 259, 260
『探偵ユーベル』（ユゴー）　72, 75, 76, 78, 80, 84, 86, 88, 89, 259

や　行

ヤーコブソン，ロマーン　23, 152, 216, 265
安武磯喜　171, 266
柳田泉　58, 77, 153, 255, 259, 265
山内志朗　265
山口幸祐　199, 204, 269
山下悦子　110, 261
『マザコン文学論』　110
山中光一　5, 251
『終わりの美学』　5, 113, 251, 262
山本芳明　92, 260, 261
弓削田精一　58, 256
ユゴー，ヴィクトル　72, 73, 76, 80-85, 87, 89, 259
『見聞録』　82, 87, 259
『死刑囚最後の日』　83
『小ナポレオン』　81
『探偵ユーベル』　72, 75, 76, 78, 80, 84, 86, 88, 89, 259
『懲罰詩集』　82
要約法　148, 272
横光利一　49, 255, 256
依田学海（百川）　24, 80, 85, 259, 265
淀川長治　191
読み　26, 31, 71, 195, 197, 198, 202, 209
——手　17, 20, 22, 23, 28, 29, 58, 63, 68, 71, 86, 120, 131-133, 136, 209 → 読者

ら　行

リアリズム　60, 62, 63, 130, 256, 257
リクール，ポール　237, 239, 272
『時間と物語』　237
リットン，エドワード・ブルワー　80, 148

は　行

排除　17, 20, 157, 184, 205-208, 270
萩原茂　268
始め　4, 120, 249
橋本忍　191
バージャー，ジョン　269
パースペクティヴ　147 →視点
長谷川天渓　26, 28, 29, 155, 253, 254, 266
畑有三　16, 167
パラダイム　51, 53
原卓也　162
パロディ　26, 68, 155, 174, 178, 180, 215, 216
バンヴェニスト，エミール　264
悲劇　6, 33, 91, 92, 102, 104, 107, 149, 261, 268-270
美文(的)　186, 187, 189, 190, 265
描写　27-29, 93, 145, 156-158, 160, 162-164, 167-170, 174, 194, 266
平岡敏夫　175, 184, 267
平野謙　49, 255
広津和郎　40, 254
広津柳浪　102, 261
　『残菊』　102, 261
廣橋一男　60, 256
フィクション　112, 237
風俗描写　23
深沢七郎　211, 270, 271
　『楢山節考』　211-230, 270
複合過去　74, 77
福田清人　169, 266
福田恆存　192, 268
フーコー，ミシェル　206, 270
藤井淑禎　76, 88, 258, 261
藤村作　164
藤森成吉　43, 255
二葉亭四迷　16-71, 80, 81, 87, 89, 155-157, 159, 160, 162-164, 172, 173, 179, 251-259, 256, 257
　『あひゞき』　81
　『浮雲』　16, 18-32, 35-40, 42-48, 51, 53-67, 69-71, 172, 178-180, 251-253, 255-258, 273
　「落葉のはきよせ　二籠め」　38, 80, 252, 259
　「くち葉集　ひとかごめ」　251, 252, 258
　『其面影』　25, 26, 39, 155, 253
　『平凡』　17, 25-27, 29, 39, 41, 48, 155-160, 163-174, 253, 265, 266
　『めぐりあひ』　81, 259
プロット　3, 7, 119, 137 →筋
プロレタリア文学　49
文化　5
　——研究　274
　——史　5, 6, 274
文体　21, 66, 77-81, 84, 85, 87, 89, 159, 171, 213
平面描写　168
ポー，エドガー・アラン　33, 86, 140, 237, 239, 272
　『黒猫』　86, 139, 140, 264
　『ルーモルグの人殺し』　140, 264, 265
暴力　191, 198, 205-209, 235, 270
ポストモダン　250
ホモソーシャル　117
翻訳　74, 77, 80, 85-87, 89, 129-131, 134, 139, 140, 144-154, 158, 263, 265
　——文体　79, 84, 85

ま　行

真情《まごころ》　138, 139
正宗白鳥　26, 155, 176, 178, 211, 253, 266, 267, 270
　『紅塵』　26
松本鶴雄　220, 271
松本伸子　263
眼差し　202-208, 269 →視線
未解決　29, 43, 253
未完　5, 24, 25, 29-31, 35, 36, 41, 43, 44, 55, 57, 58, 67, 69, 121, 122, 125, 255
未完結　39, 40, 122
未完成　18, 30, 38, 39, 42, 43

133, 134, 141, 142, 145, 148, 159, 161, 163, 165, 183, 200, 235-237, 239, 242, 243, 249
テクスト　16, 20, 28, 30, 64, 68, 70, 114, 125, 153, 180, 230, 273, 274
――の外部　6, 274
――の論理　5, 7
デフォー，ダニエル　118, 120, 121
転向　54
――文学　49, 54
天皇制　117
電話　18, 172, 173, 244-248, 272
土井湧　155, 266
『遠野物語』　225, 226
十川信介　65, 66, 251, 252, 257, 258
読者　7, 28, 57, 58, 70, 71, 75, 95, 100, 108, 113, 115-117, 120, 123, 125, 136, 138, 145, 150, 156, 159, 173, 180, 183, 185, 189, 191, 195, 197, 198, 200, 202, 209, 214, 216, 221, 241, 242, 247, 255, 261 →読み手
内包された――　159
読書(行為)　23, 58, 139
徳富蘇峰（大江逸）　21, 72, 73, 76, 79, 259
徳冨蘆花　6, 90-92, 104, 105, 108, 260, 261
『不如帰』　6, 90-110, 260, 261
『富士』　90-92, 105, 106, 260
戸田欽堂　183
『情海波瀾』　183
ドライデン，ジョン　150
トルストイ，レフ　156
「クロイツェル・ソナタ」　156, 157, 162

な　行

中島一裕　197, 269
長野甞一　194, 268
中野重治　49
永平和雄　60, 256
中村光夫　18, 31, 41-57, 61, 192-194, 206, 207, 254-257, 268
『二葉亭四迷伝』　41, 42, 48
「二葉亭四迷論」　42, 61, 255, 257
『二葉亭論』　42, 49, 51, 52, 54, 255
夏目漱石　111-125, 169, 175-190, 262, 267
『虞美人草』　115, 117, 120, 175-182, 184-190, 262, 267
『行人』　122, 189
『坑夫』　189
『こころ』　116, 117, 122, 123, 189
『三四郎』　189
『それから』　116
『彼岸過迄』　122, 189
「文学談」　267
『文学評論』　118, 125, 184
「文学論」　118
『坊つちやん』　117, 181
『道草』　114
『明暗』　111, 121-124, 262, 263
『門』　121
『吾輩は猫である』　114, 115, 117, 169
『浪子』（映画）　104
ナラティヴ　80, 235, 236 →語り
ナラトロジー　98, 249, 272
二項対立　51, 69, 70, 98, 99, 101, 246
西海枝静　34
西垣勤　175, 267
日露戦争　34, 96
日記　35, 38-41, 43, 44, 48, 53, 64, 80, 171, 189, 255
日清戦争　96, 97, 105, 261
仁平道明　6
丹羽純一郎　80, 259
人情　22-24, 128, 129, 138, 139, 180, 255
――本　68, 147, 178
ノイズ　70, 71, 176, 216, 218
野家啓一　249, 272
乃木希典　116
ノベル　255　→小説

スウィフト，ジョナサン　184
『ガリバー旅行記』　184
杉浦重剛　150
筋　24, 118-120, 137, 147, 169, 252, 258
→プロット
鈴木於兎平　34
鈴木智之　235, 271
性交(小説)　206, 242, 243
征清戦争　108, 110
聖典　64
石化　205
関敬吾　212
関肇　261, 262
関良一　63-65
瀬戸山照文　62, 257
瀬沼茂樹　49, 52, 255
セルフセラピー　236
先説法　93
想像力　6, 76, 90, 108, 110, 175, 221, 261
時代の――　6, 110
相馬御風　253
ソンタグ，スーザン　107, 261

た　行

第三項排除　205
対自存在　204
対他(的)存在　204, 205
大団円　67, 68, 107, 108, 111, 112, 116, 120, 135, 176, 186, 187
高木武　171, 266
高木元　185, 267
高田早苗　150, 151, 265
高田知波　56, 256, 261
高田瑞穂　193, 268
高浜虚子　189, 267
高原操　189, 190, 268
滝沢馬琴　113, 176-178
『南総里見八犬伝』　176-178
滝藤満義　69, 256
武田泰淳　211
田坂文穂　266
他者　44, 46, 152, 204-206, 208, 209, 233, 245-247
田中邦夫　69, 258
田村泰次郎　256
田山花袋　26, 27, 50, 168, 253, 266
『蒲団』　25, 26, 50
探偵　72-74, 76, 86-88, 132, 133, 136, 140, 144, 259
――小説　86-89, 124, 129, 130, 133, 139, 140, 144-148, 259
――吏　132
ダント，アーサー・C.　4, 251
逐語訳　79, 81, 84
中絶　18, 20, 24, 30, 43, 44, 47, 48, 56-59, 62, 65-67, 69, 70, 251, 252, 256, 258
辻野久憲　255
土屋生　34
坪内逍遙（雄蔵）　22-24, 27, 32, 34-36, 38, 43, 44, 48, 58, 64, 65, 68, 101, 111-113, 120, 128-131, 134-141, 144, 146-153, 163, 166, 173, 176-178, 251, 253-257, 258, 260, 263-266
『妹と背かゞみ』　129, 264
『慨世士伝』（リットン）　147, 148
『柿の蔕』　43, 44, 254
『細君』　129, 130, 148, 149
『小説神髄』　22, 23, 27, 111, 120, 128, 135, 137, 176, 178, 180, 181, 255, 256, 260
『種拾ひ』　140, 148
『当世書生気質』　24, 111, 115, 129, 138, 147, 148, 173, 253
『贋貨つかひ』（グリーン）　128, 129, 131, 134-136, 139, 140, 144-154, 253, 263, 275
『松のうち』　129, 149, 265
ツルゲーネフ，イワン　80
『猟人日記』　80
ディエゲーシス　147, 148
ディケンズ，チャールズ　181
ディスクール　53, 157, 174, 260, 264, 272, 274
出来事　4, 5, 53, 61, 75, 91, 106, 112, 115,

264, 265, 271
小谷野敦　175, 267
コンスタン，バンジャマン　52
『アドルフ』　52
痕跡　20, 88, 153, 211, 218-221, 228
コンテクスト　76, 139, 145, 182, 218, 221, 228, 241, 249

さ　行

嵯峨の屋おむろ(矢崎鎮四郎)　34
坂本浩　60, 257
錯時法　241
作者　41, 44-47, 50, 60, 61, 66, 111, 169, 170, 173, 181, 185, 189, 194, 197, 247, 255
佐々木雅発　203, 269
サスペンス　86-89, 145, 149
佐藤泉　114, 125, 262
『漱石　片付かない〈近代〉』　114
佐藤勝　101, 260
佐藤泰正　122, 262
サルトル，ジャン＝ポール　204, 269
三人称　128, 132, 137, 139, 140, 143, 145, 146, 148, 151, 189, 253, 265
——限定視点　146
——小説　140, 142
シェイクスピア，ウィリアム　147
『ジュリアス・シーザー』　147
時間　3, 4, 21, 34, 88, 89, 134, 160, 161, 198, 221, 225, 229, 233, 237, 240, 274
——の人間化　4
人間的——　237, 239, 242
物語の——　96, 133, 134, 214, 238-240
自己物語　235, 236
自己療養　231, 236, 241, 242, 249
事実　66, 112, 192-195, 219, 258
私小説　49-54, 60, 61, 255-257
——批判　51
システム　26, 30, 139, 152, 153, 163
視線　76, 87, 143, 144, 146, 204, 209, 239
→眼差し
自然主義　25-30, 42, 45, 63, 68, 155-157, 168, 172-174, 253, 254, 257
実証　48, 59, 64-66
——主義　64, 65
視点　122, 146-149, 161, 189, 214, 260, 261, 265
柴田元幸　246, 272
四辺形構想　63, 65
島崎藤村　26, 27, 29, 30, 253, 254
『新生』　29, 254
島村抱月　25, 27, 253
清水茂　63, 257, 266
写実主義　64, 256
写生　170, 266
——文　169, 170, 189
ジャンル　5, 7, 22, 68, 164, 176, 183, 185, 236, 267
終結　5, 6, 17, 37, 43, 71, 90, 106, 107, 112, 113, 115, 120, 135, 251, 262
『十五少年漂流記』　89
終息感　115, 118, 120
終末論　3, 4, 272
周密文体　77-79, 81, 85, 87, 89
周密訳　77
主人公　22, 23, 50, 101, 105, 132
主体　60, 63, 146, 203-205, 208, 235, 249, 250, 269
——のあり方　7
ジュネット，ジェラール　142, 242, 264, 272, 274
『春色梅児誉美』　178
純粋小説　49, 255, 256
情景法　238
小説　5, 6, 22, 23, 29, 44, 112, 148, 176, 212, 236, 255
——の終り　23, 28, 98, 117, 174, 274
叙事文　170, 171
人格主義　40, 55, 254
心境小説　49, 52, 255
真相　27, 29, 124, 125, 192-198, 206, 209
心理描写　23, 27
神話　4, 20, 31, 40, 125, 183
推理小説　125, 263

鹿島浩　171, 266
片岡良一　54, 61, 256, 257
片上天弦　27, 28, 253, 254
語り　56, 75, 146-149, 156, 173, 174, 186, 235, 241, 242
——手　56, 98-100, 102-104, 106, 115, 117, 131, 133, 135-137, 141-144, 146, 148, 158, 159, 161, 169, 170, 172-174, 180-182, 215, 217, 219, 220, 224, 226, 237, 245, 249, 265
——の場　146, 148, 264
家庭小説　116, 185
金井美恵子　271
カノン　113
神　7, 217
亀井勝一郎　62, 256, 257
カーモード，フランク　3-5, 70
『終りの意識』　3, 70
カラー，ジョナサン　123, 262
柄谷行人　92, 94, 121, 122, 162, 187, 260, 262, 266, 267
カルチュラル・スタディーズ　273
河上徹太郎　256
川副国基　63, 257
完結　20, 24, 39-41, 44, 55, 58, 67, 69, 70, 116, 117, 122, 156, 219, 222, 258, 261
勧善懲悪（勧懲）　101, 102, 116, 175, 176, 180, 185, 186, 189, 190, 262, 267
神田孝平　86
『和蘭美政録』（『揚牙児奇談』）　86
記憶　107, 163-165, 167, 168, 185, 199, 202, 212, 218-220, 225, 228, 234, 235, 237, 239, 241, 242, 246, 273
聞き手　159, 160, 162, 163, 236, 241, 271
記事文　170, 171
木田元　189
木股知史　243, 272
木村毅　264
客体化　208
キリスト教　103, 104
棄老伝説（伝説）　212, 216 →姥棄て
近代　64, 114, 184, 262
——主体論　7, 48, 53
——性　60
——的　53, 59, 62, 63, 249, 250
——文学　7, 53, 64, 66, 69, 77, 113, 230
グリーン，キャサリン　130, 263, 275
X.Y.Z.　130, 148, 153
『贋貨つかひ』　128, 129, 131, 134-136, 139, 140, 144-150, 152-154, 253, 263, 275
『リーヴェンスワースの事件』　263
黒岩涙香　86, 87, 263
黒澤明　191-193, 268, 274
『羅生門』　191, 192, 268, 274
クロノス　4
戯作　173
——的　101, 106
結核　92, 94, 97, 102, 103, 107, 261
結末　28, 29, 55, 65, 71, 75, 76, 106, 118, 124, 125
閉じられた——　6
開かれた——　6 →オープンエンド
言表行為　142
言文一致　42, 81
権力　26, 70, 83, 96, 180, 204, 206
——抗争　26
——構造　207
——装置　207
口語文　164, 170-172, 187
構造主義　222, 253
交通　150, 151, 243 →インターコース
告白小説　26, 155
国民文学論争　64
個人　34, 50-53, 75, 103, 116, 205
コスモロジー　218-220, 224
コード　23, 40, 55, 75, 76, 136, 145, 152, 185, 187, 202, 220, 230
後藤宙外　57
小林秀雄　42, 45, 49, 51, 53, 255, 256
小林康夫　242, 243, 272
コミュニケーション　23, 132, 153, 216, 233, 244-246
小森陽一　56, 75, 85, 88, 140, 254, 258,

索　引

あ　行

アイデンティティ　147, 249
アイロニー　66
饗庭篁村　86, 139
青野季吉　256
赤坂憲雄　225, 271
芥川龍之介　191, 197, 207, 268, 269
『藪の中』　191-209, 268, 269, 274
安住誠悦　60, 257
荒正人　67, 258
ありのまま（有の儘）　45, 112, 149-152, 171, 172, 181
アレゴリー　180, 183, 185, 262
アレゴリカル　115, 116, 183-185, 220
安東璋二　193, 269
飯田祐子　185, 267
池辺三山　25
石川啄木　16, 58
石橋忍月　22, 128, 129, 139, 252, 263
石原千秋　113, 262
石丸久　66, 258
一人称　133, 134, 137, 140-143, 145, 146, 148, 149, 156, 189, 231, 233, 235, 236, 242, 249, 250, 264, 265
——小説　114, 140, 142, 148, 151, 231, 233, 249, 250
イデオロギー　6, 7, 63, 114, 125, 152, 185, 273
伊藤整　211
稲垣直樹　76, 82, 83, 259
猪野謙二　59, 60, 63, 256, 257
今村仁司　205, 270
岩崎萬喜夫　54, 61, 256, 257
因果論　53, 120, 125, 184
インターコース　243, 272 →交通，性交
インターテクスチュアリティ　153
上田万年　171, 266
上田真　5, 6, 113, 115, 251, 262
『終わりの美学』　5, 113, 251, 262
内田魯庵（貢）　34-40, 43, 44, 48, 55, 58, 84, 85, 103, 253, 254, 256
『くれの廿八日』　103
宇波彰　53, 256
宇野浩二　256
姥棄て（伝説）　211-213, 215, 216, 220, 271 →棄老
エーコ，ウンベルト　114, 262
『開かれた作品』　114, 262
江戸川乱歩　259
海老井英次　195, 196, 198, 199, 269
遠藤伸治　236, 271
大江逸　21 →徳富蘇峰
大岡昇平　193, 268
大きな物語　20, 250
大田黒重五郎　34
大橋洋一　5, 251
岡本靖正　3, 4
尾崎士郎　256
小田切秀雄　67, 258
オープン・エンディング　113, 252, 258
オープンエンド　6, 111, 113, 114, 116, 117, 120, 125
終り　3-7, 20, 23-25, 28, 29, 31, 38, 39, 48, 55, 56, 59, 62, 63, 65-71, 110, 112, 117, 120, 189, 250, 274
漱石的——　113-115, 117, 120, 121

か　行

解釈　59, 66, 70, 71, 258, 273
——共同体　70, 274
カイロス　4
カオス　5, 7
影山恒夫　203
笠井秋生　194, 268

著者紹介

高橋　修（たかはし　おさむ）
1954 年宮城県生まれ。上智大学大学院文学研究科博士後期課程単位取得退学。
現在，共立女子短期大学文科教授。専門は日本近代文学。
主な著書：『メディア・表象・イデオロギー』（共編著，小沢書店），『ディスクールの帝国』（共編著，新曜社），新日本古典文学大系明治編『翻訳小説集 二』（校注，岩波書店），『少女少年のポリティクス』（共編著，青弓社）など。

主題としての〈終り〉
文学の構想力

初版第 1 刷発行　2012年 3 月23日

著　者　高橋　修
発行者　塩浦　暲
発行所　株式会社 新曜社
〒101-0051　東京都千代田区神田神保町2-10
電話(03)3264-4973(代)・FAX(03)3239-2958
e-mail　info@shin-yo-sha.co.jp
URL　http://www.shin-yo-sha.co.jp/

印刷　亜細亜印刷
製本　難波製本
Printed in Japan
ISBN978-4-7885-1283-2 C1095

文学はまだまだおもしろい

金子明雄・高橋 修・吉田司雄 編

ディスクールの帝国 明治三〇年代の文化研究

境界、植民、冒険、消費、誘惑などの鍵概念により、当時の「帝国的」な認識地図が浮上。

A5判396頁 本体3500円

小平麻衣子 著

女が女を演じる 文学・欲望・消費

文学・演劇・流行・広告などの領域を超えて、ジェンダー規範の成立過程を明らかにする。

A5判332頁 本体3600円

内藤千珠子 著 **女性史学賞受賞**

帝国と暗殺 ジェンダーからみる近代日本のメディア編成

メディアのなかに現われた物語のほころびをとおして帝国日本の成立過程をさぐる。

四六判414頁 本体3800円

紅野謙介 著

投機としての文学 活字・懸賞・メディア

文学が商品と見なされ始めた時代を戦争報道、投書雑誌、代作問題などを通して描出。

四六判420頁 本体3800円

関 肇 著 **大衆文学研究賞、やまなし文学賞受賞**

新聞小説の時代 メディア・読者・メロドラマ

作者・読者・メディアの「生産と享受」という視点から文学の現場を解き明かす意欲作。

A5判366頁 本体3600円

栗原裕一郎 著 **日本推理作家協会賞受賞**

〈盗作〉の文学史 市場・メディア・著作権

読んで面白く、ためになる。すべての作家・作家志望者・文学愛好家必携の〈盗作大全〉。

四六判494頁 本体3800円

（表示価格に税は含みません）